신의 궤도

①

신의 궤도 1

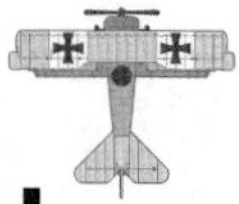

빨간 비행기

배명훈 장편소설

문학동네

나니예 사고조사보고서

■ 서문

67447년 74월 257일부터 258일 사이에 ○○(문자 표기 불가) 성단 및 인근 지역 항성 742개가 일시에 연락이 두절되는 사태가 발생했다. 역사상 가장 큰 규모의 재난이었다.

성단관리국이 사태를 재해가 아닌 사고로 규정하기까지 무려 47일이 소요되었다. 짧은 기간은 아니었다. 성단관리국은 사태 발생 즉시 이상 징후를 발견했으나 전파 방출 상태 등 해당 항성들의 물리적 지표가 비교적 안정된 상태를 유지했기 때문에 사태의 심각성을 즉각 파악하는 데 실패하고 말았다.

이 같은 초기대응 실패에도 불구하고 성단관리국은, 통신용 항성 188개, 기록 보관 및 열람용 항성 48개, 군사용 항성 287개를 포함, 총 742개의 항성의 생명 반응이 중단되어 물리·정보 조직에 복구 불가능한 영구적 손실이 발생했다는 사실이 확인된 즉시 사고조사위원회를 구성하고 진상조사에 착수했다.

위원회는 12개 항성에 물리적 기반을 둔 총 19개의 지성체로 구성되었으며, 조사기간 동안 군사적 통제권, 물리환경 통제권, 포괄적 정보 통제권 등 조사에 필요한 모든 권한을 성단관리국으로부터 위임받았다. 위원회는 이 권한을 바탕으로 사고 발생원인을 규명하고, 재발 방지를 위한 대책을 마련하는 등 위원회에 부과된 임무를 수행하기 위한 기초조사 작업에 착수했고, 그 결과 ○○ 항성계에 속한 정착 휴양행성 나니예의 지배권에 관한 분쟁이 이 모든 비극의 출발점이었음을 최초 인지하고 이를 성단관리국 최고운영위원회에 보고했다.

최고운영위원회는 사고조사위원회의 명칭을 '나니예 사고조사위원회'로 개명하고 해당 행성에 대한 지배권 분쟁을 동결한 다음, 나니예 사고조사위원회가 이 분쟁에 대해 조정자 역할을 수행하도록 법적·군사적 판단 권한을 위임하였다. 조사 결과, 사고의 원인은 나니예 거주민들이 '신'이라 지칭하는 인격체/항성파괴무기가 일으킨 폭발로 밝혀졌다.

이에 나니예 사고조사위원회는 이 인격체/항성파괴무기가 행성 나니예에 배치된 경위와 폭발 경위를 조사하는 데 초점을 맞추고 67448년 74월 320일부터 76월 1일까지 본격적인 사고조사를 진행하였다. 이 기간 동안 위원회는 총 5,132,600여 건의 문건을 분석하고 1,742회의 청문회를 개최하였으며 34차의 현장조사 및 실험, 397회의 모의실험을 실시하였다.

조사가 완료된 후, 위원회는 이 조사결과를 정리하여 「나니예 사고조사보고서」를 작성하고 최고운영위원회에 보고하였으며, 최고 운영위원회 명령에 의거, 조사내용 및 주요자료를 분쟁의 해당 당사자들에게 통고하였으나, 이 과정에서 당사자 일방(나니예 행성관리사무소)이 이를 해독할 능력을 갖추지 못하였거나 상실한 것으로 확인되었다. 따라서 나니예 사고조사위원회는 음성표시기호 열거 방식에 따라 「나니예 사고조사보고서」와 「요약통지문」 그리고 「사고경위설명서」 각 1부를 추가로 번역 작성하고 67448년 ○○○일에 이를 나니예 행성관리사무소에 전달하였다.

나니예 사고조사위원회 위원장 ○○○(문자 표기 불가)

차례

궤도 위의 하느님

아빠는 부자였다. 인공위성 재벌이었다. 지구와 달과 화성에 천칠백 개가 넘는 인공위성이 있었고, 그중 열일곱 개는 우주정거장이었다. 인공위성 천칠백 개가 할 수 있는 일은 인공위성 한 개가 할 수 있는 일의 천칠백 배가 아니다. 그 이상이다. 잘만 활용하면 그 힘을 통해 신이 될 수도 있었다. 하지만 아빠는 신이 아니었다. 그저 투기꾼일 뿐이었다.

엄마는 미인이었다. 우리 엄마라서 하는 말이 아니라 누가 봐도 부인할 수 없는 객관적인 미인이었다. 하지만 엄마는 아빠의 아내가 아니었다. 나도 공식적으로는 아빠 딸이 아니었다. 아빠는 우리 집에 살지 않았다. 다만 반년에 한 번쯤 들러서 열흘 정도 머물다 갈 뿐이었다.

나는 아빠가 싫었다. 아빠도 나를 좋아하지 않았다. 올 때마다 내가 좋아하지도 않는 장난감을 사와서는 뉴욕 어느 유명한 가게에서 사왔다느니 한국에서는 구할 수도 없다느니 하면서 생색을 냈는데, 나는 그게 싫었다.

아빠가 장난감을 쥐여주고 나면 나는 뒷전으로 물러나야 했다. 아빠가 집에 머무는 동안은 엄마도 나에게 전혀 신경을 쓰지 않았다. 그 나이 특유의 예리한 감각으로 판단하건대, 엄마는 일부러 나에게 신경을 안 쓰는 척했다. 아빠가 그러기를 원했기 때문이다. 아빠는 나를 없는 셈 쳤다. 나도 아빠가 없었으면 좋겠다고 생각했다.

엄마가 아빠를 대하는 태도가 너무나 공손하고 깍듯했기 때문에 나는 두 사람이 그렇고 그런 사이인 줄은 꿈에도 생각하지 못했다. 그저 마음을 터놓고 이야기할 수 있는 소중한 친구 정도로만 생각했다. 하지만 인간이 어떻게 번식하는지를 알게 된 다음부터는 그럴 수가 없었다. 그 사람이 내 아빠라면, 내 존재는 곧 두 사람 사이에서 어떤 일이 일어났는지를 말해주는 가장 강력한 증거가 되는 셈이었다.

나쁜 짓이 틀림없었다. 아니라면 왜 숨겼을까. 아빠는 내 존재뿐만 아니라 엄마까지도 숨기려고 했다. 엄마도 마찬가지였다. 평소에는 아무것도 숨기는 게 없는 솔직한 성격이면서 아빠만 나타나면 수상한 사람으로 변했다. 미안하고 죄스럽고 부끄러운 모양이었다. 누구에게 그렇게 미안했을까? 나에게? 동네 사람들에게? 아빠네 원래 가족들에게?

그래서 나도 내 존재가 부끄러웠다. 지우고 싶었다. 머리가 어느 정도 커지고 나서야 그것이 내 잘못이 아니라는 사실을 깨달았다. 지워야 할 것은 내 존재가 아니라 그 사람들이 저지른 행동이라는 것도. 그래도 여전히 지우고 싶었다. 아무도 몰랐으면 했다.

하지만 아무리 숨겨도 내가 내 존재를 자각하지 못할 리는 없었다. 눈을 감고 귀를 막고 심장이 멈추기를 바라며 숨을 틀어막아보아도 존재는 전혀 지워지지 않았다. 오히려 그럴수록 생생해질 뿐이었다. 나는 생각했고, 그러므로 존재했는데, 그러면 그럴수록 엄마가 그 혐오스러운 인간과 맨살을 섞었다는 사실만이 더 확실해졌다.

엄마는 그런 내 마음을 뻔히 알면서도 내가 바라는 것보다 아빠가 원하는 것을 우선으로 쳤다. 엄마 통장에는 엄마 능력으로는 도저히 벌어들일 수 없는 큰돈이 들어 있는데, 그 돈이 없으면 우리가 다른 사람들의 눈을 피해 조용히 살 방법이 없었다.

중학교 때부터 나는 아빠네 재단에서 운영하는 학교를 다녔다. 아무나 들어갈 수 없는 만큼 부모라면 누구나 자식을 보내고 싶어하는 학교였다. 거기서는 아무도 욕하거나 때리지 않았고, "니네 아빠는 무슨 일 하시니?" 따위를 묻지도 않았다. 엄마를 학교로 부르지도 않았고, 돈봉투 같은 것을 바라지도 않았다. 교양과목은 말 그대로 '교양'과목이었다. 누구는 승마를 했고 누구는 골프를 배웠다. 나는 다른 학생들 대부분이 그랬던 것처럼 비행을 배웠다. 나는 비행기를 타는 동안만 행복했다.

단독비행 시험 때는 착륙 도중에 날개를 부러뜨렸지만 아무도 야단치는 사람이 없었다. 그리고 놀랍게도 조종면허가 나왔다. "기체에 심각한 결함이 있었는데도 탁월한 반사신경으로 기체가 완전 파손되는 것을 막았기 때문"이라고 했다. 하지만 내가 모를 리 없었다. 선생님들이 나를 탈락시키지 못한 것은 순전히 아빠 때문이었다. 계속 이런 식이면 결국 비행도 그만둬야 하는 게 아닐까 생각했지만, 고등학교는 결국 아빠네 회사와 직접 연관이 있는 비행학교로 진학했다. 나는 하늘에 떠 있는 동안만 행복했고, 그 학교가 아니면 십대에게 비행기 조종석을 선뜻 내맡기는 곳이 아무 데도 없었기 때문이다.

그렇다고 내가 아빠가 가진 것을 탐내게 된 것은 아니다. 그렇게 살다보면 언젠가 거액의 유산이 떨어지지 않을까 하는 생각은 외할아버지 머릿속에나 들어 있는 망상이었다. 엄마만 해도 그런 마음은 전혀 없었다. 아빠가 엄마를 아끼는 이유 중에는 바로 그 점도 포함되어 있었다. 아빠가 죽어도 얻을 게 전혀 없었기 때문에, 엄마는 아빠가 죽기를 바라지 않았다.

열일곱 살 생일이 지나고 열흘쯤 뒤에, 아빠의 진짜 아내가 찾아와 손발로 엄마를 때렸다. 아빠 유산을 노리는 게 아니냐는 아줌마의 말이 엄마에게는 꽤나 억울하게 들렸을 것이다. 그런데도 아무 대꾸도 못 하고 고개를 푹 숙인 채 얻어맞기만 하는 엄마를 보면서, 나도 그만 고개를 푹 숙였다. 그러자 경라 언니가 다가와 내 어깨를 토닥거렸다. 나는 고개를 들어 언니를 바라보았다. 언니가 조용히 속삭였다.

"네가 은경이니? 은경이는 참 예쁘구나."

경라 언니는 아빠의 딸이었고, 법적 생물학적 상속자였다. 언니는 아빠를 쏙 빼닮아서 키도 작고 팔다리도 짧고 이마도 넓었다. 하지만 그렇게 속삭이는 언니의 두 눈이 우리 엄마만큼이나 예뻐 보였다. 나도 모르게 눈물이 났다.

"언니."

나는 그만 언니를 언니라고 부르고 말았다. 그러자 언니가 말했다.

"그렇게 불러도 되는지 모르겠지만, 오늘은 그냥 그렇게 불러. 다음에 만나면 어떻게 될지 잘 모르겠다. 우리 저기 나가 있을까?"

나는 고개를 저었다. 엄마를 지켜야 했다. 하지만 돌이켜 생각해 보면 어느 쪽이 진정으로 엄마를 지키는 일이었는지 도무지 알 수가 없었다.

들통이 나자마자 아빠는 엄마를 버렸다. 예상했던 일이었다. 하지만 예상하지 못한 일도 있었다. 엄마는 삼 주 뒤에 약을 먹고 세상을 떠났다. 설마 진짜로 사랑했던 걸까. 엄마는 깨끗하게 패배를 인정하고 떠났다. 나는 그게 도무지 이해가 안 갔다. 그게 뭐하는 짓이람. 의지할 데가 그렇게 없었나. 빈소를 찾는 사람은 거의 없었다. 친척도 없고 친구도 없었다.

내가 누구 딸이고 엄마가 어떻게 됐는지 학교에 소문이 쫙 퍼졌다. 도저히 조용히 다닐 수가 없었다. 화가 났고, 그 화를 참을 수 없었다. 내 잘못이 아니었다. 내가 잘못한 일은 하나도 없었다. 그런데도 결국은 내가 문제였다. 나만 없으면 아무 일도 아닐 일이었다.

유리창을 마흔 장쯤 깨고 학교를 그만두었다. 그러자 더 나쁜 소문이 퍼졌다. 아마 그래서였을 것이다. 아빠는 마지못해 외갓집으로 찾아와 나를 외국에 있는 학교에 보내겠다고 했다.

"네놈이 무슨 권리로 애를 보내?"

외할아버지가 따지고 들었다.

"은경이도 좋아할 겁니다."

아빠가 말했다. 그 말에 나는 피가 거꾸로 솟았다. 하지만 사실이었다. 우습게도 그게 정답이었다. 나는 어떻게든 비행기를 타야 했다. 그 마음을 아는 사람이 이제는 아빠밖에 없었다. 그래서 나는 불행했다.

결국 러시아 항공대 부설고등학교 비행과 2학년에 편입했다. 졸업할 때까지 나는 내내 기숙사에서 살았다. 일종의 유배였다. 기숙사는 엄마 빈소를 꼭 닮아서, 찾아오는 사람이 아무도 없었다. 마음을 터놓을 친구도 없었다.

열여덟 살 생일도 마찬가지였다. 전화 한 통 걸려오지 않는 쓸쓸한 날에 아침부터 온종일 비까지 내렸다. 아무도 내 말을 알아듣는 사람이 없었기 때문에 나는 스스로에게 축하인사를 해야 했다.

"생일 축하해. 아무도 모르면 어때."

어서 비가 그쳐서 비행이나 했으면 싶었지만 비는 하루 종일 그칠 줄을 몰랐다. 비행실습이 전부 취소되는 바람에 비행절차숙지평가가 생겼다. 모두가 절차를 외우느라 중얼대는 소리에 내 말소리는 완전히 묻혀버렸다.

당연하게도 나는 러시아어를 못했다. 그래서 시험도 엉망이었다. 잔뜩 주눅이 들어 기숙사로 돌아갔는데, 내 앞으로 소포가 와 있었다. 나는 보낸 사람 이름을 보고 깜짝 놀랐다. 경라 언니였다. 어떻게 알았을까? 내 어깨를 토닥거리던 언니의 두 눈이 생각났다.

포장을 뜯자 카드가 든 초록색 봉투가 나왔다. 카드에는 언니가 직접 손으로 쓴 축하인사가 적혀 있었다.

은경아, 생일 축하해.

너도 벌써 18살이구나. 좋은 나이지?

근데 그만하면 이제 살 만큼 산 거 아닌가.

p.s. 언니라고 부르지 마.

검붉은 글씨였다. 피를 흉내낸 건가. 진짜 피인가. 상자를 열었다. 시퍼렇게 날이 선 칼 한 자루가 들어 있었다. 칼날에 얼굴이 비쳤다. 다시 카드를 집어들었다. '18살'이라는 글자에 유난히 힘을 준 흔적이 보였다.

"완전 미친년!"

깜짝 놀랐다. 모국어로 욕이 튀어나왔다.

크리스마스 무렵에 혈액 한 팩을 구했다. 바클라바라는 학교 마피아 아이를 통해서였다. 어디서 어떻게 구했는지는 묻지도 않았다.

"마녀인 줄은 알았지만, 이제 이런 것도 먹어?"

그가 물었다.

"응, 곧 크리스마스잖아."

다음날 아침에, 선물받은 칼에 피를 잔뜩 묻혀 다시 언니에게로 돌려보냈다.

메리 크리스마스, 언니.

오랜만에 연락받고 반가웠어. 언니 소식은 인터넷에서 봤어. 후계자 수업 받는다며.

회사 주소로 보내요. 제대로 갈까 모르겠네.

언니, 사랑해.

그제야 살맛이 났다.

하지만, 러시아어는 여전히 문제였고, 여전히 학교 다니기가 힘들었다. 실기는 잘했지만 필기가 엉망이어서 진학할 곳이 마땅치 않았다. 정보도 없고 돈도 없었다. 이제 진짜로 비행은 접어야 할 때였다. 러시아 항공대 비행예술학과에서 외국인 실기 특기생을 모집하지 않았다면, 나는 그만 귀국하고 말았을 것이다.

시험 날 아침에 기숙사로, 눈을 뜬 채 잘려나간 까마귀 머리가 배달되었다. 소금에 절인 모양이 마치 머리만 남아 칸에게로 돌아온 사신의 수급(首級) 같았다.

아직도 살아 있니?

겁나서 그러지?

괜찮아. 눈 딱 감고 단번에 확 그으면 돼.

힘내.

경라 언니였다. 시험 날짜에 맞춰서 인편으로 배달된 것을 보면 언니는 나를 계속 감시하고 있는 모양이었다. 아침 내내 그 생각에 속이 울렁거렸지만, 다행히 내 차례가 늦은 오후여서 시험 볼 무렵에는 별 문제가 없었다.

합격자 발표까지는 한 달이나 걸렸다. 합격통지를 받고 나서 언니에게 답신을 보냈다.

언니, 고마워. 덕분에 합격했어요.
한참 웃었잖아. 언니 쏙 빼닮은 걸 보내줘서.
아무튼 지켜봐준 덕분에 잘됐어요.
언니도 건강하세요.

편지와 함께 꼬챙이에 꿰어 구운 개구리를 보냈다. 정상적인 방법으로는 보낼 수가 없어서 밀수품을 보내듯 몰래 보내야 했다. 바클라바가 중간에서 편의를 봐주었다. 두 번이나 학교 마피아의 도움을 받은 것이 나는 썩 마음에 내키지가 않았다. 그는 점점 더 자주 내 주위를 얼쩡거렸다. 나는 그가 근처에 있는 것 자체가 싫었다.

"너 킴이지?"

어느 날 그가 드디어 말을 걸었다. 나는 말없이 고개를 끄덕였다.

"한국에서 왔지?"

"다 알고 하는 이야기 아닌가?"

"사실은 내가 누굴 죽여야 하는데 말이야, 그 사람 이름이 킴이거든."

"나?"

"아니, 그 사람은 나이가 많아. 혹시 아는 사람인가 해서."

"내가 아는 킴이 서울에만 한 서른 명쯤 되는데."

"내가 누구를 말하는지는 너도 알 거야."

아빠 이야기가 틀림없었다. 뭔가 잘못 건드린 게 아닌가 싶었다.

뭘 하려는 건지는 알 수 없었지만 어떻게든 그 일에는 엮이고 싶지 않았다.

"무슨 말도 안 되는 소리야! 너 나 좋아해? 수작 거는 거야?"

그러자 그는 역겨운 표정을 하고는 자리에서 일어나버렸다.

"그래봐야 소용없어. 넌 못 빠져나가."

멀리서 그가 소리쳤다. 다른 아이들이 다 듣는 데서 마피아가 나에게 그렇게 소리쳤다. 무서웠다.

여름 휴가철이 끝날 무렵에 항공대 예술대학 기숙사로 이사했다. 짐을 쌌더니 가방 하나가 다였다. 바클라바가 이삿짐 나르는 것을 도와주러 왔다가 도와줄 게 아무것도 없다는 걸 확인하고는 작별인사만 하고 집으로 돌아갔다. 내가 말했다.

"이제 볼 일 없을 거야."

"그렇지 않을걸."

학교생활은 나쁘지 않았다. 마피아도 전혀 눈에 띄지 않았다. 이제는 그럭저럭 말도 통했다. 무엇보다 비행시간이 늘어서 좋았다. 일주일에 두 번씩 단체로 하는 수업이 아니라 하루에 한두 번씩 하는 개인 자유 레슨이었다. 정해진 길로 날아갈 필요도 없고 정해진 동작을 고집할 필요도 없었다. 비행기를 타고 하늘 위에 나가 있을 때면 나는 더이상 은경이가 아니었다. 그냥 한 대의 비행기에 불과했다. 아빠도, 마피아도, 경라 언니도, 거기까지 따라와서 나를 괴롭히지는 못했다. 더 바랄 게 없었다. 그거면 족했다.

하지만 역시 돈이 문제였다. 땅에서 하는 것이건 하늘에서 하는 것이건, 예술에는 돈이 너무 많이 들었다. 연료나 수리비 같은 유지비 문제가 아니었다. 유지비는 수업료에 포함되어 있었고, 나는 수업료를 면제받는 장학생이었다. 문제는 비행기였다. 학교에서 제공하는 비행기로는 연습비행밖에 할 수 없었다. 아무리 실력이 뛰어나도 대회에 나가려면 개인 비행기가 필요했다. 전용 비행기를 장만한 다음 안무를 짜고 튜닝을 해야 했다. 학장님이 백방으로 후원자를 찾았지만 쉬울 리 없었다. 나름 순수예술이라 비행기에 광고를 그려넣을 수도 없었다.

"도와줄까?"

어떻게 알았는지 바클라바가 찾아왔다. 그를 보자마자 머리털이 곤두섰다.

"학교는 어떻게 들어온 거야?"

그러자 그가 학생증을 내밀었다. 엔진공대 재래식로켓공학과 학생이라고 적혀 있었다.

"위조했구나."

그는 대답 대신 어깨를 으쓱했다.

"원하는 게 뭔데? 서울 사는 미스터 킴 찾아달라고?"

"싫으면 말고."

"싫어."

멀리서 비행기 엔진 소리가 들렸다. 예술대학 연습기가 활주로를 떠났다. 석양이 활주로에 주황색 빛을 뿌렸다. 노란 바탕에 검은 테두리를 친 만화 같은 비행기였다. 학교에서 제일 비싼 비행기였다. '저런 것만 있으면 나도 잘할 수 있는데.' 어쩌면 예술비행은 접어야 할지도 몰랐다. 어차피 필기나 면접을 건너뛰려고 시작한 것이었다. 열정이 넘쳐서 시작한 일은 아니었다.

그렇게 생각하고 포기하면 편할 것을, 선뜻 내려놓고 돌아설 수 없는 것은 딱 석 달을 보고 배운 선생님들 때문이었다. 예술대학 교수 중에는 대가가 여럿 있었다. 처음부터 그런 게 있는 줄을 몰랐으면 모를까, 한번 보고 나면 눈을 뗄 수 없는 경지가 고개만 들면 하늘 위에 펼쳐져 있었다.

"은경이는 선이 시원하구나. 나랑 안무 하나 맞춰볼까? 일 년 열심히 연습해서 이스탄불 대회에 나가는 걸로."

거장 빅토렌코 선생님이 그렇게 말했다.

"비행기가 없어요."

"한번 구해보자."

하지만 그게 그렇게 쉬울 리가 없었다.

방으로 돌아가 세탁기를 돌려놓고 십십 분쯤 입체곡신 숙제를 붙들고 있는데, 학장님으로부터 전화가 와 있으니 1층으로 내려오라는 안내방송이 나왔다. 무슨 일인가 하고 내려가 전화를 받았더니 학장님이 들뜬 목소리로 대뜸 축하의 말부터 전했다. 후원자를 찾았다는 소식이었다. 나는 기뻐서 소리를 질렀다. 하지만 곧 뭔가 이상하다는 생각이 들었다.

"그런데 누구인지 알 수 있나요, 그 후원자?"

내 질문에 학장님이 뜸을 들였다. 후원자가 신원을 밝히기를 꺼리니, 되도록이면 아무것도 묻지 말았으면 한다는 것이었다.

"물론 다른 사람들한테 알리자는 건 아니고요. 저한테만이라도 알려주실 수 없나요?"

학장님이 개인적으로 아는 사람인 듯했다. 짚이는 데가 있었다. 바클라바, 학교 마피아. 학장님이 마피아와 어떤 관계인지 궁금했다. 저렇게 좋아해주시는데 어떻게 거절하나 싶기도 했다.

일주일 뒤에, 기숙사 뒤편 개인 격납고에 새 비행기가 들어왔다. 학장님이 직접 격납고에 나와 계셨다.

"엔진이나 제어장치는 장거리 여행용으로 세팅되어 있다니까 테스트 비행부터 해보고 다시 공장에 보내야 할 거야. 활공은 나쁘지 않아 보이던데."

삼엽기(三葉機, triplane)였다. 무려 백육십 년 전 모델이고, 주 날개가 세 겹이나 달린 빨간색 프로펠러기였다. 대회용으로 널리 쓰는 복엽기(複葉機, biplane) 날개 두 장 사이에 날개 한 장을 더 끼워넣은 형태였다. 비행기 쪽으로 다가갔다. 삼엽기는 처음이었다. 바탕색은 주황색이 감도는 선명한 빨강이었고, 몸체 중간에는 흰 네모 속에 검은 십자가가 들어간 문장이 커다랗게 박혀 있었다. 맨 뒤에는 그냥 동그랗게만 생긴 꼬리날개가 달려 있었는데, 역시 흰 바탕에 검은 십자가가 그려져 있었다.

"마음에 들어요."

"당연하지."

"비싸겠죠?"

"타볼래? 연료 빼놓기 전에."

시험비행을 했다. 예술대학 비행장으로 비행기를 끌고 가서 활주로 위에서 시동을 걸었다. 살짝만 조절하면 금방 예술용으로 쓸 수 있을 만큼 세련된 고급 엔진이었다. 활주로를 달리다가 기체를 들어올려 바람에 몸을 실었다. 동체가 한껏 들떠서 활주거리가 얼마 되지도 않았는데 지면을 벗어났다.

그다지 빠르지는 않았다. 힘으로 밀어붙이는 비행기는 아니었다. 모터보트가 아니라 범선 같은 비행기였다. 이런 비행기라면 엔진 출력으로 밀어붙이기보다는 바람 사이에 난 결을 읽어가며 날아야 했다. 그런 동작 몇 가지가 머릿속에 떠올랐다. 그런 연결동작들로 이루어진 곡선들도 함께였다. 그중 몇 가지는 빅토렌코 선생님의 안무였다. 사람과 비행기 모두가 바람을 읽어내야 출 수 있는 춤, 〈파멸의 신전〉이었다.

'〈파멸의 신전〉을 출 수 있을까?'

조종간을 통해 내 마음속에 그려진 곡선을 비행기에 전했다. 비행기가 움직였다. 순간, 마치 안무를 도둑맞은 기분이었다. 손만 살짝 댔을 뿐인데, 안무가와 나만 아는 곡선이 하늘 위에 저절로 옮겨지는 것 같았다. 나는 깜짝 놀라 뒤를 돌아보았다. 물론 곡선의 흔적은 남아 있지 않았다.

기대했던 것보다 훨씬 더 마음에 들었다. 누구라도 마음에 들어할 만한 비행기였다. 튜닝도 안 한 엔진으로 그 정도 춤이라니, 〈파멸의 신전〉도 충분히 소화할 수 있을 것이 분명했다. 하지만 내 소유는 될 수 없는 물건이었다.

"비싸겠죠?"

시험비행을 마치고 활주로에 내려앉은 다음 학장님을 내려다보며 그렇게 물었다. 학장님은 아무 대답도 하지 않았다.

다음날 아침 일찍 엔진공대를 찾아가 혹시 바클라바라는 마피아가 진짜로 그 학교 학생인지 물었다. 그렇다고 했다. 부자냐고 물었다. 자세히는 모르겠지만 그런 것 같지는 않다고 했다. 다만 코스모마피아에서 후원금이 나와서, 재래식로켓공학과 학생치고는 형편이 좋은 것 같다고 했다. 코스모마피아가 어느 계열 마피아인지 궁금했지만 그냥 알았다고 하고는 바클라바를 찾아갔다.

"원하는 게 뭐야?"

"뭐가?"

"아직 공장에 안 보냈으니까 어서 가져가. 나 그거 못 받아."

"뭘 못 받아?"

그는 어리둥절한 눈으로 나를 바라볼 뿐 아무 말도 못 했다. 돌아서서 가는 나를 잡지도 못했다. 다음날 오후에 연습을 마치고 학교로 돌아왔더니 바클라바가 나를 기다리고 있었다.

"어제는 무슨 소리인가 했어. 그거 내가 준 거 아닌데."

그가 말했다.

"그럼 그런 걸 누가 나한테 줘?"

"모르지. 모르는데, 나 같으면 안 받아. 아무 이유도 없이 그 비싼 걸 덜컥 내놓을 리는 없잖아. 뭔가 있겠지. 그걸 알아내기 전에는 손도 대지 않는 게 좋을 거야. 아무튼 오해는 없었으면 좋겠어. 우리 패밀리는 그렇게 여유가 있는 편이 아니라서 말이야."

손도 대지 않기에는 이미 늦어버렸지만, 나는 곧바로 학장님을 찾아가 애써주신 것을 생각하면 대단히 죄송하지만 후원자가 누구인지도 모른 채 도움을 받을 수는 없다는 뜻을 밝혔다. 그리고 가능하다면 누군가의 도움을 받지 않아도 되는 과로 전과하도록 도와달라고 부탁했다.

"그러지 말게. 자네가 걱정할 만한 일이 아니야. 내가 보증해. 그럴 만하니까 추천을 한 거야. 세상에는 아무에게도 알리지 않고 좋은 일을 하려는 사람도 많아요. 후원자의 뜻이 그런데 그걸 꼭 알아야겠니?"

"애써주신 것은 잘 알고 있습니다. 거기에 대해선 감사드려요. 후원자가 누구인지 꼭 알아야 하는 건 아니에요. 몰라도 괜찮지만, 하지만 그러면 비행기를 받을 수가 없습니다. 그게 얼마나 귀한 비행기인지 못 알아볼 만큼 바보는 아닙니다."

그러자 학장님은 깊게 한숨을 내쉬고는 책장을 바라보며 말했다.

"부친이야."

"네?"

"지네 부친."

말문이 막혔다. 러시아말을 전혀 모르던 때로 돌아간 것처럼 아무 말도 할 수가 없었다. 부친이라니. 그럴 리가 없었다. 러시아로 오고 나서는 잘 도착했느냐는 연락조차 없던 사람이었다.

"개인적으로 친분이 있어. 예전에 젊었을 때, 유학 시절에 말이야……"

아버지가 있었던 적은 한 번도 없었다. 누군가에게 아버지가 있다고 말한 적도 없었다. 그래도 전혀 아쉽지 않았다. 차라리 없는 편이 낫다고 생각했다.

"올해 외국인 실기특례도 그래서 생겼나요?"

"꼭 그런 것만은 아니야. 그만큼 훌륭한 학생을 뽑았으니까 손해는 아니었어. 과에서도 학교 측에서도 세 사람 다 그 시험이 아니었으면 놓칠 뻔한 아까운 인재라고 생각한단다."

마피아도 시험 봐서 들어가는 학교를 나는 아빠 덕분에 겨우 입학했다는 소리였다.

화가 났다. 말문이 막혔다. 비행이나 예술 따위, 내가 진심으로 좋아했던 것들이 전부 치욕스럽게 느껴졌다. 나는 아무 말도 못 하고 아무 표정도 짓지 못했다. 목소리조차 떨지 못했다. 겨우겨우 이 말을 짜내는 것 말고는 할 수 있는 것이 아무것도 없었다.

"과를 옮길 수 있을까요? 아니면 학교를 그만둘까요?"

비행기는 아무도 가져가지 않았다. 튜닝도 하지 않은 채 기숙사 격납고에서 조용히 잠만 잤다. 일 년 반 동안 나는 거의 전투비행대학 학생처럼 살았다. 학점도 전부 고등비행 과정으로만 채웠다. 그렇게 했는데도 3학년이 끝날 무렵이 다 돼서야 겨우 궤도비행학과로 전과 승인이 났다.

고생스러웠다. 살이 찔 틈이 없었다. 궤도비행학과 학과장 선생님께 처음 인사하는 자리에서 영양상태가 좋지 않다며 야단을 맞았다. 식욕이 있든 없든 시간을 정해서 무조건 먹으라고 했다. 학교 식당에 혼자 앉아 먹기 싫은 음식을 억지로 입에 넣었다. 마요네즈 범벅에 기름 덩어리, 죄다 느끼한 것들뿐이었다. 엄마 생각이 났다. 하긴 엄마도 요리는 잘하지 못했다.

식당 저편 문으로 금발머리 여학생 하나가 나타나 주위를 둘러보더니 마치 나를 알아보기라도 한 듯 곧장 내 앞으로 걸어와서는 내 눈을 똑바로 내려다보며 말했다.

“킴?”

고개를 끄덕였다.

“피가 섞인 아빠도 못 알아보고 꼬리를 쳐? 마지막으로 경고하는데, 너 내 손에 죽는다.”

금발의 러시아 여자아이 입에서 그런 말이 튀어나올 줄은 짐작도 못 했다. 게다가 한국말이었다. 나는 자리에서 벌떡 일어나서 한국말로 물었다.

“뭐라고? 누가 누구 손에 죽는다고?”

그러자 금발머리는 러시아말로 대답했다.

“나 일본말 몰라. 전해달라고 해서 시키는 대로 말한 거야. 그럼 식사 계속해.”

그러고는 곧바로 사라졌다. 얼굴이 화끈 달아올랐다. 따라가서 누가 시켰는지 물어볼까 하다가 그만두었다. 물어보나 마나였다. 경라 언니 말고는 여기까지 사람을 보내 모국어로 친절하게 안부를 전해줄 사람은 아무도 없었다. 한동안 뜸했는데 왜 또 갑자기 내 생각이 난 걸까? 나쁜 징조가 틀림없었다.

금요일 마지막 수업을 마치고 기숙사로 돌아가는데, 예술대 학장님이 사람을 시켜 연락받자마자 자기 방으로 들르라는 메모를 전해왔다. 나는 가던 길을 멈추고 곧바로 학장실로 찾아갔다. 그리고 그곳에서 아빠를 만났다.

“은경이 왔구나.”

방 안으로 들어서자마자 아빠 목소리가 들렸다. 나는 그 자리에 그대로 멈춰 섰다. 학장님이 자리에서 일어나 나를 안쪽으로 안내하더니 조용히 문을 닫고 밖으로 나갔다. 얼른 뒤돌아서서 문고리를 잡았다.

"엄마 일은 나도 마음이 아프다. 그러니 나를 그렇게 일방적으로 죄인 취급하지는 말아라. 너만 위로받아야 하는 건 아니다."

틀어쥐었던 문고리가 스르르 풀렸다.

"어떻게 지냈는지는 쭉 들어서 알고 있다. 선물은 마음에 안 들었냐?"

아무 대답도 하지 않았다.

"주문 제작한 물건이라 반품이 안 돼. 저렇게 버려두면 안 되는데, 손 봐서 탈 만하면 누가 버린 거 주운 셈 치고 타고 다녀라. 타지도 않을 걸 저렇게 세워두면 여러 사람한테 실례잖아."

"가져가세요. 필요 없어요."

"탈 사람도 없는데 집으로 가져갈 수가 있어야지. 마에스트로한테 특별히 부탁해서 만든 거라 아무에게나 줘버릴 수도 없어. 저런 걸 아무한테나 줬다가는 나 죽이겠다는 인간만 하나 더 늘겠지. 타기 싫으면 그냥 거기 두든지 알아서 해라."

그 말에 나는 다시 방 쪽으로 뒤돌아섰다. 아빠는 편안한 자세로 소파에 앉아 창밖을 바라보며 말을 이었다.

"진로는 스스로 정했니? 쭉 그쪽으로 갈 생각이면 내가 도울 일이 많을 것 같은데. 궤도비행도 좋고 행성간 비행도 그렇고, 나도 조종사를 새로 키우는 입장이니까 특별히 도움을 받는다는 생각은 안 해도 될 거다. 니가 스스로 선택한 길이고, 나한테도 필요한 일이니까. 서로 필요한 부분을 맞출 수 있을 거야. 불쑥 나타나서 혼자만 떠들어서 미안하구나. 니가 먼저 말을 꺼낼 것 같지 않아서 내 이야기부터 했다."

"찾아오지 마세요. 감시도 하지 말고."

아빠는 말없이 내 눈을 바라보았다. 나는 곧바로 시선을 돌렸다. 그래도 아빠는 오래오래 말없이 나를 바라보았다. 설마 진짜로 나를 걱정했던 걸까.

"엄마가 어리석었어요. 엄마가 죽은 걸 가지고 그 댁에 보복할 생각은 없습니다. 몇 년 전에 선생님께서 말씀하신 것처럼 저는 그 댁하고는 아무 상관도 없는 사람입니다. 그러니까 선생님도, 따님도, 두 분 다 저에게 보복할 이유가 없잖아요. 이유가 없으니까 먼저 보복하려는 것도 이해는 됩니다. 하지만 그러지 않으셨으면 좋겠어요. 이렇게 관심 가지시는 게 저에게는 다 보복이거든요. 선생님께서 저한테 관심을 보이실 때마다 댁의 따님이 지한테 무슨 짓을 하는지 잘 모르시죠? 따님한테나 신경써주세요."

방을 나와 곧장 기숙사로 돌아갔다. 세탁기를 돌려놓고 옆방에 놀러 가 수다를 떤 다음 건조대에 빨래를 널어놓고 방으로 돌아가서 일찍 잠들었다. 새벽에 좀 추워져서 잠깐 잠이 깼지만 온풍기 온도를 올려놓고 금방 다시 잠이 들었다.

내가 뭘 좋아하는지, 또 뭘 제일 하고 싶어하는지를 가장 잘 아는 사람이 왜 하필 그 인간이어야 했을까.

주말에 혼자 산책을 나갔다가 돌아오는데 유난히 기숙사 격납고가 눈에 띄었다. 나는 각목을 들고 오랜만에 비행기를 구경하러 갔다. 그리고 동체가 움푹 들어갈 때까지 비행기를 한참이나 두들겨

팼다. 월요일 아침에는 예술대 활주로 관제탑 근처 잔디밭에 혼자 앉아 이륙하는 비행기 엔진 소리 뒤에 숨어서 엉엉 울었다. 오후에는 아무 일도 없었던 것처럼 훈련장에 나갔다. 다섯시가 다 돼서 바클라바가 찾아왔다.

"금요일에 왔었다며?"

"누가?"

"다 들었어. 그 사람 왔었다며. 왜 나한테 말 안 했어? 말만 하지. 기회였는데. 한마디만 했으면 앞으로 너 찾아와서 괴롭힐 일도 없고 너도 더이상 그 이상한 여자한테 시달릴 일 없잖아. 안 그래?"

잔뜩 흥분해서 펄펄 뛰는 그를 한동안 말없이 바라보다가, 왼쪽 눈을 향해 주먹을 날렸다. 그는 피하지 않았다. 우두커니 서 있는 바클라바를 한참이나 말없이 바라보았다. 그런 상황에서도 내 눈을 똑바로 쳐다볼 수 있는 사람. 그는 이미 내 적이 아니었다. 따뜻한 말 한마디 건네주지 않았지만, 나에게는 그게 위로로 느껴졌다.

가을학기에는 거의 지상에서만 훈련을 받았다. 시뮬레이션을 활용한 훈련과정이 꽤 길었고, 간단한 수리 정도는 혼자서도 할 수 있을 만큼 기계에 대한 지식도 익혀야 했다. 봄학기에는 물속에 들어가서 허우적거리거나, 중력가속도를 상쇄하는 속도로 자유낙하하는 비행기 안에서 재주를 넘었다. 세상을 벗어나기 위한 연습이었다.

이듬해 봄에는 우주로 나갔다. 부조종사 자격이었다. 대기권 밖에서 내려다보는 세상은 비행기 고도에서 내려다보는 세상과도 또 달랐다. 하지만 나에게는 아무 의미도 없었다. 내가 살던 곳이 평면

이 아니라 사방으로 구부러진 공간이라는 것을 직접 눈으로 확인할 수 있는 높이가 되면, 나는 세상이 얼마나 재미없는 곳인지 새삼 깨닫곤 했다. 물론 남들은 그 반대였다.

그러니까 그건 재미있어서 하는 일이 아니었다. 나에게 우주는 일종의 탈출구였다. 멀리도 못 가고 결국 제 발로 출발장소로 되돌아오고 말겠지만, 그래도 아예 시도조차 하지 않는 것보다는 훨씬 나았다.

바깥에 뭔가 대단한 게 있어서가 아니었다. 단지 거기에 문이 있기 때문이었다. 그 문을 열심히 두드리는 것만으로도 나는 한결 숨쉬기가 편해졌다. 비록 한 번도 열린 적은 없었지만.

다시 계절이 바뀌고 시간이 흘렀다. 졸업비행을 하기까지는 일 년이 더 걸렸다. 주조종사 자격으로 발사에서 궤도 진입, 우주정거장 자동 도킹 후 분리, 지구 재진입 후 단독 조직으로 착륙하기까지 오 일에 걸친 시험이었다. 물론 혼자 가는 길은 아니었지만 그래도 나는 외로웠다. 비행하는 동안만은 무조건 행복했으니까 더 높이 날아가면 더 행복할 줄 알았는데 꼭 그런 건 아닌 모양이었다. 뭐하자고 여기까지 왔나 하는 생각마저 들었다. 그리고 어이없게도 바클라바가 떠올랐다.

"마피아 주제에 뭐하자고 대학까지 들어갔냐?"

"순서가 틀렸어. 학비 벌려고 마피아에 들어간 거니까."

"그럼 왜?"

"이야기가 좀 긴데."

"그럼 하지 마."

"터키에서 태어났어. 아버지가 터키 사람이고 어머니는 우크라이나 사람."

"하지 말라니까. 남의 가정사에 관심 없어. 특히 너 같은 마피아 자식이 어떻게 자랐는지는."

"태어나기만 터키에서 태어나고 자란 곳은 유럽 동쪽에 있는 조그만 산골 도시였어. 고원지대였는데, 중세 때 만든 요새가 있었대. 나 자랄 때는 요새는 없고 마을만 남아 있었는데, 인구가 점점 늘어나서 작은 도시 정도는 됐거든. 나름 그 지역 중심지였어. 도시에 있을 만한 건 웬만큼 다 있었고, 조금만 나가면 소를 방목하는 목장도 있었어. 아마 그렇게 살기 좋은 데는 세상에 또 없을 거야. 부모님은 둘 다 의사였어. 그러니까 우리 집은 다른 집보다 형편이 좋았지. 나도 의사가 될 생각이었고. 비싼 학교에 다녔으니까 그대로만 가면 아무 문제도 없었어. 정말 아무 문제도 없었어.

그런데 어느 날, 그러니까 내가 열두 살 되던 해였어. 학교에서 프라하로 단체여행을 갔는데, 여행을 마치고 기차를 타고 집으로 돌아오는 길이었어. 저녁 무렵이었고, 아무것도 없는 고원 목장에 석양이 엷게 깔린 지루한 풍경이 창밖에 펼쳐졌어. 그때는 그런 게 다 지겹게만 보였으니까. 모자를 푹 눌러쓰고 깜빡 잠이 들었는데, 집에 거의 다 왔을 즈음이었어. 다른 아이들이 웅성거리는 소리가 들리는 거야. 저게 뭐지, 저게 뭐지, 뭐 그런 소리였어. 눈을 뜨고 창밖을 내다봤어. 내가 앉은 쪽 반대편이었거든. 저 높은 데서 빨간 불덩어리가 내려오는 게 보였어. 하늘 저편에서 말이야. 처음에는 아무 소리도 없었는데, 좀 있으니까 뭔가 커다란 게 움직일 때 나는 소리가 들렸어. 내 귀에는 딱 그렇게 들렸거든. 애들이 전부 창가에 붙어서 그쪽을 올려다봤어. 처음에는 너무 멀어서 잘 못 느꼈는데 가까이 다가올수록 이게 속도가 엄청나게 빨라지는 거야. 그 기세에, 웅성거리던 아이들도 조용히 숨소리만 내면서 위를 올려다보는데, 글쎄 그게 점점 더 빨리 내려오더니, 실제로는 점점 느려졌겠지만, 아무튼 그렇게 내려오더니 언덕 저쪽에 가서 꽝! 충돌한 거지. 순식간에 일어난 일이었어. 소리가 너무 커서 애들이 다 깜짝 놀랐어. 그런데 그게 어디였는지 알아? 우리 동네. 우리 집 근처였어. 그 언덕만 넘으면 우리 동네였거든. 기차에서 내리자마자 집으로 달려갔어. 경찰이 둘러서서 그쪽으로는 못 가게 하더라고. 동네가 다 없어진 거야. 병원도 없어지고 집도 없어지고 엄마도 없어지고 아빠도 없어졌지. 그런데 나중에 알고 보니까 그날 하늘에서 떨어진 게 우주 저편에서 날아온 게 아니라 사람이 만들어 쏘아올린 게 잘못돼서 떨어진 거라잖아. 게다가 무슨 용도인지 알 수 없는 폭발물을 잔뜩 싣고 말이야. 분명 누군가가 잘못한 건데, 그런데 아무도 잘못한 사람이 없다는 거야. 그 사람이, 자기 게 아니라고, 누구 소유인지는 밝혀지지 않았지만 아무튼 자기 건 아니라고 말하는 걸 텔레비전에서 봤어."

"그 사람?"

"킴."

"그래서 그 회사 인공위성을 다 떨어뜨리겠다고 로켓공학과에 간 거야? 니네 패밀리는 무슨 꿈나무 장학재단이야?"

"아니, 그런 건 아니야. 이건 비밀인데 말이야, 사실은 몇 년 전부터 회장님이 조그만 무기사업을 준비하시는데 기술자가 몇 명 필요하거든."

"장학재단 맞네. 근데 니네 회사 비밀을 왜 자꾸 나한테 알려주는 거야?"

그해 전체를 통틀어 누군가와 나눈 대화 중 가장 긴 대화였다. 문득 바클라바가 보고 싶었다. 이제는 러시아말도 서툴지가 않은데 바클라바 말고는 마음을 털어놓을 친구가 하나도 없었다. 나는 내가 대화를 싫어하는 사람이라고 굳게 믿고 있었다. 그런데 그게 아니었다. 그저 내가 말을 하는 게 싫었을 뿐, 누군가가 나를 붙들고 굳이 자기 이야기를 들려주겠다고 한다면 그것까지 막을 생각은 없는 모양이었다. 그게 누구든 상관없었다. 하지만 이왕이면 예전부터 알던 사람이면 더 좋을 것 같았다. 그러니까 바클라바 같은.

시험을 통과하고, 체력 회복을 핑계삼아 육 개월을 놀았다. 바클라바가 우즈베키스탄으로 떠나면서, 살던 집을 나에게 맡겼다.

"이건 비밀인데, 마르길란 쪽에 미사일 실전 배치 훈련받으러 가는 거야. 이번에는 열두 개나 조립했거든."

"안 궁금하거든."

나도 일자리를 구해야 했다. 아빠네 계열사를 피하려다보니 일자리를 구하는 데 시간이 많이 걸렸다. 게다가 경라 언니가 셔틀사업부 기획이사로 들어갔다는 이야기를 듣고는 다시 한번 진로를 심각하게 고민해야 했다. 그날 아빠가 다녀간 후로는 이상한 물건이 배달되는 일은 없어졌지만, 언니와 같은 직종에 있어서 좋을 일은 하나도 없었다.

다행히 작은 민간 항공사에 부조종사 자리가 나서 그쪽으로 원서를 내고 면접을 봤다.

"물론 김은경씨 실력은 의심하지 않습니다. 러시아 항공대 궤도 비행학과에서 면허를 땄으니까요. 거기 셔틀 같은 물건으로 단독비행을 했으면 아마 웬만한 날개 달린 물건은 다 착륙시킬 수 있을 겁니다. 아, 물론 농담입니다."

사장이 조종사여서 그런지 회사는 규모는 작았지만 분위기가 좋았다. 아니면 분위기가 좋았기 때문에 회사 규모가 그 이상 커지지 않았을지도 모른다. 격의 없이 웃고 떠드는 자리에서 로켓공학을 전공하는 학교 마피아 이야기를 꺼냈더니 폴란드 조종사 몇몇이 이런 이야기를 했다.

"코스모마피아가 친구야? 대단한데. 그런데 은경, 그거 이름이 마피아라서 그렇지 니가 생각하는 그런 마피아는 아니야."

"맞아. 은경이 생각하는 거랑은 달라. 걔들 공산당 계열이잖아. 우주공간이나 천체 사유화 반대하는. 인공위성 갑부들이 어떻게 돈 버는지 알아? 일단 인공위성을 분양받아. 그러면 은행에서 위성을 담보로 대출을 해주거든. 근데 그 사람들이 무슨 엔지니어도 아니고, 인공위성을 어디다 쓰겠어? 쓸 줄이나 아나 뭐. 그래서 분양받자마자 임대하는 거야. 임대료에 대출 끼면 자기 돈은 몇 푼 들지도 않아요. 이자하고 수리비만 내면 되는데, 궤도 가격이 일 년에 두 배씩 뛰는 마당에 그깟 은행 이자가 문제겠어? 그걸 뻔히 아는데도, 대기권 밖에는 주권이 안 미치니까 법으로는 도무지 해결이 안 되는 거야. 그래서 누군가가 문제를 제기하는 거지."

“그래요? 코스모마피아가 원래 그런 거면 걔는 왜 고등학교 때부터 사람 패고 마약 팔고 그랬을까요?”

“그거야 그 사람 개인 취향이겠지. 코스모마피아 강령이 그렇지는 않을 거고, 인간이 원래 막돼먹었다거나.”

그렇게 몇 달이 흘렀다. 그날이 될 때까지.

그리고 그날은 아무 예고도 없이 찾아왔다.

첫 휴가를 받아 무작정 회사 숙소를 나섰는데 딱히 갈 만한 데가 떠오르지 않았다. 그래서 일단은 바클라바네 집으로 걸음을 옮겼다. 특별히 그 집이 그립거나 편안해서가 아니라 그냥 마땅히 갈 데가 없어서였다.

아파트에 도착하자마자 경비실 직원이 찾아와 서류봉투 하나를 전해주었다. 언니가 보낸 물건이었다. 예상과는 달리 이상한 물건은 들어 있지 않았다. 위성사진 몇 장과 편지가 다였다.

그렇게 똑똑한 애인이 있었으면 언니한테 소개를 했어야지. 어쩜 인물도 좋아.

그런데 니 애인 하는 일이 왜 그 모양이니? 회사 정보부에서 그러더라. 니 애인이 만든 물건이 우리 회사 재산을 겨냥하고 있다며? 도대체 어쩌자는 건지. 욕구불만 같은데, 니가 어떻게 좀 해봐.

몇 시간 안에 선제공격해야 우리가 안 당한다더라. 그 몇 시간은 도대체 몇 시간일까. 아무튼 서두를수록 좋겠지.

니 애인은 아마 숨는다고 숨은 모양인데, 어쩌나. 위에서 보면 빤히 다 보이는데.

애인 아닌데. 왜 다들 회사 비밀을 나한테 알려주는 걸까. 바클라바도 그렇고, 언니도 그렇고. 나더러 어쩌라고.

위성사진을 보니 그냥 하는 말은 아닌 것 같았다. 마르길란 근처였다. 확대한 사진에 미사일 발사용 트레일러가 선명하게 보였다. 근처에 서 있는 사람들 중에는 바클라바도 끼어 있을 게 분명했다. 나는 깜짝 놀랐다. 바클라바가 한 말이 떠올랐다.

"곧 일 시작할 거야. 그리고 좋은 정보 고마워."

"뭐가?"

"그거 있잖아, 지난번에. 됐다. 아니면 말고."

도대체 뭐가 고맙다는 긴지 알 수가 없었다. 그런데 이제는 알 것 같았다. 음모였다. 나와 주고받은 연락 때문에 위치가 드러난 게 분명했다.

학교로 달려갔다. 무슨 음모인지 곰곰이 따져볼 여유조차 없었다. 계획이 탄로났다는 사실을 어서 바클라바에게 알려야 했다. 예술대 기숙사 격납고로 달려갔더니 문이 잠겨 있었다. 사감을 불러 열쇠를 받아냈지만 비행기가 없었다. 사감 말로는 예술행정관 격납고로 옮긴 것 같다고 했다. 학장님이 정비를 맡긴 모양이었다. 학장실로 전화를 걸었다.

"은경인데요, 선생님. 비행기를 급하게 좀 쓸 수 있을까요? 이유는 갔다 와서 말씀드릴게요."

"중요한 일이야?"

"네, 세상에서 제일 중요한 일이에요."

학장님은 더이상 아무것도 묻지 않고 일 년 치 행정효율을 다 소모해가며 놀라운 속도로 내 부탁을 들어주셨다.

두 시간 뒤에 비행기를 몰고 하늘로 나갔다. 동쪽으로 한참을 날아가는데 어느새 서쪽으로 해가 졌다. 위성사진에 찍힌 좌표를 따라 계기비행으로 날아갔다. 보름에 가까운 달이 영사기처럼 창백한 흑백 광선을 땅 위에 비췄다. 달빛 말고는 아무 색깔도 들어가지 않은 단조로운 영상이었다. 대지는 울퉁불퉁한 스크린이었다. 그 위로 조급한 마음이 빨간 비행기를 타고 종종거리며 지나쳐갔다. 누군가가 장난스럽게 영사기 앞으로 손을 내뻗자 우즈베키스탄 전체를 덮을 만큼 거대한 손 그림자가 대지 위에 커다란 V를 그렸다. 마음 가득 드리운 심란한 그림자가 자꾸만 장난스럽게 좌우로 흔들렸다.

내 삶에는 신이 개입한 적이 한 번도 없었던 것 같아서 바클라바의 신께 기도했다. 신께서 나무라시자 영사기 앞에서 장난치던 거대한 손은 재빨리 스크린 밖으로 사라져버렸다. 마음에 드리워졌던 심란한 그림자도 순식간에 기억 저편으로 모습을 감추었다. 스크린 위를 평화롭게 날아가는 빨간 내가 보였다. 호흡을 가다듬었다. 그러는 사이 마음이 다시 조바심으로 기울었다.

"묘사가 왜 이래?"

그렇게 한참을 날았다. 좀처럼 거리가 좁혀지지 않았다. 시간이 다급하게 흘렀다. 삼엽기는 더디게 날아갔다. 시간과 공간에 대한 감각이 모두 예리함을 잃었다. 신경은 뭉툭한 모서리만 남기고 모조리 닳아 없어졌다. 그 모든 것들이 단지 계기반의 숫자로 환원되었다. 내가 어디서 무엇을 하고 있는지, 나는 누구인지, 바클라바가 나에게 어떤 존재인지.

뭐라고 부르든 상관없었다. 사랑이라고 해도 받아들일 수 있었다. 이름 따위는 중요하지 않았다. 이름이 뭐가 됐든, 형식이 어떻든 나에게 중요한 건 오로지 그 사람뿐이었다. 바클라바. 내가 조종하는 우주왕복선이 반드시 지구로 돌아와야 하는 이유.

무뎌진 시야에 불빛 하나가 들어왔다. 전방 저 아래 어딘가에서 불빛 하나가 거짓말처럼 밝혀졌다. 그런 곳에서는 절대 마주칠 일이 없을 것 같은 또렷한 불빛이었다. 거짓말이라니요, 그렇게 말하기라도 하는 것처럼 불빛은 이내 위쪽으로 뻗어나왔다. 지상에서 시작된 짤막한 불기둥이 하늘을 향해 점점 길게 뻗어나왔다. 길이가 충분히 길어지자 불꽃은 증빌하듯 가벼운 몸짓으로 그대로 솟아올랐다. 올라가면 올라갈수록 불꽃은 점점 더 빠른 속도로 하늘을 향했다.

더 먼 곳에서 또다른 불빛 하나가 밝혀졌다. 더 먼 곳에서 또 하나의 불빛이, 그다음에는 좀더 가까운 곳에서, 그리고 이번에는 뒤쪽에서도 불빛들이 하나씩 모습을 드러냈다. 그러고는 모두 똑같은 모양으로 하늘로 향했다. 굉음이 밀려왔다. 줄곧 나를 감싸던 비행기 엔진 소리의 얇은 막을 뚫고, 대인공위성(對人工衛星) 미사일 다섯 개가 뿜어내는 폭음이 심장을 묵직하게 파고들었다. 어느 신의 신전을 떠받치던 다섯 개의 기둥이 순식간에 하늘로 뽑혀 올라가는 듯했다. 하늘이 요란하게 울렸다.

나는 빨간색 비행기를 타고 승천하는 신전 한가운데를 배회하고 있었다. 바클라바가 있는 곳까지는 아직 더 가야 했다. 기둥은 다섯 개가 끝이 아니었다. 지평선 근처 저 먼 곳에서 불기둥이 잇달아 솟구쳐올랐다. 코스모마피아의 선제공격이었다.

삼 분쯤 지나자 남쪽에서부터 전투기로 보이는 불꽃 수십 개가 내 비행기보다 훨씬 빠른 속도로 다가오더니 방금 불기둥이 솟아오른 지점들을 향해 셋 또는 넷씩 골고루 흩뿌려졌다. 곧이어 지상에서도 섬광이 번쩍였다. 전투기들이 계속 그 주위를 맴돌며 섬광에 섬광을 더했다. 코스모마피아의 미사일 기지에 폭격을 가하는 모양이었다.

전투기들이 돌아간 다음에도 나는 군데군데 불길로 얼룩진 달빛 스크린 위를 조급한 마음으로 날아가야 했다. 위성항법장치의 안내에 따라 목적지 근처에서 고도를 낮추었다. 라이트를 켜고 사람 얼굴을 알아볼 수 있을 정도로 낮게 날았다. 비행기가 감당할 수 있는 가장 느린 속도로 불길 근처를 맴돌았지만 좀처럼 피해상황을 파악하기가 어려웠다. 불길 바로 위를 한 번 지나친 다음 다시 기체를 크게 선회해서 같은 곳으로 돌아왔다. 그때야 비로소 미사일 트레일러의 잔해가 눈에 들어왔다. 조금 떨어진 곳에 부러진 기둥 같은 것이 눈에 띄었다. 발사 한 번 못 해보고 지상에서 탄두가 폭발해버린 이단로켓의 아래쪽 엔진 부분이었다. 바클라바의 신은 제때 바클라바를 돌보지 못한 모양이었다.

문득 언젠가 바클라바가 한 말이 생각났다.

"좋은 정보 고마워."

무슨 정보를 줬다는 거지? 그제야 비로소 내가 어떤 함정에 빠졌는지 깨달았다. 함정이라는 건 이미 알고 있었지만, 그게 나를 잡으려는 함정일 줄은 미처 몰랐다. 지평선을 넘어 거대한 바람이 해류처럼 휘몰아쳤다. 슬픔이 세 장의 빨간 날개를 파닥거리며 처량한 모습으로 바람에 휩쓸려갔다.

집으로 돌아갔다. 그리고, 나는 세상 거의 모든 사람들의 적이 되었다. 코스모마피아가 쏘아올린 미사일 쉰여섯 개 중 아홉 개만이 목표물에 정확히 명중했고, 나머지는 요격되거나 목표를 벗어났다. 그중 아슬아슬하게 표적을 놓친 미사일 한 발이 있었는데, 그 한 발 때문에 나는 그만 손발이 묶이고 말았다. 그 한 발만이 지상 목표를 겨냥한 것이었는데, 그날 밤 그 지점에는 아빠가 머물 예정이었다.

"은경이는 제 동생이 맞습니다. 말하기 힘든 가정사지만 이제 그런 걸 부끄러워할 시점은 아니라고 생각했어요. 네, 생각하시는 그런 관계가 맞습니다. 적절하지 않은 가족관계였습니다. 껄끄러운 관계였죠. 그래서 가끔 불화가 있었습니다. 화해해야 할 때라고 생각했어요. 회장님과 은경이를 만나게 하려고 아무도 모르게 자리를 마련했습니다. 회장님이 얼마나 기다리셨는지 모릅니다. 약속시간에 은경이가 나타나지 않아서 얼마나 상심이 크셨는지 모릅니다. 그 아이가 그 자리에 중거리 미사일을 대신 내보낼 줄은 꿈에도 생각하지 못하셨습니다."

카메라 앞에서, 경라 언니는 화장기 없는 침울한 얼굴로 그렇게 증언했다. 물론 러시아 검찰은 바클라바가 코스모마피아 혁명국에 그날의 약속장소에 관한 첩보를 제공했다는 증거와, 나에게 "좋은 정보 고마워"라고 말한 통화기록을 갖고 있었다. 그러나 그보다 더 끔찍한 것은, 그날 마르길란 상공에 붉은색 삼엽기 한 대가 머물다 간 사실이 기록된 증거자료와 러시아 항공대 예술행정관 겸납고 정비담당자의 증언이었다. 덕분에 나는 생부에게 앙심을 품고 끔찍한 보복을 감행한 악녀인 동시에, 사랑을 빙자해 정보를 캐낸 것도 모자라 결국 연인을 죽음으로 내몬 악랄한 배신자가 되었다. 내 편은 아무도 없었다. 나는 이제 끝장이었다.

온몸이 꽁꽁 묶인 굴욕적인 모습으로 아빠와 언니를 만났다. 그런 식으로 만나게 해달라고 언니가 특별히 부탁한 모양이었다. 아빠는 침울한 얼굴로 눈을 내리깔았다. 언니는 그 참에 진짜로 아빠를 죽일 생각이었는데, 아빠는 물론 그 사실을 전혀 몰랐다. 이야기해주고 싶지도 않았다. 그렇게 살다 죽든 말든 그 집 일은 내가 알 바 아니었다.

"왜들 찾아오셨을까? 구경하러 오셨어요?"

"나는 니가 한 짓이 아니라고 믿는다. 그놈들이 지어낸 거짓말이라는 거 다 알아."

침통한 표정으로 아빠가 말했다. 설마 진짜로 나를 걱정하는 건가 싶었다.

"하지만 우리 생각대로 될 것 같지가 않아. 손쓸 데가 없어. 이대로 가다가는 정말."

언니가 말끝을 흐렸다. 물론 가식이었다.

"두 분 다 그만하시죠. 내가 꼴이 이래서 내 마음대로 걸어나갈 수도 없으니까 그냥 두 분이 조용히 나가주세요."

"은경아, 너마저 지켜주지 못해서 미안하구나. 어떻게 해서든 사형만은 면하게 할 거니까 너무 무서워하지 말고."

아빠가 말했다. 사형이라니, 처음 듣는 소리였다. 덜컥 겁이 났다.

"그냥 죽이라고 하세요."

"은경아."

예술대학 비행예술학과 외국인학생증 발급에 걸리는 시간보다 훨씬 짧은 시간 안에 사형선고가 내려졌다. 캄캄한 방 안에 혼자 누워 궤도 위에 떠 있는 상상을 했다. 하지만 눈을 감고 귀를 막고 숨을 참아봐도 중력이 나를 아래로 끌어당기는 느낌은 지울 수가 없었다. 내 존재가 좀처럼 지워지지 않는 것처럼 중력도 마찬가지였다. 나와, 지구와, 그리고 바클라바. 못돼먹은 깡패 자식. 바클라바가 보고 싶었다. 다른 건 아무것도 떠오르지 않았다.

죽어도 좋을 만큼 하늘이 아름답던 어느 가을날, 사람들이 나를 데리러 왔다.

"저기요, 보통 마지막 식사는 맛있는 걸로 주지 않나요? 저는 어제부터 굶었는데요."

아무도 내 말에 대답하지 않았다. 차를 타고 십 분쯤 이동한 다음 비행기로 옮겨탔다. 거기에서 두 시간을 날아간 다음 다시 차로 삼십 분을 달려 어딘가에 이르렀다. 어디로 데려가는 걸까. 집행장소가 그렇게 멀 리가 없었다. 혹시 살길이 생긴 걸까. 눈에 눈물이 고였다. 하지만 곧 사람들이 다가와 나를 어딘가에 눕히더니 움직이지 못하도록 허리와 팔다리를 고정시켰다. 겁이 났다.

집행담당관이 보이고, 아빠 목소리가 들렸다.

"은경아, 절대 안 죽을 거니까 걱정 마."

무슨 말을 하려는 걸까. 집행담당관이 집행명령서를 읽는 마당에. 심란하게도 아빠는 울먹이는 목소리로 이해할 수 없는 이야기를 계속해댔다.

"죽는 거 아니야. 내 말 믿어. 이제 곧 잠이 들 거야. 너를 깨울 수 있으려면 시간이 아주 많이 필요하겠지만 너한테는 자고 일어나면 금방일 거야. 알았지? 그때는 나 안 봐도 되니까 한잠 푹 자고 일어나서 재미있게 살아. 아주아주 오랜 시간이 지난 다음이겠지만, 무슨 일이 있어도 약속은 지켜. 너를 깨울 여건이 마련되기 전에 내가 죽게 되면 니 언니가 나 대신 계속해줄 거야. 그러니까 걱정하지 마."

설마. 경라 언니가 그런 짓을? 나더러 그 말을 믿으라고?

내 삶에는 신이 개입한 적이 한 번도 없었는데도 어떤 성직자가 자기네 신에게 내 영혼을 온전히 거두어달라고 기도했다. 아빠가 자꾸 사람 헷갈리게 만들어서 그렇지 사형 집행이 맞기는 맞는 모양이었다.

아빠 혼자만의 계획에 따르면 나는 냉동인간이 될 예정이었다. 냉동인간이라니. 얼릴 수는 있어도 온전히 산 채로 녹일 수는 없었다. 결국 사형 집행과 다를 바가 없었다. 어느 순간 몸속의 수분이 날카로운 얼음 칼날이 되어 세포를 모조리 베어버릴 것이다. 그걸 다시 하나하나 복원한 다음 내 영혼과 기억까지 온전히 되돌리겠다니, 오백 년이 지난들 천 년이 지난들 도대체 그게 가능하기나 한 일일까? 세상에 그보다 더 완전하게 죽는 방법이 또 있을까?

혈관으로 졸음이 주입되었다. 나는 비행기 고도를 높일 때처럼 주먹을 꽉 움켜쥐었다.

"아빠."

눈을 감고 궤도 위에 떠 있는 상상을 했다. 졸음을 견디지 못하고 중력이 사라졌다. 신을 만난 것 같았다. 신 때문인지, 졸음 때문인지 내 존재도 그만 지워지고 말았다. 신의 거대한 손이 달빛 아래 광활한 대지에 커다란 V자 모양의 그림자를 만들었다. 신이 경박스럽게 손을 흔들자 그림자가 따라서 좌우로 흔들렸다.

뭐가 그렇게 좋으세요? 내가 죽는 게 그렇게 좋으세요?

신은 대답 대신 손을 내려놓더니 이번에는 달빛 영사기 앞으로 머리를 들이밀었다.

제발 머리 좀 치우세요. 화면 가리거든요.

빨간 삼엽기가 날개를 퍼덕이며 날아가 신의 거대한 파마머리에 퍽 하고 부딪쳤다.

아야!

졸음을 견딜 수가 없었다. 이미 잠이 든 걸까. 저런 이상한 광경이 눈에 보이다니. 어쩌면 벌써 죽어버린 건지도 몰라. 사람이 죽으면 저런 게 보이나. 신이 머리를 감싸쥐는 모양이 새하얀 평원 위에 달그림자로 그려졌다. 그리고 나는 잠에서 깨어났다. 잠에서.

"정신이 드세요?"

누군가 물었다. 고개를 돌렸다. 몇 사람인가가 아무런 감흥도 느껴지지 않는 무심한 표정으로 나를 내려다보고 있었다. 아직 정신이 온전하지가 않았다. 내가 아는 사람이던가. 처음 보는 사람인가. 아무 말도 하지 못하고 한참 동안 멍하게 사람들을 바라보다가 눈을 몇 번 깜빡이며 입술을 움직였다.

"제가 잠들어 있었나요?"

"정신이 드시는군요. 다행입니다."

"얼마나 지났나요?"

"아, 얼마나. 그러니까, 동면기간이 궁금하신 거죠? 어디 보자, 이게 좀 복잡한데요, 그 당시 지구 공전주기로 환산해야 편하시겠죠. 여기 시간으로 해봐야 전혀 이해가 안 될 거고. 뭐, 어차피 머리로 이해할 수 있는 시간은 아니겠지만. 아무튼 그걸 계산하면요, 그러니까, 일 십 백 천 만……, 대략 십오만이천삼백몇 년이 되는군요."

"네?"

그가 지난 십오만 년 동안 일어난 일들을 간략하게 설명해주었다. 잠이 확 달아났다.

나니예 사고조사위원회 위원장 제1등성 ○○○ 귀하

「나니예 사고조사에 관한 조약」 11조에 명시된 권한과 의무에 따라 위 문서를 수집하고 번역하여 위원회 최종보고서 작성을 위한 중요자료(1급)로 제출합니다.

이 문건은 주요 참고인인 지구/나니예의 궤도비행 조종사 김은경이 직접 작성한 문건입니다. 원문은 문서 형식이며, 나니예 궤도비행 조종사 등록을 위한 기초진술서에 포함시킬 목적으로 작성되었습니다. 자료 출처는 나니예 행성관리사무소 문서보존소입니다.

작성 당시 특수한 목적을 가지고 작성된 문건이 아니므로 서술자에 대한 신뢰 가능성이 높으며, 내용 확인 결과 의도적 왜곡 가능성이 적어 최종보고서 작성을 위한 가장 중요한 참고문건 중 하나로 평가됩니다. 총 23건 이상의 유사 문건이 발견되어 진본 논란이 거듭되었으나 본 조사관의 조사 결과 이 문건의 신뢰도가 가장 높은 것으로 추정됩니다.(추정 사유 별첨)

문헌조사관 제2등성 ○○○○(문자 표기 불가)

선반 위의 하느님

나니예 사고조사위원회 위원장 제1등성 ○○○ 귀하

「나니예 사고조사에 관한 조약」 11조에 명시된 권한과 의무에 따라 위 문서를 수집하고 번역하여 위원회 최종보고서 작성을 위한 중요자료(1급)로 제출합니다.

……이 문건은 행성 나니예의 종교집단 천문교 경전 중 「창세기」에 해당하는 비밀 경전으로, '신'의 정체에 관한 나니예 거주자들의 생각 중 일부를 담고 있습니다. 외부에 발행되지 않은 문건이며 고위 성직자들 사이에서만 사본 없이 열람되던 지식입니다. 따라서 이 문건의 내용이 나니예 거주민 전체의 생각을 대변하지는 않으며…… (이하 생략)

"……송기자님, 나니예 프로젝트는 낙원을 만드는 사업입니다. 외계 식민지 개척이라고 생각하지는 않아요. 그렇게 불리는 것도 싫고."

김회장은 다소 지친 듯한 표정으로 대답했다.

"죄송합니다. 제 생각이 그렇다는 게 아니라 다른 사람들이 모두 그렇게 부른다는 의미에서 한 질문이었어요. 저도 나니예 프로젝트가 식민지 개척 프로그램이라는 생각에는 동의하지 않습니다. 낙원론에 대한 논쟁도 꽤 읽었고요. 그래서 그 낙원론과 관련된 질문을 몇 가지 드리고 싶은데요. 잘 아시겠지만 작년에 한창 뜨거웠던 낙원 논쟁의 핵심 논점이 낙원 불가론이었고, 최근에는 낙원 파시즘론 같은 주장도 새롭게 제기되고 있더군요. 누군가가 생각하기에 가장 살기 좋은 곳으로 여겨지는 곳이 반드시 모든 사람에게 낙원으로 받아들여지는 것은 아니고, 그래서 개인이 생각하는 낙원을 세계의 다른 구성원들에게 강요하는 행위가 바로 파시즘이라는."

"강요하지 않습니다. 원하지 않는데 억지로 나니예 계획에 참여시킬 순 없어요. 극히 일부의 예외는 있지만."

"그렇지만 일단 나니예에 가서 살아보기 전에는 나니예가 어떤 식의 낙원인지 알 수 없지 않나요? 알려진 대로라면 구십만 년 뒤에나 잠에서 깨어난다는 이야긴데, 일단 깨어난 뒤에는 다시 지구로 돌아올 수 없으니 선택의 여지가 없지 않습니까? 개발자들의 생각대로 완벽하게 디자인된 낙원이라면 그걸 깨고 나올 방법을 찾기가 쉽지 않을 테니까요."

"모든 게 기계적으로 꽉 짜여 있지는 않을 겁니다. 변동 가능한 변수들을 체제 차원에서 제공할 겁니다."

"그 체제 때문에 제기되는 문제거든요. 체제 자체를 뒤집을 정도의 변화는 일어나지 않을 것이라는 게 비판자들 생각인 것 같은데, 어떻게 생각하시는지요."

"이해를 잘 못하신 것 같군요. 나니예 계획은 혁명이 일어날 가능성까지도 체제 수준에서 보장할 생각입니다. 혹시라도 나니예가 낙원이 아닐 경우 뒤집어엎어도 막지 않을 겁니다. 필요하다면 완전히 자동화된 AK-47 제조공장을 심어둘 용의도 있습니다. 단순히 혁명의 상징 정도가 아니라 실제로 혁명에 도움이 되도록, 특정한 조건을 충족하면 AK-47 자동소총 천만 정 이상을 자동으로 생산해서 배포하도록 말이죠. 그곳에서 나니예 식의 코스모마피아가 발생한다고 해도 체제 수준에서는 막지 않을 겁니다. 그런 식의 조치가 여러 단계에서 검토중입니다만, 그 최종단계는 아마 이게 될 겁니다."

손에 든 서류철을 건네며 김회장이 말했다. 기자가 물었다.

"그게 뭔데요?"

"신이요. 이건 신이 될 겁니다."

"신을 만들겠다는 겁니까?"

"물론 아무나 만질 수 있게 하지는 않을 겁니다. 제일 높은 선반 위에 올려둘 거거든요. 쉽게 올라갈 수는 없을 겁니다. 하지만 누군가 간절히 원한다면 결국은 닿을 수 있게 해야겠죠."

"이것까지도 나니예 계획에 포함된 건가요?"

"아닙니다. 아직은 이걸 구현할 기술이 없습니다. 나니예 프로젝트보다 늦게 지구를 출발할 예정이에요. 수백 년쯤, 아니면 수천 년쯤 뒤에. 그러니까 프로젝트 참가자들은 아마 이게 어떤 형태가 될지 모를 겁니다. 당연히 공식 매뉴얼에는 들어갈 수 없을 거고, 구체적으로 어떤 모습이 될지는 아직 아무도 모르는 거죠. 그 사람들이 잠들어 있는 기간에 일어날 일이니까요. 결국 뭔가가 있다는 걸 알게는 되겠지만 다른 식으로 알게 되겠죠. 그들만의 방식으로요."

신의 궤도

날이 저물자 신께서는 흩어진 별빛을 끌어모아 초원에 매어두시고, 세상에 침묵과 평화를 허락하셨다. 성전 종탑에서 여섯시를 알리는 종소리가 울렸다. 하늘 위 어딘가 신이 머물러야 할 자리에, 신의 음성 대신 차가운 종소리가 퍼져나갔다. 인기척 없던 성전에 하나둘씩 불이 켜지고 가느다란 노랫소리가 새어나왔다. 나이든 수도원장이 하루도 빠짐없이 드리는 저녁기도였다.

성전은 마을이 한눈에 내려다보이는 언덕 위에 자리잡고 있었다. 언덕 아래에는 조그만 수도원이 있었는데, 그곳에서 젊은 수사 한 사람이 문을 나섰다. 나물이라는 이름의 수도자였다. 그는 수도원 뒷문에서 성전까지 이어지는 돌계단을 따라 발소리조차 내지 않고 조용히 언덕을 올라갔다. 그러면서 한창 연구중인 신의 공전궤도에 대해 조용히 묵상했다. 신께서 사도들의 이론에서 예측한 범위를 벗어났을 가능성과 그 결과에 관해서였다.

'역시 그걸 빼놓고는 말이 안 되겠어.'

그가 한숨을 내쉬자 근심이라고 불러도 좋을 만큼 커다란 입김이 신이 머무는 곳을 향해 피어올랐다가 사라졌다. 그는 숨을 죽이고 걸음을 재촉했다. 그리고 곧장 성전 안으로 사라졌다.

견고해 보이는 건물 틈새로 바람이 새어들어갔다. 바람이 불 때마다 촛불이 일렁거렸다. 성전 곳곳에 드리운 음산한 그림자들도 바람에 날리는 촛불처럼 살랑살랑 가볍게 몸을 흔들어댔다. 그는 기도를 마친 다음 촛불을 들고 성전 본관 2층으로 올라갔다. 차가운 난간에 팔꿈치를 기대고 아래를 내려다보니 본관 바닥 가득 흰 분필로 쓴 수식들이 한눈에 들어왔다. 보름 뒤에 이른 수도회 원로 수사들 앞에서 발표할 비밀 논문의 원본이었다.

신의 공전궤도 이론이 포함된 다른 모든 논문들과 마찬가지로, 그의 논문은 비밀로 묶여 있었다. 그와 수도원장 외에는 아무도 그 논문을 볼 수 없었고, 논문 작성자 본인이 직접 필사하는 것 외에는 그 어떤 기록행위도 금지되어 있었다. 뿐만 아니라 논문을 열람하고 검토하고 의견을 제시하는 것 모두가 오로지 성전 안에서만 허용된 일이었다.

비밀을 지키기 위한 마지막 수단으로 교구에서는 그에게 단검 하나를 지급했다. 논문 발표자의 칼이었다. 침입자가 발견되면 지체 없이 사용하라는 의미였다. 하지만 실제로 칼을 쓸 일은 없었다. 그 조그만 마을에 그의 논문을 훔쳐갈 만큼 천문교 교리에 조예가 깊은 사람이 있을 리가 없었다. 그리고 진짜 방어무기는 마을 가운데에 있는 비행장에 고이 모셔져 있었다. 성전호위기사단 전투기였다.

물론 말이 전투기지 진짜 전투기는 아니었다. 규정상 논문 작성자가 있는 수도원은 자체적으로 호위전투기를 마련하고 매일 당직 조종사를 지정해서 외부의 침입으로부터 작성중인 논문을 보호하게 되어 있었다. 그러나 징검섬 같은 오지의 수도원에 여분의 비행기가 있을 리 없었다. 결국 수도원장이 삼십 년째 타고 다니던 성전 사목용 비행기에 성전호위기사단 문장을 그려넣었다. 논문제출자격 심사를 받던 날, 교구 감찰신부가 수도원장에게 물었다.

"이 비행기에는 무기가 하나도 없잖아요. 이걸로 어떻게 성전을 호위하실 겁니까?"

"이걸로 해야지 뭐."

수도원장이 내민 엽총 두 자루를 보고 교구 감찰신부는 웃음을 터뜨렸다.

"비행기에 장착할 거 아니죠? 어떻게 쓰시려고요?"

"조종석에서 직접 들고 쏴야지 뭘 어째. 너무 깐깐하게 굴지 마. 다 알잖아. 이런 촌동네에 논문 훔치러 올 사람이 어디 있다고."

"그렇다 치죠. 그런데 이신부님, 이건 어쩌죠? 당직 조종사는 누구로 하실 겁니까?"

"누구는 누구야. 여기 나물 수사하고 나, 둘밖에 더 있어? 둘이서 하루씩 번갈아 해야지."

"이신부님, 착륙은 하실 수 있으세요? 눈도 잘 안 보이는 분이 무슨 당직 조종사를 하신다고 그러십니까?"

"대충 넘어가. 당직계획표를 짜라 그러니까 짠 거지, 실제로는 쟤가 다 하겠지. 진짜 그렇게 깐깐하게 나올 거야? 저 친구 알잖아.

성전호위기사단 출신 조종사. 기관총 달린 자네 전투기하고 엽총밖에 없는 저 친구 비행기하고 싸우면 자네가 저 비행기를 이길 수 있을 것 같아? 총알 하나 없이도 결국 저 친구가 이길걸. 겨우 요만한 수도원에 이만한 전력이면 과잉방어 아니야?"

그렇게 억지로 논문제출자격심사를 통과했다. 지역교구에서 낡은 기관총 하나를 빌려다가 성전 사목용 비행기에 장착하면서 간신히 마지막 자격요건을 충족시킨 다음이었다. 그리고 논문심사위원회 개최 날짜가 정해졌다. 십일 개월 뒤였다. 그게 벌써 열 달 전이니까, 이제 제출 마감이 한 달도 채 남지 않은 셈이었다.

나물 수사는 말없이 논문을 바라보았다. 근사한 광경이었다. 논문에 들어갈 수식으로 바닥을 가득 채우다니, 천문교 전례 중 가장 마음에 드는 대목이었다. 그는 2층 논문 심사위원석에 앉아 그 위치에서 중요한 대목들이 한눈에 다 들어오는지를 확인했다. 그런데, 아무래도 한 군데가 걸렸다.

'거의 다 썼는데, 저걸 처음부터 다시 그려야 하나.'

다시 근심이 생겨났다. 전날 발표된 논문 심사위원 명단 때문이었다. 명단을 받아드는 순간 그는 자신의 논문에 어떤 결정적 약점이 있는지를 깨달았다. 기존 연구를 검토하고 정리하면서 논문 심사위원장 유원학 주교의 궤도간섭이론을 빠뜨린 것이다.

그는 한숨을 내쉬었다. 그 내용을 추가할 만한 공간이 없는지 논문을 살폈다. 적당한 자리가 눈에 띄지 않았다. 빈 공간이야 어떻게든 만들어낼 수 있겠지만, 공간이 남는다고 아무 데나 집어넣을 수 있는 내용이 아니었다. 내용상 유주교의 궤도간섭이론은 아무래도 셋째 줄 다음쯤에 들어가는 것이 가장 적당해 보였다. 논문을 거기서부터 완전히 갈아엎어야 한다는 뜻이었다.

'오, 주여!'

다시 한번 한숨을 내쉬며 제대 쪽으로 다가갔다. 7층 높이의 성전은 본관 전체가 돔으로 이루어져 있었다. 둥근 지붕에는 천장화가 빈틈없이 채워져 있었고 그 아래에는 작은 천체망원경이 설치되어 있었다. 그는 간단한 기도를 드린 다음 천장 문을 열었다.

다른 사람들과 마찬가지로 그는 신을 본 적이 한 번도 없었다. 신은 늘 가까이에서 행성 주위를 공전하시지만, 그 크기가 너무나 작아서 세상 어떤 성전에 설치된 망원경으로도 감히 그 모습을 확인할 수가 없었다. 망원경을 통해 신을 볼 수 있었다면 이론신학회 같은 것은 아예 생기지도 않았을 것이다. 어쩌면 성전 자체가 만들어지지 않았을지도 모른다. 신앙이 신앙으로 남아 있는 것은 신께서 그 모습을 드러내지 않으시기 때문이었다. 신은 언제나 그렇게 모습을 감추고 계셨다. 그래서 수도자들의 목표는 늘 신을 직접 관측하는 것이었다. 그의 목표도 마찬가지였다.

신을 보려면 일단 망원경이 좋아야 했다. 그의 눈앞에 놓인 망원경보다 배율이 훨씬 높아서 소행성처럼 작은 천체도 문제없이 볼 수 있을 정도가 돼야 했다. 신의 정확한 크기는 아무도 모르지만 눈에 보이는 그 어떤 천체보다 작은 것만은 확실했기 때문이다. 그 대신 그 어떤 천체보다도 가까운 곳에서 공전하시기 때문에, 궤도를 정확하게 예측할 수만 있다면 관측이 전혀 불가능한 것도 아니었다. 결국 신을 보려면 오차가 대단히 적은 이론을 만들어야 했다.

각도가 조금만 달라져도 망원경은 전혀 엉뚱한 곳을 더듬게 되기 때문이다. 그런데 이론신학회에는 그런 정교한 이론이 없었다.

돔 밖으로 신께서 허락하신 밤하늘이 펼쳐졌다. 해가 지면 밤하늘은 곧 우주가 되었다. 그는 신성한 망원경을 통해 우주를 들여다보았다. 신께서 좀더 정교한 이론을 허락하신다면 바로 그가 신을 관측하는 첫번째 수도자가 될지도 몰랐다. 하지만 그러려면 우선 지역교구 이론수도회에 그가 세운 가설의 타당성을 검증받아 하난산 성지의 거대한 망원경을 이용할 권한을 부여받아야 했다. 그곳에서 자신만의 각도로 성(聖)망원경을 조작한 다음 신께서 모습을 드러내시기를 기다려야 했다. 신이 지나는 궤도를 따라, 신과 같은 속도로 망원경을 움직여, 신의 모습을 포착해내야 했다. 오로지 그곳, 하난산 성지에서만 가능한 일이었다. 징검성당 같은 시골 성전 망원경으로는 감히 상상도 못 할 일이었다.

'그럼, 어림도 없지. 저런 구닥다리 망원경으로는……'

그러나 교구는 그에게 그다지 호의적이지 않았다. 한번 그를 내친 교구가 다시 그의 제안을 받아들일 가능성은 높지 않았다. 지역 이론신학회는 그를 돕기 위해 논문 심사위원회를 여는 것이 아니었다. 그들이 원하는 것은 그를 완전히 좌절시키고 이론신학회에서 영원히 쫓아내는 일이었다.

구실도 충분했다. 그의 논문은 신성모독 그 자체였다. 사도들로부터 전해내려오는 성스러운 신의 궤도에 사실은 신이 안 계신다는 것이 주요 논지였기 때문이다.

물론 그들이 그를 눈엣가시처럼 생각한다는 사실이 그에게 반드시 해가 되는 것만은 아니었다. 그에게는 그게 오히려 기회가 될 수도 있었다. 그들을 자극하는 데 성공하지 못했다면 논문 심사위원회는 아예 열리지도 않았을 것이다.

그는 다시 한번 깊은 한숨을 내쉬었다. 새하얀 입김이 뿜어져나왔다. 혼자서 교구를 상대하라니. 스물여덟 살의 이론신학자에게는 결코 쉽지 않은 도전이었다. 포기할까 하는 생각이 들었다.

그는 멍하니 아래를 내려다보다가 천천히 계단으로 걸음을 옮겼다. 그리고 물걸레로 바닥에 적힌 수식들을 지우기 시작했다. 넷째 줄부터였다. 그는 차가운 바닥에 무릎을 대고 엎드리며 속으로 외쳤다.

'아, 주여!'

그는 아직 포기할 생각이 없었다.

은경은 나니예가 영 마음에 들지 않았다. 아니, 그 상황을 도저히 받아들일 수가 없었다. 잠에서 깨어나서 다시 무언가를 볼 수 있게 된다면 그곳은 틀림없이 천국일 거라고 생각했다. 아니면 지옥이거나. 정말로 죽지 않고 냉동상태에서 풀려날 수 있다고 해도 기껏해야 한 백 년쯤 뒤의 지구 어딘가일 거라고 생각했다. 그런데 십오만 년이라니. 세상에 이런 심한 장난이 어디에 있단 말인가.

"저를 깨우는 데는 십오만 년이나 걸린 주제에 제가 쓰던 말이 아직도 그대로 통하네요. 무슨 우주공용어라도 됐나요?"

은경이 힘없는 목소리로 묻자 행성 관리사무소 부소장이라는 사람이 대답했다.

"그럴 리가요. 다만, 김은경씨는 제 선조인 나니예 개척자들과 같은 문화권에 같은 세대거든요. 가장 먼저 냉동되셨지만, 결국 같은 냉장고에 담겨서 여기까지 오셨으니까, 아마 언어도 그때 그대로 냉동됐을 겁니다. 은경씨 세대의 다른 사람들은 대략 이백구십 년쯤 전에 해동이 됐는데요, 여기는 지구만큼 인구가 많지 않아서 언어가 그렇게 빨리 변하지 않는 것뿐입니다. 물론 못 알아들을 만큼 사투리가 심한 곳도 있습니다만."

"냉장고요?"

"아, 그러니까, 우주선이죠. 지구에서부터 냉동된 사람들을 실어 나른 우주선을 여기서는 냉장고라고 부릅니다만. 김은경씨는 특별 고객이었습니다. 그래서 다른 고객들은 전부 두번째 냉장고에 실려 있었는데 은경씨만은 첫번째 냉장고에 실려 있었습니다. 행성 관리 사무소 직원용 냉장고였는데, 이미 두번째 냉장고보다는 훨씬 아늑했을 겁니다, 훨씬."

물론 은경은 알 길이 없었다. 그렇게 말을 하니 그런가보다 할 뿐. 도대체 첫번째 냉장고가 얼마나 아늑했는지를 어떻게 기억해낸단 말인가. 또 이 모든 일이 장난이 아니라고 어떻게 장담한단 말인가. 은경은 곰곰이 생각에 잠겼다. 그리고 오랜 동면으로 쇠약해진 몸이 어느 정도 회복되자 다시 부소장을 찾아갔다.

"아무래도 못 믿겠어요. 이 안에만 갇혀 있어서는 부소장님 말씀이 진짜인지 거짓말인지 알 수가 없어요. 바깥세상이 어떤지 직접 봐야겠어요. 정말로 지구가 아닌지, 정말로 휴양행성이 맞는지."

"그러시겠습니까. 안 그래도 그러실 거라고 생각했습니다. 비행기를 내드리죠. 하지만 오늘은 늦었으니까 내일 아침에 보셨으면 하는데, 괜찮으시겠습니까?"

은경은 고개를 끄덕였다. 그리고 자기 방으로 돌아가 뜬눈으로 밤을 지새웠다.

다음날 아침 은경은 부소장 집무실에 들러 인사를 한 다음 곧장 관리사무소 본관 서쪽 활주로로 내려가 비행기를 찾았다. 관리사무소 직원인 듯한 남자가 은경을 격납고로 데리고 갔다.

"골동품들이네요."

"그렇죠?"

"여기는 비행기가 다 이런 것뿐인가요? 전부 프로펠러기에 복엽기인 것 같은데."

은경이 물었다.

"예. 나니예 개발계획이 원래, 은퇴 후 휴양행성을 생각하고 계획된 거거든요. 문명발달수준을 어느 선에서 제한하고 자연을 최대한 있는 그대로 보존하는 게 관건이었어요. 문명을 어느 수준으로 유지할지 정하는 것이 쉬운 일이 아니었는데, 결국 딱 이 정도에서 결론이 난 거죠. 마음에 드실지 모르겠네요."

그는 성큼성큼 앞장서서 걸어갔다. 은경은 주위를 두리번거리며 말없이 그 뒤를 따랐다. 어디선가 엔진 소리가 들려왔다. 고개를 돌리니 막 활주로를 떠나려는 비행기들이 보였다. 은경은 그 풍경이 낯설지 않았다. 활주로를 오가는 복엽기들의 모습에 예술대학 활주로가 떠올랐다.

잠시 후에 두 사람은 드디어 은경의 비행기가 보관되어 있는 격납고에 다다랐다.

"어제 부소장님 지시 받고 다시 한번 점검을 마쳤습니다. 전지는 충전이 돼 있고 자동항법장치도 이상이 없습니다."

"전지? 전기로 가나요?"

"예. 전부 전기로 움직입니다. 그러니까 겉모습처럼 구식은 아니죠. 기체 균형도 좋은 편이고, 보기보다는 꽤 견고합니다. 충전시설은 비행장이 있는 곳이면 어디서든 쉽게 이용하실 수 있을 겁니다. 그럼 비행기부터 보시죠."

그가 지시하자 정비사 두 사람이 비행기에 덮어씌운 덮개를 걷어냈다. 그러자 은경의 비행기가 모습을 드러냈다. 그 비행기를 보자마자 은경은 그만 숨이 턱 멎어버리고 말았다. 그리고 누군가에게 깜빡 속은 듯한 기분이 들었다.

"이 비행기가 어떻게 여기에 있는 거죠?"

"예? 아는 기종인가요? 은경씨 전용기로 제작된 비행기입니다. 제 평생 본 것 중 최고죠. 나니예 전체에 이런 건 이거 한 대밖에 없습니다."

그럴 것 같았다. 단 한 대밖에 없는 게 당연했다. 그런 빨간색 삼엽기는.

그날, 십오만 년 전 지구에서 마지막으로 타봤던 바로 그 비행기. 십오만 년 전에 있었던 일들이 빠르게 스쳐 지나갔다. 누가 갖다놨을까? 아빠일까? 아니면 경라 언니? 온몸에 소름이 끼쳤다. 누군가가 귀에 대고 이런 말을 속삭이는 듯한 착각이 들었다.

'아무리 멀리 달아나봐야 결국 내 손에서 벗어날 수는 없어.'

은경이 소리치듯 물었다.

"저더러 이걸 타라고요?"

"예, 무슨 문제라도?"

은경은 그 비행기를 빤히 쳐다보았다. 이건 분명 누군가의 장난이 틀림없었다.

나물 수사는 성전 바닥에 엎드려, 공책에 적어둔 자신의 논문을 다시 한번 분필로 써내려갔다. 한참이나 말없이 그 일에 몰두하던 그는 문득 고개를 들어 말끔하게 지워져 있는 성전 바닥을 돌아보았다. 아직도 채워야 할 공간이 어마어마하게 많이 남아 있었다. 벌써 며칠째 붙들고 있었지만, 앞으로 또 며칠이나 더 해야 할지 알 수가 없었다.

그렇다고 아무렇게나 후다닥 해치울 수는 없었다. 신에 관한 논문이었기 때문이다. 논문이기 전에 기도였고, 글자이기 전에 신의 뜻이었다. 그래서 성직자가 아니면 아무나 작성할 수도 없었다. 성직자가 아니면 교구에서 지정한 서체를 배울 수조차 없었다.

바람에 촛불이 살랑 흔들리자 성인들의 조각상에서 귀신을 닮은 그림자가 풀려나왔다. 사실 성전 안은 마을에서 제일 무서운 곳이었다. 그는 허리를 펴고 주위를 둘러보았다. 어디선가 차가운 기운이 스며들었다. 그는 수도복을 머리에 푹 덮어쓰고 성전 바닥에 벌렁 드러누웠다. 그러고는 몸을 웅크리고 다리를 몸 쪽으로 바짝 끌어당겼다.

'아, 진짜 때려죽여도 못 하겠네. 이런다고 논문이 통과된다는 보

장이 있는 것도 아니고. 진짜로 도망이나 칠까.'

문득 그 여자가 떠올랐다. 김은경이라는 이름의 여자. 마을을 온통 술렁이게 만든 미인. 그런 미인이 비행장에 내리자마자 비행기를 활주로에 버려둔 채 그가 머무는 작고 초라한 수도원으로 달려가는 모습을 보고, 마을 사람들은 안 그래도 수상하기만 하던 그의 정체에 대해 더욱더 이상한 상상을 하기 시작했다. 진짜 정체가 뭐든 성직자가 아닌 것만은 확실하다고 말하는 사람도 있었다.

다른 사람들의 시선 같은 건 아무래도 상관없다는 듯 여자가 먼저 말을 꺼냈다.

"나물 수사님?"

"그런데요."

그러자 그 여자는 아무 말도 없이 한참 동안이나 빤히 그의 눈을 들여다보았다. 영문을 알 수가 없었다. 뭔가 신기한 광경이라도 본 것 같은 눈이었다.

"저를 아세요?"

그가 묻자 여자는 갑자기 정신이 돌아온 듯 숨 가쁜 목소리로 말했다.

"여기를 피하셔야 돼요. 어디 갈 만한 데는 있으세요?"

그는 어리둥절한 표정으로 여자를 바라보았다. 갑자기 시간이 멈춘 것 같았다. 마을 사람들이 성전 문 앞까지 여자를 따라와서 호기심 어린 눈으로 두 사람을 지켜보고 있었다.

"네?"

"그 논문이요. 어서 지워버리고 자료 챙겨서 이 섬을 떠나세요."

여자는 가방에서 얇은 책자 하나를 꺼냈다. 몇 년 전에 발행된 이론신학회 학회지였다. 그 안에는 언젠가 나물 수사가 기고한 짧은 논문이 들어 있었다. 그는 그제야 여자가 무슨 일로 자기를 찾아왔는지 대충 눈치챌 수 있었다. 그는 여자를 성전 안으로 들인 다음 성전 문을 닫아버렸다. 마을사람들이 밖에서 술렁거리는 소리가 들렸다.

"어디에서 나오셨죠? 아무하고나 그 이야기를 할 수 없게 돼 있습니다만."

그 말에 여자는 하난산 성지 대교구 최신학 주교의 인장이 찍힌 구두열람허가서를 내밀었다.

"어디서 나온 건 아니고요, 이걸 보여드리면 될 거라던데."

나물은 열람허가서를 찬찬히 살핀 다음 여자를 향해 고개를 끄덕여 보였다. 그러자 여자가 손에 든 책자를 내밀며 물었다.

"여기 실린 논문 기억하시죠?"

나물 수사가 책을 받아들면서 대답했다.

"궤도이론에 관한 가설이군요. 물론 기억납니다."

"이론은 완성하셨나요?"

"그것 참."

나물은 고개를 설레설레 저은 후 어쩔 수 없다는 얼굴을 하고 은경을 수도원 자료실로 데려갔다.

"아무래도 이런 데서 할 이야기는 아닌 것 같군요."

성전 본당 옆으로 난 좁은 통로를 지나 자료실 쪽으로 걸어가는 동안 은경은 자신이 징검섬을 찾아오기까지의 경위를 간략하게 설명했다. 그리고 신의 궤도에 관해 알고 싶다는 말도 덧붙였다. 나물이 물었다.

"일단 거기 앉아보세요. 그보다 제가 궁금한 건요, 왜 저더러 여기를 피하라는 거죠? 그리고 제 이론에 왜 그렇게 관심을 가지시는 겁니까? 성직자는 아닌 듯한데."

"수사님 이론이 제일 그럴듯하니까요. 이것저것 찾다가 그걸 봤어요. 수사님 논문이요. 알아봤더니 학회 내에서도 제일 최신 이론을 다루는 이론신학자시라고요. 그래서 하난산까지 찾아갔는데 안 계시더군요. 옮기셨다고."

"옮겼다고요? 저는 쫓겨났다고 생각했는데. 아무튼 좀 차근차근 말씀해보세요."

그 말에 은경의 말투가 한결 차분해졌다.

"네, 표현은 좀 다르지만 그쪽에서는 수사님이 자발적으로 옮기셨다고 그러더군요. 어디로 옮기셨는지 가르쳐주는 사람이 없어서 찾기가 쉽지 않았어요. 숨기려는 것 같기도 하고, 어딘지 수상했어요. 최주교님한테 부탁해서 겨우 알아냈지만 말이죠."

"성지 대주교님이요?"

"네, 최신학 주교님."

"그분을 아세요?"

"만나뵌 적이 있어요. 그 열람허가서 받을 때요. 직접 받았거든요. 그분 동생 되시는 분을 개인적으로 알아요. 행성 관리사무소에 계시는데…… 아무튼 자세하게 설명하려면 좀 길어요. 쉬운 길이 아니었거든요. 아마 상상도 못 하실 거예요."

"왜 상상을 못 해요? 저도 성지에서 왔는데."

"성지에서 여기까지를 말하는 게 아니거든요. 얼마나 먼 거리를 날아왔는지, 아마 설명해도 모르실 거예요. 아무튼 수사님, 제 말 잘 들으세요. 이건 믿을 만한 정보예요. 이 섬을 습격하려는 사람들이 있어요."

"왜요?"

"수사님 이론이요. 교단 내에 그게 완성되는 걸 막으려는 사람들이 있어요. 어떤 사람들인지는 아시겠죠?"

그는 여자의 두 눈을 유심히 바라보았다. 거짓말을 하는 것 같지는 않았다. 하지만 그 말을 그대로 믿고 싶지도 않았다. 당연했다. 어느 날 갑자기, 어디에서 왔는지도 알 수 없는 여자가 나타나 아무도 인정해주지 않던 짧은 논문을 추어올리며 천문교 내부 사정에 대해 이래라 저래라 이야기를 하다니, 게다가 도망을 가라니. 믿고 싶어도 도저히 믿을 수가 없는 이야기였다.

"제가 그 말을 믿어야 할 이유가 있나요?"

그 말에 여자가 잠깐 호흡을 가다듬고는 이렇게 되물었다.

"제가 누군지 모르시겠어요?"

"글쎄요, 누구신지?"

여자는 잠시 그의 눈을 유심히 들여다보더니 체념한 듯 재빨리 화제를 옮겼다.

"역시, 그렇군요. 그럼 일단 그 얘기는 넘어가죠. 대신 이 이야기를 해드리면 어떨까요? 수사님, 예언자이셨다면서요. 신의 음성을 들은 열한 명의 아이들 중 하나."

그 말에 갑자기 눈이 크게 떠졌다. 예언자에 관한 이야기를 아는 걸 보니 진짜로 성지 대주교를 만나기는 한 모양이었다. 나물은 말없이 고개를 끄덕였다.

"이제 좀 믿으시겠어요? 그러니까 이건 천문교 고위 성직자들에게서 직접 들은 이야기예요. 믿을 만한 정보라는 거죠."

"그렇다고 해둡시다. 그런데 왜 하필 접니까? 거기에 있었던 아이들만 해도 열 명이나 더 있는데. 저는 그중에서 유일하게 성지에서 쫓겨난 예언자예요. 아무래도 잘못 찾아오신 것 같은데요."

"제대로 찾아왔어요. 아직 살아 있는 예언자는 수사님밖에 없으니까요."

나물은 은경을 바라보았다. 그리고 아무 말도 하지 않았다. 침묵이 흘렀다.

"그랬대요?"

은경이 고개를 끄덕였다. 나물은 가슴이 철렁 내려앉았다.

그럴 수가. 사실일까. 아마 사실일 것이다. 그랬을 것이다. 그래서 한동안 교구 어디에서도 예언자들에 관한 소식을 들을 수가 없었던 것이다. 은경이 말을 이었다.

"이론신학회는 예언자들을 좋아하지 않았더군요. 수사님이라고 예외일 리는 없을 것 같은데, 그렇죠?"

"제 차례가 맨 마지막이라는 게 오히려 신기할 노릇이죠."

"그 반대일걸요. 수사님은 적어도 공식적으로 이론작업을 계속하고 계시니까 저쪽에서도 함부로 못 했겠죠. 수사님한테 무슨 일이 일어나면 누가 한 짓인지 뻔하니까. 그런데 지금은 또 그게 문제거든요.

지금 작성하시는 논문이 공식적으로 이론신학회를 통과하면……"

"성지망원경 배분 우선권이 확 달라진다고요? 내년까지 신의 궤도 관련 연구가 없으면 오 년째 새 논문이 없는 거니까 그다음 해부터는 망원경 배분도 확 줄어들 텐데, 이게 통과되면 확실히 사정이 달라지기는 할 겁니다. 그게 근거인가요?"

은경이 다시 고개를 끄덕였다.

"그리고, 다시 신의 궤도에 대한 관측연구가 재개될 거예요. 어쨌든 이론신학회도 공식적으로는 분명히 천문교 조직이니까 이의를 제기할 수 없을 테고요. 신에 관한 일이니."

"그래서 도망을 가라는 건가요?"

"일단 자리를 피하시라고요. 수사님이 잘못되면 희망이 다 사라져버려요."

"왜요?"

"수사님이 마지막이에요. 신의 공전궤도를 연구하는 사람은 이제 천문교 안에 수사님 한 분뿐이에요."

나물은 다시 말없이 은경을 바라보았다. 일순, 은경의 눈동자가 흔들렸다.

"하지만 도망을 가라니, 어디로요? 여기가 저한테는 막다른 길이에요. 여기서 도망치면 그나마 지금 있는 망원경도 못 쓰게 될 텐데요. 아니, 그보다 저한테서 얻어내려는 게 도대체 뭡니까?"

그 말에 은경이 호흡을 가다듬고 나지막한 목소리로 대답했다.

"신의 궤도요. 신의 정확한 위치. 그게 아니면 뭐겠어요?"

"그걸 어디에 쓰시게요? 별로 쓸 데가 없을 텐데요."

은경은 그저 창밖을 바라볼 뿐 한참 동안이나 아무 대답도 하지 않았다. 나물이 보기에 그 모습은, 할 말이 없는 게 아니라 말을 해야 할지 말아야 할지 망설이는 것이었다. 은경은 곤란한 표정으로 그의 얼굴을 가만히 들여다보았다. 그리고 한참 뒤에야 입을 열었다.

"여기를 벗어나려고요."

"여기를요? 여기라면 어디를?"

"이 행성이오. 나니예를 탈출하려고요."

"나니예를요? 그럴 수도 있나요? 그보다, 왜요?"

"설명하기가 어려운데요, 뭐라고 해야 할까요, 그러니까 저는 여기에 잘못 배달됐거든요."

"잘못 배달돼요? 원래 배송지가 어딘데요?"

"모르겠어요. 그걸 말해줄 사람들이 없어졌어요. 전부 엉망이에요. 수사님이 그 이야기를 해줄 줄 알고 여기까지 찾아왔는데, 막상 와보니 그것도 아닌 것 같고……"

"제가 무슨 말을요?"

"그러게 말이에요. 아무튼 그래서 거기에 가야 돼요. 수사님이 신이라고 생각하는 그게 있는 곳으로요. 사실 저는 그게 신이라고 생각하지 않거든요. 다른 기능이 있다고 생각해요. 물론 좋게는 안 들리시겠지만."

"그게 뭔데요?"

"출구요. 거기에 가면 이 세계 바깥으로 나갈 수 있을 것 같아요. 최소한 해답을 알게 되거나. 그렇게 믿고 있었어요. 하지만 수사님을 만나보니 저도 이제는 잘 모르겠네요. 뭔가 답을 얻을 줄 알고 찾아온 건데, 생각보다 복잡한 수수께끼였나봐요."

"그런데 어째서 출구 같은 게 있을 거라고 생각하는 거죠? 이건 무슨 큰 방 같은 게 아니라 세상이잖아요. 문이 있다고 해도 별수 없을 겁니다. 문 밖으로 나가면 뭐가 있는데요?"

"글쎄요, 문 바깥쪽도 역시 세상이거나 아니면 그냥 낭떠러지이거나. 그래도 일단은 문이 있잖아요. 그거라도 열심히 두드리지 않으면 내가 여기 사람이 아닌 줄 누가 알아주겠어요."

여자가 남긴 마지막 말이 그의 머릿속에 아주 긴 여운을 남겼다. 알 듯 말 듯한 이야기였다. 몇 주 동안 계속해서 그 일을 떠올려봤지만 아무래도 그는 그날의 대화를 완전히 이해할 수 없을 것 같았다.

'답을 찾으러 나한테 왔다고? 그것도 여길 벗어날 방법을 찾으려고? 하지만 지금 내 꼴을 좀 보라지. 내 어딜 봐서 어딘가로 탈출할 사람처럼 보인다는 거지?'

그런 생각을 하면서 그는 다시 둥근 지붕을 열고 밤하늘을 올려다보았다. 별들이 선명하게 반짝거렸다. 그럴수록 별들 사이의 어둠도 더 깊고 짙어 보였다. 우주의 심연이었다. 작게 한 조각만 잘라내도 그가 아는 우주를 다 담을 수 있을 만큼 거대한 공간. 인간이 무지하지 않다면, 그리고 망원경의 성능이 더 뛰어나다면 결코 그저 어두운 심연이라고만은 부르지 못할 공간.

'이론신학회가 나를 노린다고? 에이, 설마.'

이론신학회는 바로 그 심연 속에다 신을 매장하려 하고 있었다.

이백 년이 넘도록 단 한 번도 발견되지 않았으니, 신은 결국 관념에 불과하다는 게 그들의 주장이었다. 물론 나물은 도저히 그 생각을 받아들일 수 없었다. 그에게 신은 관념이 아니라 분명히 실재하는 존재였다. 그러므로 그의 목표는 신을 다시 발굴해서 온전히 세상에 드러내는 것이었다.

기록에 따르면 신 역시 찬란하게 빛나던 시절이 있었다. 그러나 지금의 신은 빛을 내지 않을 뿐만 아니라 태양빛을 반사하지도 않으신다. 때문에 눈으로는 확인할 수가 없다. 그 대신 신학자들은 사도들이 이백칠십칠 년 전에 관측한 신의 공전궤도에 관한 기록을 가지고 있었다. 그해 겨울 신께서 직접 찬란한 빛을 발하며 세상을 서른네 바퀴 회전하시고 다시 어둠 속으로 사라지셨는데, 그때 하난산 성지를 비롯한 전 세계 여섯 군데의 성지에서 스물한 명의 사도가 신의 궤적을 관찰하고 그 내용을 후대에 전했다. 그것을 추려내고 정리한 것이 바로 지금의 여섯 복음서였다.

그런데 나물 수사의 이론은, 사도들이 성스러운 복음서의 기록을 바탕으로 작성한 거룩한 신의 공전궤도에 실제로는 신이 안 계시다는 주장을 담고 있었다. 이는 곧 궤도이론을 수정해야 한다는 뜻이었다. 당연히 이론신학회에서 좋아할 리가 없었다. 나물의 주장이 옳다면 그들이 이백여 년간 쌓아온 연구성과가 모두 헛수고로 전락해버릴 것이었다.

수도원장 이신부도 바로 그 부분이 제일 걱정스러운 모양이었다.

"확실해? 자신 있어? 연구 같은 거 손 놓은 지 한참 된 나 같은 영감쟁이가 보기에도 도저히 말이 안 되는 것 같은데."

"확실합니다."

"거참, 확신이 섰다는데 하지 말라 그럴 수도 없고. 좋아, 알아서 해. 추천서에 서명은 해주지. 그런데 아무래도 논조는 고쳐야 할 거야. 논문 심사는 어차피 이론신학회에서 할 게 아닌가. 그런 자리에서 이론신학회를 깎아내리면 안 되지. '오류발생 이전 시기 비행기 자동항법장치에 각인된 신의 궤도에 관한 추적', 뭐 이런 식으로 제목을 애매하게 풀어쓰고, 본문에는 요새 유행하는 그거, 관념이라는 말을 좀 넣어줘야 통과가 될 거야. 신이 관념이라는 걸 인정하라는 건 아니고, 그 사람들 좋아하는 표현을 좀 쓰라는 거니까 오해는 하지 말게. 자네 소신을 꺾을 필요는 없지만, 이론신학회의 권위에 도전하지 않겠다는 표시는 해줘야 될 거야."

나물이 고개를 끄덕였다.

"그래야겠죠. 그 양반 눈밖에 안 나려면."

그러니까 그 모든 문제는 모두 단 한 사람 때문에 비롯된 것이었다. 이론신학회 학회교구 교구장 문원식 주교. 성지에 머물던 시절 나물은 문원식 주교를 가까이에서 본 적이 있었다. 문주교는 신에 대한 신념보다는 정치적 균형감각 쪽이 더 돋보이는 사람이었다. 그의 최대 업적은 궤도간섭이론을 좀더 정교하게 다듬은 것이 아니라, 이론신학회 출신임에도 불구하고 이론신학회가 하는 일이라면 사사건건 반대해온 관측신학회의 정치적 지지를 끌어내는 데 성공한 것이었다.

물론 그 일은 결코 쉬운 일이 아니었다. 이론신학회의 주장대로 신이 존재하지 않는다면 관측신학회는 존재가치를 상실할 수밖에 없기 때문이다. 도대체 뭘 관측하란 말인가. 그래서 문주교는 신이 하나의 관념이라고 주장하는 한편, 관측신학회의 일거리를 빼앗지 않기 위해 신 대신 매달릴 새로운 관측대상을 만들어냈다. 행성 관리사무소 사람들이 '활주로자리'라고 부르는, 고양이자리 근처의 그 이상한 별 세 개가 그것이었다.

나물은 망원경을 통해 그 별들을 올려다보았다.

'그래, 저건 최소한 눈에 보이기는 하지. 너무 잘 보여서 탈이지만.'

그 별들이 처음 모습을 드러낸 것은 대략 삼 년 전쯤이었다. 그보다 더 일찍 나타났을지도 모르지만, 아무튼 최초로 관측된 기록은 삼 년 전 것이었다. 사 년 전만 해도 그런 별들이 존재했다는 기록은 어디에도 없었다. 물론 문주교가 별 자체를 만들어낸 것은 아니고, 다만 체계적인 문헌 연구를 통해 그 세 개의 별이 이제는 잊힌 외부 우주의 보다른 문명과 관련이 있다는 사실을 밝혀낸 것이었다. 중요한 것은 그다음 단계였다. 그는 거기에서 그치지 않고 그 별이 성서에 기록된 종말의 전조와 밀접하게 관련되어 있다는 점을 알리는 데 성공했다. '악마의 별'로 만들어버린 것이다.

놀랍게도 그 별들은 관측신학회 수사들의 폭발적인 관심을 이끌어냈다. 시간이 갈수록 점점 눈에 띄게 밝아진다는 점 때문이었다. 게다가 연주시차(年周視差)를 측정해보니 주위의 다른 별들과는 비교가 안 되게 컸다. 예상했던 것보다 훨씬 가깝다는 뜻이었다. 더 이상한 것은 해가 갈수록 연주시차가 더 커진다는 점이었다. 다시 말해 나니예를 향해 날아오고 있다는 말이었다. 마치 세상을 통째로 삼켜버리기라도 할 것처럼.

별들의 정체를 설명하기 위해 많은 가설들이 쏟아져나왔다. 그러나 그럴듯해 보이는 설명은 아직 없었다. 사실 나물은 그 가설들에는 별로 관심이 없었다. 오로지 한 가지 생각뿐이었다. '신이 저렇게 눈에 보이셨으면 이론신학회의 손에 매장당할 위험 따윈 없을텐데. 사도들의 기록이 단지 상징적인 의미로 해석해야 할 신비한 문서로 치부되는 일도 없었을 거고.' 모두가 신이 잠들어 있기 때문에 생겨난 일이었다.

아무튼 그 세 개의 별이 인기를 끄는 바람에 이제는 이론신학회뿐만 아니라 관측신학회마저도 그 세 개의 별을 연구하는 신학자들에게 망원경을 점점 더 많이 할애했다. 급기야 최근에는 천문교 전체 망원경 사용권한 중 이론신학회 지분을 제외한 나머지 칠십 퍼센트에 해당하는 관측신학회 지분의 절반 이상이 신이 아니라 그 세 개의 별에 배정될 지경이었다.

징검성당도 마찬가지였다. 밤이 되자 나물은 관측신학회에서 내린 일일관측 지시에 따라 그 세 개의 별에 망원경을 고정시켰다. 천문교 신학자라면 누구나 매일매일 하게 돼 있는 필수관측대상에 그 별들도 포함되어 있었기 때문이다. 나니예의 자전속도에 맞춰 회전하는 제대 위에 설치된 거룩한 신의 망원경이 그 불길한 별 세 개를 비추고 있었다.

'저게 악마라고? 거짓말도 그런 말도 안 되는 거짓말을…… 그걸 믿는 놈들은 또 뭐야?'

그것은 신학이 아니었다. 그냥 무지일 뿐이었다. 아직 밝혀지지 않은 수많은 가설 뒤에 숨어서 사람들의 믿음과 공포, 호기심 같은 것들을 일시적으로 증폭시키는 야비한 기술일 뿐이다. 그런 호기심은 절대로 종교가 될 수 없었다. 거기에는 끝내 모습을 드러내지 않는 신을 끈질기게 기다리면서 느끼는 절망 같은 게 빠져 있었다. 믿을 만해서 믿는 건 종교가 아니다. 그건 단순한 호기심일 뿐이다.

'그런다고 지금 당장 깜짝 놀랄 만한 징후 같은 게 하늘에서 뚝 떨어지는 것도 아니잖아. 계속해서 새로운 징후가 나타나주지 않으면 저 악마의 별들도 금방 유행이 지나버릴 거야. 그러면 결국 다시 신에 관한 연구로 돌아가게 돼 있는 거 아닌가. 그때가 되면 신의 위치를 연구하는 신학자라는 게 별로 특이한 것도 아닐 거고, 그것 때문에 도망을 쳐야 한다는 황당한 소리도 안 듣게 되겠지.'

그러나 악마는 그의 생각대로 움직여주지 않았다. 그리고 바로 이튿날 새벽 마침내 그 일이 일어나고 말았다. 세 개의 별이 활동을 시작한 것이다.

별들이 마치 서로 교신이라도 하는 듯 하나씩 번갈아가며 깜빡이는 모습을 보는 순간 나물은 그만 잠이 확 달아나버렸다. 그는 연필을 들고 시간을 재가며 별들이 깜빡이는 모습을 꼼꼼하게 기록했다. 그 현상은 십오 분간이나 지속되었다. 깜빡이던 별들이 원래의 빛을 되찾고도 한참이나 지난 뒤에, 그는 빠른 걸음으로 성전을 빠져나가 수도원으로 가는 계단을 내려갔다. 그리고 수도원장 신부를 깨워 방금 일어난 일을 보고했다.

"고양이자리 근처 별들이 깜빡였습니다."

그는 악마가 세 개의 눈을 깜빡이는 모습을 기록한 일지를 수도원장 신부에게 내밀었다. 수도원장 이신부는 아직 졸음이 묻어 있는 눈으로 나물이 내민 일지를 들여다보았다.

"진짜야? 진짜로 이랬어?"

나물은 고개를 끄덕였다. 기록의 객관성을 확인하는 것은 어려운 일이 아니었다. 곧 관측신학회 소속 연락기들이 각 성당을 돌아다니면서 관측결과들을 비교하러 다닐 것이다. 서로 다른 여러 위치에서 동일한 현상이 관측되었다는 사실이 확인만 되면 그 일은 곧 실제로 있었던 천문현상으로 인정받을 것이다.

"악마가 눈을 떴단 말이야?"

나물은 아무 대답도 하지 않았다. 이신부는 생각에 잠겼다. 악마로 비유되는 세 개의 별. 그 별들의 정체를 정확하게 아는 사람은 아무도 없었다. 그것은 이론신학회 문원식 주교 본인도 마찬가지였다. 그러므로 이 세 개의 별에 악마라는 이름을 붙인 것은 아무래도 바람직한 일이 아니었다. 이 별들이 나니예에 어떤 영향을 미칠지를 알려주는 근거는 어디에도 없었기 때문이다.

하지만 한 가지 사실만은 확실했다. 이 세 개의 별들이 빠른 속도로 나니예에 접근하고 있다는 것. 왜일까? 이유는 아무도 모른다. 그러나 좋은 일이 아닌 것만은 분명했다. 그 순간 나니예에 사는 사람 모두의 생존과 관련해서 그 무엇보다 중요한 일은, 이 세 개의 별을 어떻게 해석해야 할지에 관한 문제가 아니라, 이 별들이 활동하기 시작했다는 사실 그 자체였다. 인간이 우주에서 일어나는 극적인 변화로부터 긍정적인 영향을 받는 경우는 전혀 없기 때문이다. 우주가 인간에게 도움이 되는 경우란 그저 아무 일도 일어나지 않을 때뿐이다. 게다가 그 별들은 곧장 나니예를 향해 다가오고 있는 천체들이 아니었던가. 이런 식이라면 중력 간섭이 됐든 전자파가 됐든 해가 갈수록 나니예에 대한 이 별들의 영향력도 어떤 식으로든 커지게 마련이었다. 이왕 접근해올 거라면 안정적인 상태로 다가오는 것이 제일 바람직했다. 그런데 폭발이라니. 그것도 연쇄반응이라니.

'이를 어쩐다. 진짜 다 같이 죽는 수밖에 없나. 설마 그렇게까지 되지는 않겠지.'

이신부는 무표정한 얼굴로 나물을 바라보며 나지막한 목소리로 말했다.

"자네만 믿네."

"예?"

"어서 신을 찾아내게."

물론, 농담이었다. 예언자가 됐든 뭐가 됐든, 항성의 움직임을 막아낼 수 있는 인간은 없었다. 그것은 신이 직접 나선다고 해도 마찬가지일 것이다.

그리고 그 무렵, 이론신학회 학회교구 교구장 문원식 주교는 김은경의 행방을 예의주시하고 있었다. 악마의 별이 눈을 떴다는 반가운 소식이 전해졌음에도 불구하고, 그에게는 최신학 대주교가 김은경을 징검섬으로 보냈다는 사실이 내내 목에 걸린 가시처럼 껄끄러웠다.

'도대체 무슨 속셈일까? 이미 쫓겨난 예언자를 데리고 또 무슨 일을 꾸미려는 거지?'

그는 천문교에서 잔뼈가 굵은 인물이었다. 성지에서 나고 자랐을 뿐만 아니라, 다섯 살 때부터 수학과 물리학을 익히기 시작했고 열두 살에 이론수도회에 입문했으며, 삼십대 후반 젊은 나이에 이론신학회 학회교구 주교 자리에 올라 천문교 내 정치에도 일찍이 발을 들여놓았다. 그가 그렇게 승승장구한 데에는 다른 성직자들은 감히 꿈도 꾸지 못할 그의 우수한 혈통이 큰 힘이 되었다. 아버지도 성직자이고 조부도 성직자인 유서 깊은 이론신학자 집안의 유일한 상속자.

그는 성지에서 태어난 몇 안 되는 아이들 중 하나였다. 그리고 성직자를 아버지로 둔 유일한 이론신학자이기도 했다. 아무튼 천문교 내에 대놓고 그를 비난할 수 있는 사람은 얼마 되지 않았다. 그가 물려받은 것 때문이기도 했지만 그게 다는 아니었다.

사실 그는 그렇게 뛰어난 신학자는 아니었다. 체계적인 선행학습의 결과로 탄생한 후천적 천재임에는 의심의 여지가 없었지만, 그가 처음으로 수학에 입문한 시기를 고려하면 꼭 그렇지도 않았다. 남들보다 십 년은 빨리 입문한 덕에 또래와는 비교도 안 될 정도로 이른 나이에 성직자로서의 명성을 얻기 시작했지만, 그로부터 십 년이 지난 뒤에도 그에게는 이렇다 하게 내세울 만한 업적이 없었다. 아버지나 할아버지를 뛰어넘을 정도의 인물은 아니었던 셈이다.

하지만 정치적 자질에 관해서라면 이야기가 완전히 달랐다. 그 방면에서라면 누가 보아도 그는 천재였다. 상대의 마음을 읽는 눈, 많은 사람들의 다양한 욕구를 하나의 완벽한 퍼즐로 맞춰내는 능력, 정확한 수읽기에 따른 과감한 행동. 아직 그가 넘지 못한 산은 단 한 명밖에 없었다. 천문교의 주인, 하난산 성지 대주교 최신학이었다. 야심도 없고 욕망도 없어서 약점이라고는 찾아볼 수 없는 관측신학자. 문주교는 늘 최주교의 머릿속이 궁금했다.

'그 영감탱이, 이미 폐기된 예언자를 어쩌자고 다시 무대로 끌어올리려는 거지?'

그게 뭔지는 모르지만, 어떻게든 일이 최주교의 의도대로 돌아가지는 않도록 막고 보는 게 좋을 것 같았다. 그래서 그는 이미 오래 전에 사람을 심어놓고 조용히 때를 기다리고 있었다. 상대의 수를 무로 돌릴 때.

그는 징검섬에서 날아온 정황보고서를 가만히 들여다보았다. 생각대로였다. 김은경은 나물을 찾아갔고, 두 사람 사이에는 곧 이상한 기류가 형성되었다. 김은경은 오랫동안 그곳에 머물렀다. 별다른 이유도 없어 보였다. 정확히 무슨 일이 벌어질지는 알 수 없지만 분명히 무슨 일인가가 벌어지려는 게 분명했다.

'도대체 뭘 하려는 거지? 뭔데 저렇게 꽁꽁 싸고 있는 거야? 끝까지 이런 식으로 나오겠다면 할 수 없지. 무슨 꿍꿍이인지 일단 한번 두들겨나볼까.'

그는 사람을 불러 간단한 지시사항을 전달했다.

그로부터 네 시간 뒤, 미리 대기하고 있던 이론신학회 호위기사단 소속 요격기 세 대가 징검섬 근방 오십 킬로미터 지점으로 이동 배치되었다. 문주교가 지시한 일을 수행하기 위해서였다. 엔진 소리가 유독 날카롭게 들렸다.

은경은 비행기 소리에 놀라 잠에서 깼다. 모처럼 아무 소리 들려오지 않는 한적한 밤이었는데, 활주로 쪽에서 들려오는 엔진 소리가 유난히 다급하게 들렸다. 한번 달아난 잠은 좀처럼 다시 돌아올 줄을 몰랐다.

결국 불을 켜고, 책상 앞에 놓인 의자에 가서 앉았다. 딱히 할 일은 없었다. 나니에는 그다지 재미있는 일들로 가득 찬 행성은 아니었다. 제작자의 의도는 잘 모르겠지만, 분명 그의 생각과는 완전히 다른 결과물이었다. 말하자면 실패작이었다. 물론 그 변변치 못한 창조주 때문이었다.

은경은 창조주를 잘 알았다. 그것도 개인적으로 아주 잘 알았다. 알고 싶지 않았지만 어쩔 수 없었다. 그 자신이 바로 창조주의 딸이었으니까.

은경은 책상 위에 놓인 여행안내책자를 뒤적였다. 행성 관리사무소에서 발행한 것이었다. 거기에는 징검섬 동쪽 외진 언덕에 위치한 천문대에 북반구에서 가장 아름다운 망원경이 설치되어 있다는 소갯글과 함께 사진이 한 장 실려 있었다. 청년 수도사가 망원경을 들여다보는 사진이었다. 나물 수사였다.

은경은 처음 그 사진을 보던 날을 떠올렸다. 그 사진을 보자마자 은경은 그만 숨이 턱 막히고 말았다. 빨간색 삼엽기를 다시 만났던 그날처럼.

'바클라바다!'

사진에서 눈을 뗄 수가 없었다.

'어떻게 이럴 수가 있지? 이건 너무 심하잖아. 도대체 누가 이런

장난을 치는 거야. 어떻게 바클라바를! 도대체 뭐하자는 거야. 나더러 어쩌라고!'

은경은 도무지 알 수가 없었다. 죽은 바클라바를 다시 살려낸 걸까. 아니면 그 역시 동면된 상태로 배달된 걸까. 그러나 바클라바가 동면되었을 가능성은 거의 없었다.

은경은 그의 시신이 찍힌 사진을 본 적이 있었다. 아주 오래전의 일이었다. 사형선고를 받기 전이었다. 떠올리지 않으려고 해도 자꾸만 떠오르는 얼굴. 불에 타고 찢긴 처참한 광경이었다. 그게 바클라바라는 걸 알아보는 스스로가 더 신기할 정도였다. 그게 은경이 기억하는 바클라바의 마지막 모습이었다. 마지막으로 삼기에는 너무나 안타까운 기억. 그런 바클라바가 살아 있다니. 그리고 나와 똑같이 이곳으로 보내졌다니.

은경은 시간이 날 때마다 몇 번이고 그 사진을 꺼내 보았다. 그리고 오래된 기억을 떠올렸다. 틀림없었다. 그냥 닮은 사람이 아니라 바클라바가 분명했다. 저 표정, 저 주름. 저렇게 똑같이 생긴 사람을 세상 어딘가에서 우연히 만난다는 것은 도저히 있을 수 없는 일이었다. 게다가 바로 그 사람이 행성 전체에서 신의 위치를 가장 정확하게 알아낼 것으로 예상되는 인물이라니! 절대 우연일 리가 없었다.

'하지만 필연이라면 뭔가 의미가 있을 텐데. 도대체 뭐지? 어쩌라는 거지?'

그리고 그런 생각을 하는 사이, 잠깐이나마 마음이 약해지기도 했다. 그냥 그대로 받아들일까 하는 생각이 드는 순간.

'혹시 아빠는 진짜로 내가 바클라바를 만나서 행복하게 살기를 바랐던 게 아닐까? 그래서 바클라바를 이곳으로 보낸 게 아닐까?'

오래전에 아빠가 한 약속이 떠올랐다. 꼭 낙원에서 다시 눈뜨게 해주겠다고. 하지만 정말로 그 일이 일어났다고 믿고 싶지는 않았다. 그럴 리가 없었다. 절대 불가능했다. 그런 행복한 세상에서 다시 태어나는 꿈 따위, 단 한 번도 꿔본 적이 없었다.

'낙원 좋아하시네. 뭐하자는 수작이지? 누구 짓이야? 그 인간이야, 경라 언니야?'

관리사무소에서 내준 빨간색 삼엽기를 받자마자, 은경은 북반구의 절반 정도를 도는 긴 여행을 떠났다. 지구가 아닌 다른 행성에 온 게 맞는지 직접 눈으로 확인해야 했다.

나니예는 지구가 아니었다. 지구보다 훨씬 더 아름다운 행성이었다. 산은 높고 들판은 넓었으며, 공기는 어디를 가나 맑고 깨끗했다. 훼손되지 않은 자연이 지평선 이쪽 끝에서 저쪽 끝까지 경계선 하나 없이 쭉 펼쳐져 있고, 사람 사는 마을은 일부러 숨겨놓기라도 한 듯 드물게만 나타났다. 도로가 거의 나 있지 않은 대신 마을이 있는 곳에는 어김없이 활주로가 있어서 마을 사이를 오가는 비행기들만이 허공에 점점이 길을 내곤 했다. 모든 마을이 섬인 셈이었다.

비행기는 전부 구식 프로펠러기였다. 기름 먹는 비행기는 하나도 없었고 모두 풍력이나 태양광 발전으로 충전하는 전기 비행기였다. 무섭게 으르렁거리는 제트기도 없었다. 하늘을 날려면 모두가 공평하게 앵앵거리는 소리를 내야만 했다.

야간비행을 하면서 마을을 내려다보면 드문드문 비치는 불빛이 마치 별빛 같아 보였다. 나니예에서는 밤하늘과 우주의 경계가 지구에서보다 훨씬 더 모호해서, 해가 지면 마을 바로 위까지 우주가 밀려내려오곤 했다. 멀찍이 떨어져 있는 은하들처럼, 마을 사람들은 서로의 소식을 잘 알지 못했다. 우주선 대신 비행기들이 밤하늘을 채웠고, 항로를 잃은 비행기들은 밤하늘이 아니라 거의 우주를 헤맨다는 착각이 들 만큼 어두운 밤길을 떠돌아야 했다.

그런데도 그다지 위험하지는 않았다. 명색이 휴양행성이니만큼 비행이든 뭐든 어려워서는 안 됐다. 그래서 나니예의 모든 비행기에는 자동항법장치가 내장되어 있었다. 그런데 이 항법장치는 조종석 어디에도 조종사를 위한 출력장치가 없었다. 나니예 개발계획의 기본개념에 따라 과도한 문명의 흔적을 없애기 위해서였다. 결국 항법장치를 읽을 수 있는 것은 비행기 자신뿐이었다. 아니, 항법장치 자체가 일종의 인공지능의 역할을 했다. 그러니까, 나니예의 비행기들은 살아 있었다. 마치 말이나 소 같은 가축처럼.

은경은 빨간색 삼엽기를 타고 나니예 곳곳을 정처없이 날아다녔다. 오래 지나지 않아 은경은 관리사무소 사람들의 말이 사실이었음을 깨달았다. 그곳은 분명 지구의 모조품 따위가 아니었다. 그냥 낙원이었다.

그러나 은경은 낙원에서의 삶이 즐겁지가 않았다. 오히려 달아나고 싶은 생각만 나날이 간절해졌다. 은경은 나니예가 왜 그런 모습을 하고 있는지 잘 알고 있었다. 창조주의 역겨운 취향과 비틀린 동정심 때문이었다. 그는 은경이 가장 좋아하는 일이 무엇인지 잘 알고 있었다. 비행이었다. 그래서 행성 전체가 비행기 여행에 적합하게 만들어져 있었다. 원 없이 비행기만 타다 죽어도 좋을 환경이었다. 그래서 싫었다. 그런 곳이라면, 낙원이 아니라 그냥 누군가의 머릿속을 옮겨놓은 것에 불과했다.

그래서 은경은 관리사무소에서 내놓은 비행기를 보는 순간 마침내 화가 머리끝까지 치밀어올랐다. 십오만 년 전 지구 어딘가에서 느꼈던 감정 그대로였다. 동결건조된 분노였다. 아빠가 생각났다. 엄마도 생각났다. 역겨웠다. 그런 식의 낙원이라니. 은경에게 나니예는 결코 낙원이 될 수 없었다. 또 한번 그런 세상에서 살고 싶지는 않았다.

"여기에 머물고 싶지 않은데요. 나갈 방법이 있나요?"

관리사무소 직원들을 찾아가 물었다. 그들이 대답을 못 하고 난처해하자 고객 대표 자격으로 책임자를 불러줄 것을 요구했다. 결국 행성 관리사무소 부소장이 직접 찾아왔다.

"방법이 없는 건 아닌데, 나간다고 해도 이미 돌아갈 집은 없을 겁니다. 십오만 년이나 지났으니까, 지구가 아직 남아 있을지 어떨지도 아무도 모르거든요."

"집으로 안 가도 좋은데요, 여기서 나갈 수는 없나요? 환불 같은 거 안 받아도 좋아요. 일단 들어왔으니 나가는 길도 있을 것 같은데요."

"있긴 있는데요……"

우주왕복선이 있었다. 물론 프로펠러기로 가득 찬 세상인 만큼 우주왕복선도 간신히 대기권을 벗어날 정도의 출력밖에 안 되는 구형 모델뿐이었다. 아무튼 방법이 있기는 있다는 뜻이었다. 다시 은경이 물었다.

"그걸 타고 어디까지 갈 수 있죠?"

"사실 우리도 잘 모릅니다. 나니예는 고립된 섬이거든요. 다른 우주문명들하고는 연결돼 있지 않아요. 지구에서처럼 문명을 계속 발달시켜서 살아남는 방식을 택하지 않고 어느 시점 이전으로 문명을 되돌리는 방식으로 만든 낙원이거든요. 당시 지구의 관점에서 보면 누구라도 납득할 만한 생각이었다고 하는데, 아마 김은경씨가 저보다 잘 아시겠지요. 아무튼 그 방식 때문에 우리는 이 행성을 만든 원천기술들에 대해서 잘 모르게 됐어요. 전수가 안 됐거든요. 다만 저 위에 우주 바깥으로 나갈 수 있는 뭔가가 있다는 사실만 알고 있을 뿐입니다."

"그러니까 일종의 환승지점 같은 건가요?"

"환승지짐이요?"

"다른 무언가로 갈아타기 위한 곳이요."

"환승이라…… 그럴지도 모르죠."

방법이 있다는 뜻이었다. 그런데 문제가 있었다. 그 환승역의 위치가 정확히 어디인지 아는 사람이 아무도 없었다.

"아무도 모른다고요?"

"공식적으로는 그렇습니다. 다만……"

"비공식적으로는, 아시나요?"

"그런 지식을 전수받은 사람들이 있습니다. 천문교라고……"

그게 바로 천문교에서 주장하는 신의 정체였다. 그들에게는 나니예를 탈출하는 방법에 관한 지식이 종교 혹은 신화의 형태로 왜곡

된 채 세대를 넘어 전수되고 있었다.

'신이라고?'

부소장은 천문교 전체에서 신의 위치를 가장 잘 아는 사람이 누구인지를 알려주었다. 그리고 곧바로 그를 찾아갈 수 있도록 최신학 대주교를 직접 소개시켜주었다.

은경은 곧장 그를 찾아갔다. 신에 대해 가장 잘 알고 있다는 신학자를. 그리고 그것은 은경이 평생 동안 들어본 농담 중에서 제일 재미없는 농담이었다. 바로 그 사람, 바클라바였다. 바클라바를 찾아내야 문제를 해결할 수 있다고? 그 모든 장난질의 정점에 바클라바가 있다고? 이보세요, 지금 나더러 그 말을 믿으라고요?

은경은 사진 속의 나물 수사를 가만히 들여다보았다. 직접 만나본 그는 교구에서 생각하는 것과는 달리, 그리고 은경이 생각했던 것과도 또 달리, 신실하고 진지한 보통 성직자였다. 똑똑하고 사려 깊었으며 강직하기까지 했다. 은경이 기억하는 무뚝뚝하고 냉소적이며 가끔은 잔인하기까지 한 바클라바와는 전혀 다른 성품이었다.

그는 은경을 알아보지 못했다. 은경이 자기 눈을 빤히 들여다보고 있다는 사실조차 눈치채지 못하는 것 같았다. 알면서 모르는 척하는 게 아니었다. 정말로 은경을 못 알아보는 눈치였다.

그러나 은경은 자신을 기억하지도 못하는 그의 두 눈에서 자꾸만 바클라바에게서만 볼 수 있었던 그 무엇인가를 보곤 했다. 확신이었다. 그는 진심으로 신의 존재를 믿는 것 같았다. 눈을 보면 알 수 있었다. 신에 관해 이야기할 때 그의 두 눈은, 위성요격미사일 기술에 관해서 떠들어대던 그 옛날 코스모마피아 조직원의 눈처럼 반짝

반짝 빛났다. 벼랑 끝에 서 있는 사람에게서만 볼 수 있는 불안한 자신감. 흔들리는 확신.

하지만 그렇다고 해서 그가 찾는 신이 그가 정말 만나고자 하는 그 신일 가능성은 없었다. 은경은 확신할 수 있었다. 그들의 창조주와 개인적으로 안면이 있었으니까.

그러니까 그건 그냥 장난이었다. 만약 그게 경라 언니의 장난이라면 결말은 뻔했다. 찾아가지 않는 편이 낫다. 그랬다가는 또 무슨 험한 꼴을 당할지 모른다.

하지만 그를 찾아가지 않을 도리가 없었다. 세상 천지에 아는 얼굴이라고는 달랑 하나밖에 없었으니까. 그가 바클라바와 아무 상관도 없는 사람이라고 해도 마찬가지였다. 언니의 장난에서 벗어나기 위해서라도 일단 그를 만나야만 했다. 은경을 기억하든 못 하든, 복제인간이든 그냥 심하게 닮은 자연인이든, 신의 궤도 이론에 관한 한 나니예를 통틀어 가장 발전된 단계의 이론을 연구하는 신학자가 그 사람이라는 사실에는 변함이 없었다. 그리고 그의 도움이 없다면 나니예를 벗어날 방법은 어디에도 없어 보였다. 다른 저명한 이론신학자들은 이미 모두 관념론 쪽으로 돌아선 상태였다. 아니, 여기에서 벗어날 방법 따위는 처음부터 존재하지도 않았다고 해도 이대로 손 놓고 당할 수만은 없었다. 최소한 비웃음거리가 되지 않기 위해서라도 한 번은 그를 찾아가야만 했다.

결국 그를 찾아갔다. 그리고 꽤 오랫동안 멀리서 그를 지켜보았다. 은경은 그가 걱정스러웠다. 그는 그다지 잘 지내고 있는 것 같지가 않았다. 과거 지구에서의 바클라바만큼도 형편이 안 좋아 보였다. 그는 시골의 조그만 성당에서 제대로 된 망원경도 없이 다른 성지에서 배포하는 철 지난 관측자료에 의지해 겨우겨우 연구를 진행하고 있었다. 재능에 비해 대접이 턱없이 부족했다. 이론신학회의 차별적 격리조치 때문이었다. 하난산 성지 주교관 비서신부가 해준 이야기가 떠올랐다.

"재능은 있었지. 그걸 부인할 사람은 없어. 하지만 더 올라가는 데는 한계가 있었어. 혈통 때문에."

"그래요? 나니예에는 그런 게 없는 줄 알았는데요."

여행안내책자에 따르면 나니예 계획은 엄연히 국가지원사업이었고, 고객 이외에 행성 유지와 관련된 직원들은 거의 전원을 자국민으로만 충원하는 프로젝트였기 때문에, 나니예는 은경이 나고 자란 나라와 인적 구성이 거의 같다고 했다. 관리사무소 측의 표현을 빌리자면 출발 당시의 인구 구성이나 그들의 문화를 최대한 그 상태 그대로 인위적으로 동결건조시킨 셈이었다. 그래서 전체 직원의 칠 퍼센트 정도가 외국계였다. 그래도 언어는 하나였다. 은경의 모국어. 엄마가 쓰던 말.

은경은 나니예 사람들이 왜 나물 수사 같은 사람들을 혼혈이라고 부르는지 이해할 수 없었다. 나물은, 그러니까 바클라바는, 혼혈이 아니라 그냥 외국인이었다. '외국인 노동자' 할 때의 그 외국인.

나니예에는 인종차별 같은 건 없다고 했다. 다들 분명히 그렇게 말했다. 나니예에서는 민족과 국가 사이의 모호한 대응관계가 성립하지 않는다고. 사실 나니예에는 나라 자체가 없었다. 오로지 세계 하나가 존재할 뿐이었다. 그런 면에서 나니예는 지구보다 나았다.

그런데 그에게만은, 오로지 바클라바에게만은 차별이 존재했다. '혼혈'이라는 이름이 붙은 촌스러운 차별이. 은경은 그게 도무지 이해가 안 갔다.

"차별? 별로 없지. 그런데 구석구석 파고들어가보면 아직도 그런 게 남아 있는 데가 있어요. 주교관 비서라는 사람이 이런 말 하는 게 뭐하긴 하지만, 천문교라는 데가 위로 갈수록 좀 답답해진단 말이야. 매번 그럴듯한 이유를 대려고 위원회를 열고 대주교 칙령을 받아오고 뭐 그러니까 마치 다른 이유가 있는 것처럼 보이지만, 그건 그냥 핑계고, 사실 그 친구가 거기로 쫓겨난 이유는 간단해. 가장 먼저 진실에 도달할 것 같은 신학자였거든. 재능이 모자라서 밀려나는 게 아니라고. 오히려 넘쳐나기 때문이지. 그럴 때마다 꼭 피부색이 제일 만만한 걸림돌이 됐어. 시비걸기 딱 좋거든."

"그게 그렇게, 목숨을 노릴 만큼 싫은 건가요?"

"그래, 누군가에게는. 웃기는 얘기지만."

"그렇게 다 알고 있으면 뭔가 손을 써야 하는 것 아니에요?"

"뭐든 하고는 싶은데 할 수 있는 게 있어야 말이지."

창문을 열고 밤공기를 들이마셨다. 지구에서는 느끼기 힘든 상쾌한 공기였다. 밖에서 인기척이 들렸다. 그러나 고개를 내밀어보니 아무도 없었다. 산짐승이 낸 소리이거나 잘못 들은 모양이었다.

밖으로 나갔다. 잠시 활주로를 거닐면서 밤하늘을 올려다보다가 마을에서 제일 높은 곳에 있는 성전 건물에 눈이 갔다. 어쩐 일인지 성전에 불이 켜져 있었다.

'오늘은 일 안 하나?'

이상한 일이었다. 나니예에서 성전은 곧 천문대였기 때문에, 밤에도 불을 켜는 일이 드물었다. 특히 날씨가 좋은 날에는 더 그랬다. 천체망원경 때문이었다. 천체망원경은 희미한 별빛을 모아 상을 만드는 도구여서 주위에서 밝은 빛이 유입되면 관측이 어려웠다. 그러니까 불이 켜져 있다는 것은 뭔가 이상한 일이 일어났다는 뜻이었다.

은경은 문득 바클라바가, 아니 나물 수사가 궁금해졌다. 뭘 하고 있을까? 무슨 일이 생긴 건 아닐까? 은경은 외투를 챙겨들고 성전이 있는 언덕을 향해 걸음을 옮겼다.

"이게 뭐하는 짓이람. 바보같이."

한참 언덕을 올라가다가 문득 은경은 그렇게 중얼거렸다. 그러고는 집 쪽으로 발걸음을 돌렸다가 다시 성전을 향해 돌아섰다.

'이봐, 김은경씨, 정신 차려. 그 사람은 바클라바가 아니야. 당신이 누군지는 아예 기억도 못 해. 기억을 못 하는 게 아니라 처음부터 한 번도 알았던 적이 없다고. 하지만……'

은경은 그가 몹시도 그리웠다. 마주하고 있어도 끝내 알아봐주지 못하는 사람. 그를 찾아가지 않고는 도저히 견딜 수가 없었다.

"그래도 니가 있어서 다행이야. 내 발로 찾아갈 곳이 한 군데는 있으니까."

은경은 혼자서 그렇게 중얼거리며 성전 쪽으로 걸어올라갔다. 자신의 목소리가 어쩐지 낯설게 들렸다.

축복받은 아이

나물은 아무것도 없는 시커먼 밤바다 위를 조용히 날고 있었다. 논문제출자격을 얻은 후 매일 밤 하루도 빠짐없이 해온 초계비행이었다. 그는 서서히 고도를 높이며 하늘을 올려다보았다. 며칠째 불길한 별 세 개가 바람에 흔들리며 깜빡깜빡 빛났다. 그 모습을 보면서 그는 앞으로 벌어질 일들을 떠올렸다.

'이신부님 말대로 만약 저게 진짜 재앙으로 이어진다면, 그때는 저걸 막을 사람이 나니예 어딘가에 있기는 한 걸까? 성지 대주교님은 언제쯤 공식 포고를 하시려나. 한 열흘? 결국 그분마저 악마의 별을 인정하시고 마는 걸까?'

역시 문제는 이론신학회였다. 천문교를 구성하는 다른 한 축인 관측신학회가 이미 문주교의 영향 아래 들어가 있는 상황이 문제였다. 그는 아마 내일 종말이 오더라도 나니예의 생존보다는 한 움큼의 권력을 더 탐낼 사람이었다. 문제를 해결하기보다는 그 상황을 틈타 하난산 성지로 이론신학회 호위기사단을 진격시킬 기회를 찾는 데 더 적극적일 사람. 천문교는 바로 그의 손아귀에 놓여 있었다.

그러니 이제 문주교를 막을 수 있는 것은 단 하나밖에 없었다. 천문교 전체에서 가장 중요한 조직, 그러나 모두가 잊고 있는 기구, 바로 신이었다. 그리고 아직도 신이 실재한다는 사실을 증명해낼 수 있다는 믿음을 버리지 못한 어느 시골 수도원 신학자 한 사람이 남아 있을 뿐.

'딱 하나 남은 걸림돌인데 그게 신이라면 별로 불리하지도 않네. 그 신을 불러낼 사람이 나라는 게 문제지.'

그는 은경이 한 말을 떠올렸다. 이론신학회가 그를 노린다는 말이었다. 처음 듣는 이야기는 아니었다. 그런 소문이라면 이미 귀에 못이 박일 정도로 많이 들었다.

전혀 근거 없는 뜬소문도 아니었다. 이론신학회는 이미 원래 기능을 상실한 정치조직으로 변질되어 있었다. 이론신학회 호위기사단만 해도 그랬다. 관측신학회는 성지와 신의 제단, 그리고 그 위에 놓인 망원경을 지키기 위해 성지호위기사단을 보유하고 있었다. 그런데 이론신학회는 도대체 무엇을 호위하기 위해 기사단 규모를 관측신학회 수준으로 확충해야 했는지 해명할 수가 없었다. 이론을 지키기 위해서? 아니면 문주교를 호위하기 위해서?

그러나 더 큰 문제는, 그들이 자신들이 병력을 보유해야 하는 이유를 누군가에게 해명해야 한다는 생각조차 하지 않는다는 것이었다. 그들에게 이를 해명해달라고 요구하는 사람도 거의 없었다.

나물이 보기에 이론신학회는, 신이란 결국 증명할 수 없을 때 가장 완전하다고 주장하는 바보들의 모임이었다. 그들의 입장에서 볼 때 나물은 이미 이단의 경계에 아슬아슬하게 발을 걸친 신학자였다. 그 둘 사이에서 무슨 일이 일어나도 이상할 게 없었다.

'어쩌다 이렇게까지 된 걸까?'

고도를 높여 꽤 먼 곳까지 날아간 다음 가만히 아래를 내려다보았다. 불빛 한 점 보이지 않는 캄캄한 밤이었다. 시커먼 바다 말고는 참고할 만한 지형지물이 하나도 없었다. 다시 하늘을 올려다보았다. 해류처럼 거대한 계절풍이 하늘을 통째로 날려버릴 듯한 기세로 세차게 불어왔다.

그는 그날의 기억을 떠올렸다. 처음으로 천문교에 들어오던 날. 이십 년도 더 지난 일이었다. 그날 엄마는 그에게 말했다.

"너를 바치기로 했다."

"누구한테?"

"신께 바치기로 했다."

"제물로 바치겠다는 거야?"

그는 깜짝 놀랐다. 엄마가 서글픈 미소를 지어 보였다.

그렇게 천문교에 첫발을 들였다. 다행히 제물은 아니었다. 제물 신세는 피했으니 당연히 성직자가 될 줄 알았는데, 천문교가 그에게 부여한 역할은 황당하게도 성직자가 아니라 예언자였다. 그곳에서 당시 관측신학회 학회교구 주교였던 최신학 신부를 만났다. 그리고 다른 열한 명의 아이들과 함께 하난산 성지로 옮겨져 예언자들을 위한 특수교육을 받았다.

"저는 예언 같은 거 못 하는데요."

"예언을 하라는 게 아니란다."

"그럼요?"

"여기서는 미래의 일을 맞히는 사람이 아니라 신의 목소리를 알아듣는 사람을 예언자라고 불러요. 나신부님이 말씀하셨지? 나물이는 어떤 아이라고?"

"축복받은 아이요."

"왜 축복받은 아이라고 하셨지?"

"신의 음성을 듣는 아이니까요."

그렇게 평생을 예언자로 살 줄 알았다. 그런데 이후의 삶은 그때의 예상과는 전혀 달랐다. 어쩌다 이렇게 된 거지?

다시 아래를 내려다보았다. 바다 말고는 아무것도 없었다. 심연을 보고 있자니 무서운 생각이 들었다. 나니예의 바다는 아직 탐사가 덜 끝나서 그 안에 뭐가 있는지 아무도 알 수 없었다. 괴물처럼 거대한 고래를 봤다는 소문도 심심치 않게 들려왔다. 그러나 제일 무서운 것은 바다 그 자체였다. 그는 신심이 깊은 성직자였지만, 밤바다 위에서는 그 역시 두려움을 느꼈다. 비행기가 요란한 소리를 내어 바다 위의 적막을 날려버렸다.

옛날 사람들은 비행기를 신이 보낸 천사라고들 생각했다. 사람은 듣지 못하는 하늘의 소리를 듣는다는 이유에서였다. 신의 음성을 듣는 존재들. 사람들은 옛날 비행기에 내장된 항법장치를 그렇게 이해했다. 예언자의 정의와 하나도 다르지 않았다.

하지만 이제는 사정이 다르다. 그 자동항법장치가 정확하지 않기 때문이다. 비행기들도 그 사실을 알았다. 지금도 어떤 비행기들은 조종사 없이도 이륙을 하고 하늘을 날아서 목적지를 찾아갈 수 있다. 하지만 착륙은 할 수 없다. 항법장치에 담긴 정보가 정확하지 않아서 장치가 활주로라고 생각한 곳에 실제로 뭐가 있을지 알 수 없기 때문이다. 그래서 혼자 달아난 비행기들은 전지를 모두 소모한 다음 두려움에 떨며 한사코 착륙을 거부하다가 결국 어딘가에 추락하고 만다.

좌표가 어긋난 게 틀림없었다. 그래서 모든 비행기의 영혼 속에는 잘못된 세계가 각인되어 있는 것이다. 오로지 나이 많은 비행기만이 오랫동안 세계를 날아다니면서 얻은 경험을 통해 어긋난 마음속 세계를 바로잡을 수 있었다. 얼마나 깊이 절망했을까. 잘못된 세계에 살고 있다니. 자신이 아는 세상이 전부, 통째로 오류라니.

그는 방금 전까지 싱전 한구석에서 골몰해 있던 신의 궤도 이론을 떠올렸다. 그는 비행기 항법장치 속에 든 세상이 꼭 잘못된 것만은 아니라고 믿었다. 분명히 어딘가 잘못된 건 맞지만, 세상 모든 비행기들이 거의 똑같은 모양으로 잘못된 세상을 마음속에 담고 있다면 이야기는 달라져야 했다. 비행기들이 모두 똑같은 세계를 마음에 담고 있다면, 우리 세계와 같든 다르든 거기에는 또다른 세계가 하나가 펼쳐져 있을 것이다. 그리고 그 세계에도 신이 깃들어 있을 것이다. 신은 어디에나 계시니까. 그 신을 찾는 게 그의 목표였다.

그 말에 수도원장 신부님은 한참 동안이나 말없이 그를 바라보았다.

"그래서, 결국 망원경도 없이 신을 연구하겠다는 거야? 자네 잔

머리는 참 신기하기 그지없구만. 자네가 그렇게 말하니 할 말은 없네만, 신이 어디에나 계시다는 말은 사실에 관한 명제는 아니야. 믿음의 문제를 마치 사실명제인 것처럼 표현한 것뿐이지. 그러니까 비행기들 안을 들여다봐도 결국 신은 못 찾을 거야."

"그래도 최소한 이론신학회가 그 명제를 거부하지는 못하지 않겠습니까? 신이 어디에나 계신다는 건, 그 사람들이 말하는 관념신앙의 핵심이니까요."

"하여간 저 잔대가리."

그렇게 시작된 연구였다. 그는 오백 건에 달하는 비행기 착륙사고 기록을 분석한 다음 이런 결론에 도달했다.

비행기들은 동일한 세계를 항법장치 속에 담고 있었다. 그러니까 개개의 비행기들은 오류를 범하지 않은 셈이다. 마치 서로 멀리 떨어져 있는 관측신학자들이 서로의 관측기록을 비교해서 각자가 관측한 천문현상이 진짜인지 가짜인지 확인하는 것처럼, 서로 분리되어 있는 비행기들의 영혼이 모두 똑같은 세계를 담고 있었다면 각각의 비행기들은 실수를 범한 게 아닌 셈이다.

그러니까, 잘못된 것은 오히려 세상이었다. 비행기들이 아직도 신의 음성을 듣고 있다면, 신께서 그 목소리를 통해 비행기들의 영혼인 항법장치에다 대고 직접 세상의 모습을 알려주시는 것이라면, 그런데 그 모습이 매번 일관되게 딱 어느 정도만 현실세계와 어긋난다면, 결국 신께서 딱 그만큼 원래 궤도를 벗어나 계신 게 아닐까. 자신이 탈선했다는 사실을 전혀 깨닫지 못한 채로.

그래서 비행기들은 더 혼란스러워하고, 스스로 오류를 수정하는

데 더 많은 시간이 필요한지도 모른다. 분명히 자신들이 옳은데도, 잘못된 세상에 적응하지 않으면 살아남을 수 없기 때문에.

"그런데 지금 그 이야기는 논문이 아니라 자네 이야기 같은데. 그건 쓰지 말게. 그런 이야긴 내 나이쯤 돼서 아무도 시비 안 걸 때 해야지 지금 할 이야기는 아니야. 명작은 나중에 쓰고 지금은 일단 논문심사나 통과하지. 그리고 이건 노파심에서 하는 말인데, 그 여자를 조심하게. 너무 신뢰하지 마. 수도원장으로서 하는 말이네만, 자네는 성직자야. 그 여자는 너무……"

"걱정하지 마세요. 알아서 잘 하겠습니다."

"그렇겠지. 그런데 그게 자네 생각대로 되는 게 아닐 거야."

그 생각을 떠올리며 엔진 출력을 살짝 높였다. 바람이 얼굴을 강하게 때렸다.

'저대로 둬도 괜찮을까.'

수도원장 이신부는 잠자리에 누워서 나물 수사가 처음 징검섬으로 오던 날을 떠올렸다. 성지 대교구에서 쫓겨난 이론신학자, 더구나 폭행사건으로 추방된 젊은 신학자를 맡아야 한다는 말에 이신부는 내심 걱정이 앞섰다.

"내 몸 하나 건사하기도 힘든데 뭘 어쩌라는 거야?"

그의 말에 지역교구 사무국 직원이 곤란한 듯 웃으며 대꾸했다.

"원장님이 맨날 젊은 놈 하나 보내달라고 노래를 부르셨잖아요."

"젊고 보송보송한 놈이랬지, 언제 그런 시커먼 도둑놈 보내달랬어?"

마침내 그가 오기로 한 날이 되자 아침부터 그는 걱정이 태산이었다. 어떤 놈일까. 안 그래도 사람 대하는 게 싫어서 이런 시골 성당에 처박혀 지내는 마당에 그런 험악한 놈을 데리고 여생을 보내야 하다니, 끔찍한 일이었다.

오전 열한시쯤에 교구 비행기 한 대가 마을로 들어오는 모습이 보였다. 이신부는 수도복을 단정하게 차려입고 허리를 꼿꼿이 편 다음 근엄한 자세로 새 수도자를 기다렸다.

"원장님, 어디 편찮으세요?"

그를 보자마자 사무국 직원이 물었다. 이신부는 사무국 직원을 따라온 젊은 신학자를 가만히 바라보았다. 그리고 갑자기 웃음을 터뜨렸다.

"진짜 어디 편찮으신 것 같은데요."

사무국 직원을 돌려보낸 다음 이신부는 새로 온 수도사를 성전으로 데리고 갔다. 그리고 성전 구석구석을 소개해주었다.

다행이었다. 험악한 인상이 전혀 아니었다. 어쩌다 그런 짓을 저질렀는지는 모르겠지만 딱 보기에 난폭한 인물은 아니었다. 오히려 편안하고 시원시원한 인상이 호감 가는 얼굴이었다. 이신부는 나물 수사를 세워놓고 주위를 맴돌며 구석구석을 찬찬히 뜯어보았다.

"이만하면 됐어."

"뭐가요?"

"잘 왔네. 환영이야. 하하하하하."

아무리 봐도 성직자나 하고 있을 인물이 아니었다. 저 키에 긴 팔다리 길이, 저 어깨, 턱선, 눈매. 그를 보는 순간 이신부의 머릿속에는 희망찬 미래가 펼쳐졌다.

"드디어 십오 년 만에 젊은 여자 신도라는 게 생기겠어! 그러면 젊은 남자 신도들도 따라오겠지. 그걸 보고 또다른 여자 신도들이 생길 거고, 그러면 남자 신도도 더 늘어날 거야. 죽기 전에 종탑 한 번 바꾸는 게 소원이었는데, 잘 왔어. 잘 왔어."

"네?"

그러나 실제로 그런 일은 일어나지 않았다. 신자 수가 늘어나기는커녕 오히려 있던 신자들도 하나둘씩 성당을 떠나고 말았다. 그놈의 논문 때문이었다. 신의 궤도 이론이 들어간 논문이 성전 바닥에 그려지는 바람에 신자들의 출입이 엄격하게 제한된 탓이었다. 누가 뭐래도 천문교는 여러 가지 의미에서 망원경 없이는 유지하기 힘든 종교여서, 망원경을 구경시켜주지 않고는 도저히 신자들을 붙들어둘 방법이 없었다.

그런데 그게 또 다가 아니었다. 날이 가고 달이 갈수록 이신부는 자기가 사람을 잘못 본 게 아닌가 하는 생각이 들었다. 첫인상과는 달리 나물의 마음속에는 도저히 깊이를 알 수 없는 짙은 어둠이 자리하고 있었다.

'저건 뭐지? 상처인가? 아닌데. 죄책감인가? 비슷하긴 하지만……'

몇 날 며칠, 아무도 시키지도 않은 깊은 침묵에 잠겨 있는 나물을 보면서 이신부는 그 어둠이 도대체 어디에서 비롯되었는지를 가늠해보았다. 쉽사리 답을 얻을 수가 없었다. 하루 종일 뚫어져라 그를 관찰해봐도 도대체가 아무것도 눈에 들어오지 않았다. 이신부를 가장 당혹스럽게 만든 것은 무표정한 얼굴에 언뜻언뜻 드러나는 잔혹하고 매정한 나물의 내면이었다.

무엇보다 그는 좀처럼 화를 참아내지 못했다. 이신부의 눈에 비친 그는 김은경이 타고 온 그 이상한 삼엽기를 꼭 닮은 사람이었다. 안정적으로 자세를 유지하며 정해진 항로를 최대한 빠르고 편안하게 날아가도록 설계된 비행기가 아니라, 사방에서 불어오는 바람에 예민하게 반응하면서 나비처럼 흔들흔들 비틀거리며 날아가는 데 더 유리하게 설계된 비행기. 이신부는 불안한 눈으로 그를 지켜보았다. 다들 이야기하는 것처럼 그냥 실패한 예언자일까, 아니면 그분께서 다 쓰실 데가 있어서 일부러 저렇게 만드신 걸까. 알 듯 말 듯 아리송한 수수께끼였다. 저따위 예언자라니. 바람 앞의 촛불보다 더 심하게 흔들리는 영혼이라니. 저런 걸 도대체 어디다 쓰시려는 걸까. 이신부는 그가 앞으로 그려낼 삶의 궤적이 궁금해졌다.

'지켜줘야 되는 걸까, 그냥 내버려둬도 되는 걸까.'

이유야 어쨌든 일단 그의 품안에 들어온 수도자이니 최대한 바람이 닿지 않도록 바람막이가 되어줄 수 있었으면 좋았겠지만, 그를 향해 불어오는 바람은 작은 시골 수도원 원장 한 사람의 힘으로는 도저히 잠재울 수 없을 만큼 집요하고 강했다. 운명이라고 불러도 좋을 정도였다. 아무리 빈틈없이 바람막이를 쳐놔도 문득 정신을 차리고 보면 어디선가 솔솔 차가운 기운이 그 안으로 슬며시 새어 들어오고 있었다. 게다가 그 바람은 어느 방향이라고 꼭 집어서 말하기도 어려울 만큼 여러 곳에서 불어왔다. 그만큼 중요한 인물이라는 뜻이었다. 아니, 생각보다 훨씬 더 중요한 인물일지도 모른다.

게다가 나물 수사가 논문을 시작한 이후로는 문득문득 뜬금없는 곳에서 섬뜩한 기운이 느껴지는 일이 한층 더 잦아졌다. 주목받는 느낌, 혹은 누군가에게 감시당하는 듯한 느낌이었다.

그 느낌은 김은경이라는 여자가 나타난 다음부터 더욱 심해졌다. 이신부는 그 여자가 왜 그렇게 나물 수사의 논문에 관심을 갖는지 이해할 수가 없었다. 그것도 징검섬처럼 재미있는 일이라고는 도대체가 일어나지 않는 곳에 몇 달씩 눌러앉아 있을 정도로. 무엇보다 이상한 것은 둘은 함께 있는 모습이 지나치게 잘 어울린다는 사실이었다. 누군가 일부러 그렇게 짝지은 게 아닐까 싶을 정도였다. 마치 오래전부터 알고 지낸 사이 같았다. 그 사실을 깨달은 순간 이신부는 혹시 이 모든 것이 누군가의 음모가 아닐까 하는 생각이 들었다.

'나쁜 놈들. 성전망원경을 노리는 건가! 하지만 그런 게 아닐 텐데. 그렇게 빤한 게 아닌데. 뭔가 더 거대한 계획이 있는 것 같은데 말이야. 얼마나 큰 계획인지 알 수가 있어야지.'

아무튼 나물 수사는 여러 가지 측면에서 위태로워 보였다. 누군가가 그를 도와야만 했다. 그리고 지금 당장 그를 돕도록 교구에서 지정해준 사람은 다름아닌 이신부 자신이었다. 그런데 이신부에게는 그를 도울 수 있는 방법이 별로 없었다.

'내가 도움을 받아도 시원찮을 마당에. 어쩌겠어. 그래도 명색이 예언자 출신인데 알아서 잘하겠지 뭐.'

이불을 끌어올려 머리 위까지 푹 덮어썼다. 골치 아픈 일들이 한두 가지가 아니었다.

은경은 성전 안으로 들어서자마자 넋을 잃고 위를 올려다보았다.

징검 성전은 밖에서 보는 것과는 전혀 달랐다. 투박한 돌 색깔밖에 보이지 않는 바깥쪽과 달리 안쪽에는 온통 화려한 그림이 가득 차 있었다. 7층 높이의 커다란 돔 안쪽에는 북반구의 밤하늘 전체가 그려져 있었다. 태양이 지나는 길을 보니 천구를 표현한 그림 같았다. 눈에 익은 별자리도 더러 있었는데, 물론 지구에서 볼 수 있는 별자리는 하나도 없었다. 우주의 중심에는 어떤 행성이 자리잡고 있었는데 태양과 우주가 그곳을 중심으로 공전했다. 나니예인 모양이었다. 그리고 궤도의 맨 안쪽, 달보다 가까운 곳에 보라색으로 그려진 타원은 신의 공전궤도가 분명했다.

어두운 내벽에 불빛이 비치자 돔은 그대로 밤하늘이 되었다. 어두울 때는 잘 몰랐지만 불을 켜고 보니, 별 하나하나가 금빛이었다. 돔을 받치는 자주색 둘렛돌이 아직도 원래 색깔을 간직하고 있었고, 돔을 지나 출입문으로 향하는 길에는 같은 색깔의 기둥 여덟 개가 늘어서 있었다. 안내책자에 쓰여 있는 것과 같이 그 건물을 지은 사람들의 우주관을 그린 이백사십 장의 스테인드글라스가 어둠에 몸을 숨긴 채였다.

기둥에는 사도들의 모습이, 그리고 벽에는 지구를 떠나 우주의 중심을 찾아나선 고대인들의 여정이 부조로 새겨졌다. 지구가 꽤 세밀하게 표현되어 있었고, 지구를 떠나는 우주선, 먼지, 태양, 태초의 행성, 사람들보다 먼저 태초의 행성에 도착한 태초의 공장들, 사도들, 밝게 빛나는 신의 모습이 어두운 윤곽만 드러낸 채 늘어서 있었다. 하지만 그중에서도 가장 많이 등장하는 그림은 비행기 그림이었다. 날개가 두 장씩 달린 비행기들. 태초의 비행기, 길 잃은 비행기, 야생 비행기, 사도들의 비행기, 그리고 신의 비행기.

그 광경을 보고, 은경은 잠에서 깨어나자마자 맨 처음 들은 이야기를 떠올렸다. 저런 일이 있었구나. 여기 사람들은 그 이야기들을 저렇게 이해했구나 싶었다.

무엇보다 눈길을 끄는 것은 광택 없는 흰색 바탕에 화려한 금색 선으로 구름무늬를 새겨넣은 천체망원경이었다. 망원경은 마치 조그만 대포 같았다. 커다란 탄환을 장전한 채로 천장을 향해 약간 삐딱한 자세로 서 있는 듯한 모습이 공격적이고도 위압적으로 느껴졌다. 그때껏 그렇게 정교한 장식이 되어 있는 망원경은 본 적이 없었다. 군데군데 기계 부속이 겉으로 그대로 드러나는 부분이 있었는데, 새까만 톱니가 망원경의 새하얀 표면과 선명한 대비를 이루었다. 안내책자에서 설명한 대로 동력을 전혀 사용하지 않고 인간의 힘만으로 움직이기 위해 여러 단계의 톱니들을 복잡하게 배치한 흔적이 보였는데, 실제로는 인력과 전기를 같이 쓰는지 자동화된 부분이 군데군데 눈에 띄었다.

하지만 성전에서 가장 가치 있는 물건은 그 망원경이 아니었다. 바닥에는 그보다 훨씬 중요한 것이 그려져 있었다. 바로 신의 궤도였다.

"아무도 안 계세요? 수사님! 원장 신부님!"

열린 문틈으로 찬바람이 들어왔다.

"아무도 안 계세요?"

아무 대답도 들려오지 않았다. 은경은 문밖으로 나서려던 걸음을 멈추고 문득 뒤를 돌아보았다. 신의 궤도가 비밀이라는 사실은 잘 알고 있었다. 허락을 받지 않고 봐서는 안 된다는 것도 물론 알고 있었다. 그러나 감시하는 사람이 아무도 없다는 사실을 깨닫자 자연스럽게 이상한 생각이 떠올랐다. 관리사무소 부소장이 한 말이 떠올랐다.

"신의 궤도만 알아낼 수 있으면 어떻게든 그 환승지점을 찾아볼 수는 있겠지요."

은경은 숙소로 돌아가 카메라를 찾았다.

아주 잠깐 죄책감이 들었다. 그러나 이내 사그라들었다.

'어차피 바클라바도 아닌데 뭐……'

멀리서 비행기 소리가 날카롭게 들려왔다. 나니예에서는 어디에서나 늘 듣게 되는 소리였지만, 이번만큼은 어쩐지 다르게 들렸다.

시커먼 살인자. 그리고 강등된 예언자.

그런 말들이 나물 수사의 머릿속을 맴돌았다. 이론신학회 고위 성직자들이 나물 수사를 하난산 성지로부터 쫓아내기 위해 사용한 표현들이었다. 그래도 그는 더이상 화를 내지 않고 잘 참아냈다. 이제는 더 쫓겨날 데도 없었다. 성전망원경에 접근할 마지막 기회마저 날려버릴 수는 없었다.

평소처럼 원래 지정된 항로보다 훨씬 먼 곳까지 초계비행을 마치고 징검섬으로 돌아가는 길에, 그는 그 옛날 자신이 저지른 일을 떠올렸다. 그리고 그 일로 인해 하난산 성지에서 쫓겨나 근처 성지호위기사단에 맡겨진 일도 함께 떠올랐다. 관측신학회 소속 기사단이었다.

물론 성지호위기사단이 그에게 해준 것은 교육이 아니었다. 주로 감금과 체벌과 고행이었다. 그를 맡아 가르쳐야 할 기사단 주임신부는 그를 보자마자 이렇게 말했다.

"쫓아내자고 그렇게 이야기를 했는데, 예언자를 쫓아낼 수는 없다는군. 위에서 시키니까 일단 맡아두기는 한다만, 살인자를 내 편대에 섞어서 날게 하고 싶지는 않다. 조용히 있다가 가거라. 혹시 비행기를 탄 채로 그대로 달아난다고 해도 당분간은 뒤쫓지 않겠다."

교구에서는 그를 임시로 기사단에 맡긴 다음 재교육을 할지 어떨지를 시간을 두고 천천히 결정할 생각이었다. 그러나 일단 그가 눈앞에서 사라지자 그런 결정을 해야 한다는 사실마저도 잊히고 말았다. 결정시한은 기약 없이 뒤로 밀리기만 했다. 나이 어린 나물에게 그 시간은 곧 지옥이었지만, 그를 걱정하는 사람은 아무도 없었다.

'그래. 내가 죽였어. 그런데 어쩌라고. 그냥 쫓아내면 되지 왜 안 내보내는 거야.'

천문교는 그를 구제해주지 않았다. 그리고 끝내 그를 내쫓지도 않았다.

그래서 다시 사고를 쳤다. 기사단에 들어간 지 삼 년 만이었다. 견습기사 하나가 그의 피부색을 두고 시비를 걸었다. 그리고 그가 뻗은 주먹에 시력을 잃고 말았다. 그는 다시 쫓겨나야 했다. 이번에는 바다 한가운데에 있는 섬이었다. "시비를 걸 사람도 없고 사고를 칠 만한 사람도 없는" 조그만 수도원이었다.

이제 막 철이 조금 들고, 더는 쫓겨나고 싶지 않다는 생각이 들

무렵이었다. 게다가 처음으로 꼭 신을 찾고야 말겠다고 굳게 마음을 먹던 무렵이었다. 한편으로는 기사단 일 같은 건 그만두고 시골 성당에서 조용히 연구에만 몰두할 수 있게 됐으니 오히려 잘됐다는 생각도 들었다. 그런데 문제가 있었다. 징검성당에는 제대로 된 망원경이 없었다. 하난산 성망원경을 보고 자란 그에게 징검성당 망원경은 망원경도 아니었다.

위에서는 이미 다 알고 내린 결정이 분명했다. 화가 났다. 하지만 참았다. 망원경은 없었지만 신의 목소리가 들렸기 때문이다. 성지에서 들었던 것과 똑같은 음성이었다. 그가 어디에서 무슨 일을 하고 있든 신은 늘 한결같았다. 세상이 잘못된 것이지 그가 잘못된 게 아니었다. 신의 음성을 들어본 적이 없는 사람에게는 아무리 설명해봐야 절대 이해시킬 수 없는 일이었다. 그러니 다른 사람들이 이해하지 못한다고 슬퍼하거나 화를 낼 필요는 없었다. 다른 방법을 찾아야 했다. 그러나 아직은 기다림보다 좋은 방법은 찾아내지 못했다.

'아무도 몰라주면 또 어때서.'

초계비행을 할 때면 늘 그 기억들이 떠올랐다. 관측신학자가 아닌 전투기 조종사로 탈바꿈해야 하는 순간이었기 때문이다. 전투기 조종사로서 그가 배우고 익힌 것들은 모두 그 기억으로부터 시작되었다. 그리고 일일이 머릿속에 떠올리지 않아도 저절로 튀어나오는 오래된 습관들, 몸에 밴 반사신경들.

그때였다. 그런 생각에 한참 골몰해 있던 순간.

갑자기 머리 위로 총알 지나가는 소리가 들렸다. 길고긴 그의 인내에 대한 세상의 대답이었다. 나물은 급히 기수를 내려 공격을 피했다.

'이건 또 뭐지?'

생각할 틈이 없었다. 어디선가 새하얀 비행기 두 대가 더 나타더니 세 방향에서 그를 포위해들어왔다.

날아오는 총알을 피하면서 고개를 돌려 상대의 날개 아래쪽에 그려진 문장을 확인했다. 이론신학회 문장이 그려진 교구호위전투기였다. 그는 비행기를 좌우로 흔들며 날아오는 총알을 피해 곡예비행을 이어갔다. 기관총 소리가 이어졌다. 날아오는 총알 사이사이에 예광탄이 섞여 있어서 적이 어디를 노리는지가 선명하게 눈에 들어왔다. 조종석이었다. 물론 총알이 날아올 때쯤에는 이미 그의 비행기는 그 자리에 없었다. 반격을 해야 했다. 교구에서 빌려온 낡은 기관총에 총알을 걸었다. 삐걱거리는 소리가 났다. 그러나 자세히 들여다볼 여유는 없었다.

'설마, 진짜 기습공격을 해온 거야?'

상대가 거리를 좁혀오자 그는 일단 고도를 높였다가, 다시 빠른 속도로 비행기를 아래로 몰았다. 이론 신학회 비행기들이 그를 바짝 추격했다. 엔진 출력을 높였다. 한참을 추락하듯 내려갔다. 자유낙하보다 빠른 속도였다. 거리를 가늠할 수 없는 밤바다가 무서운 기세로 눈앞으로 다가왔다. 언제 기수를 들어올려야 할지 알 수 없었다. 확실한 거라곤 그저 눈앞에 시커먼 바다가 펼쳐져 있다는 것뿐, 그 거리가 얼마나 되는지는 알아낼 방법이 없었다. 나물은 수면에 닿을 듯 아슬아슬한 높이까지 고도를 낮췄다. 바다는 점점 더 빠른 속도로 시야를 덮쳐왔다.

시야에 들어오는 모든 공간이 컴컴한 바다로 가득 찬 순간, 뒤쫓아오던 세 대의 비행기가 먼저 기수를 들며 추격을 포기했다. 그 모습을 직접 눈으로 확인하고 마침내 비행기의 기수를 위로 치켜드는데 생각보다 훨씬 가까운 곳에서 바다 냄새가 났다. 바퀴 하나가 수면을 스치는 느낌이 들었다.

전투기들의 추격을 따돌리자 나물은 오른쪽으로 크게 선회해서 그들이 날아간 방향으로 기수를 돌렸다. 그리고 엔진 출력을 높였다. 프로펠러가 요란한 소리를 냈다. 편대 대형으로 다시 다가오는 세 대의 비행기를 향해 그의 비행기가 빠른 속도로 달려들었다.

나물은 조종간을 꽉 움켜쥐고 속도를 높였다. 다가오는 적기의 정면을 향해서였다. 비행기 항법장치가 충돌을 예감하며 기체를 좌우로 흔들었다. 상대는 정확히 무슨 일이 벌어지는지도 모르는 채 정면을 향해 기관총을 쏘아댔다. 총구에서 불꽃이 튀었다. 밤하늘에서 깜빡이던 세 개의 별을 닮은 불길한 불빛들이 나물의 옆을 지나쳐갔다.

나물은 불빛을 보고 방향을 조정했다. 그리고 편대 대형 맨 앞에서 있는 기체의 위치를 확인한 다음 그곳을 향해 충돌할 듯한 기세로 날아들었다. 그리고 방아쇠를 당겼다. 아무 반응이 없었다. 또 총알이 걸린 모양이었다. 나물이 공격을 포기하고 속도를 유지한 채 곧장 그대로 돌진해나가자 상대는 그 기세에 놀라 세 방향으로 뿔뿔이 흩어졌다. 나물은 재빨리 그중 한 대의 꽁무니에 따라붙었다. 기관총을 한 대 세게 후려친 다음 다시 방아쇠를 당겼지만 이번에도 역시 반응이 없었다. 상대 조종사는 나물의 위치를 찾기 위해 한참을 두리번거리다가 그가 바로 뒤에 있는 것을 발견하고는 기수를 돌려 공중에 커다란 원을 그리며 오른쪽으로 선회했다. 곧이어 나머지 두 대 역시 나물을 요격하기 위해 방향을 돌렸다. 곧 총알이 날아들었지만 워낙 어두워서인지 조준이 형편없었다.

나물은 좀더 속력을 냈다. 표적을 정확하게 맞힐 자신이 없었는지, 더이상 총소리는 나지 않았다. 나물은 그 순간을 놓치지 않았다. 그는 뒤를 흘끗 돌아보며 뒤따라오는 적기의 위치를 가늠한 뒤, 기수를 위로 들어올려 속도를 늦췄다. 그러자 날개를 따라 자연스럽게 흘러가던 공기가 갑자기 돌출된 두 장의 날개에 흐름이 막히면서 비행기를 위쪽으로 살짝 들어올렸다. 속도가 확 줄어들고, 날개를 지탱하고 있던 기둥에서 삐걱거리는 소리가 났다.

뒤따라 날아오던 비행기 조종사는 앞서가던 나물의 비행기가 갑자기 속도를 늦추며 충돌할 듯 눈앞으로 성큼 다가오는 모습을 보고 깜짝 놀라 황급히 기체를 왼쪽으로 뒤집었다. 그 바람에 옆에서 나란히 나물을 뒤쫓던 나머지 한 대도 방향을 잃고 어디론가 날아갔다. 공격 목표가 어디로 사라졌는지조차 신경을 못 쓸 만큼 다급한 순간이었다.

나물은 간신히 비행기의 통제력을 회복한 다음 기수를 떨어뜨려 어둠 속으로 모습을 감췄다. 그리고 수면 위를 낮게 날았다. 비행기 항법장치에 조종을 맡기고 조종석 앞쪽으로 기어올라갔다. 기관총을 분해해서 걸려버린 총알을 빼내야 했다. 어쩐지 기수가 점점 아래로 향하는 듯한 느낌이 들었다. 프로펠러를 통과한 바람이 그의 얼굴을 향해 강하게 들이쳤다. 철컥 소리가 나면서 걸려 있던 총알이 빠져나가고 새 총알이 그 자리에 제대로 장전됐다.

기사단 호위기가 무장도 변변치 않은 사목용 비행기를 습격하다니. 그것도 한밤중에 아무런 경고도 없이. 기가 막혔다. 매일 하는 초계비행이었지만 설마 이 기관총을 진짜로 쓰게 될 날이 오게 될 줄은 몰랐다. 그것도 이론신학회 호위기사단 비행기의 표적이 되다니. 비록 누군가의 손에 좌지우지되는 지경에 이르렀다고는 하지만, 그래도 그가 기억하는 이론신학회는 그 정도까지 타락한 조직은 아니었다. 무엇보다 최소한 성직자들의 모임이 아니었던가.

'드디어 미쳤군. 악마의 별인지 뭔지 때문인가.'

그는 수면 가까이 낮은 고도로 비행기를 몰았다. 그리고, 위를 올려다보았다. 기습공격을 가하기 딱 좋은 위치에 적의 편대장기가 날고 있었다. 기수를 들어올렸다. 그쪽을 향했다. 거리가 가까워졌다. 방아쇠를 당겼다. 요란한 소리와 함께 기관총이 불을 뿜었다. 오랜만에 느껴보는 쾌감이었다. 연속되는 폭발음에 조종간이 흔들리고 심장 박동이 빨라졌다. 두근두근. 심장 박동보다 훨씬 빠른 비트로 총알이 튀어나갔다. 그 박자에 맞추느라 심장이 잠시 요동치는 듯했다.

'죽어버려!'

하지만 그뿐이었다. 총알은 어이없는 방향으로 날아갔다. 쏘나 마나였다. 제대로 된 기관총이 필요했다. 그러나 그가 탄 사목용 비행기에는 성능 좋은 기관총은커녕 그들이 탄 교구호위전투기를 따라잡을 수 있을 만한 성능의 엔진조차 없었다.

상대가 알아채기 전에 다시 고도를 낮춰서 모습을 감추었다. 어차피 양쪽 모두 시끄러운 엔진 소리에 둘러싸여 있었으므로 소리 때문에 위치가 드러날 걱정은 없었다.

그는 상대가 전혀 예상하지 못할 방향으로 날아가며 몸을 숨겼다. 흥분을 가라앉히고 차분하게 고도를 유지했다. 심장 박동이 잦아들고 머리가 맑아졌다.

'이건 분명 계획적인 공격이야. 하필 초계비행 시간에 맞춰서 기습을 하다니. 내가 언제 하늘에 나오는지 다 알고 있다는 말인데. 게다가 섬 바로 근처도 아니고 여기까지 나와서 나를 기다렸다는 건……'

누군가 정보를 흘린 게 분명했다. 그렇게 중요한 비밀은 아니었지만, 누군가가 굳이 가르쳐주지 않으면 섬 밖에 사는 사람은 알아내기 어려운 정보였다. 밤새도록 하늘에서 노리고 있지 않는 한.

징김섬 쪽으로 고개를 돌렸다. 그쪽을 보자마자 이상한 광경이 눈에 들어왔다. 그가 성전에 있었다면 절대 일어나지 않을 일. 성전에 불이 켜져 있었다.

'불이 왜 켜져 있지? 침입자가 있나?'

문득 이상한 생각이 머릿속을 스쳐 지나갔다.

그리고 바로 그때, 이론신학회 공통 주파수로 무전이 들어왔다. 상대편 전투기에서 나는 소리였다.

"이봐, 거기. 오늘은 이렇게 돌아가지만, 당신도 알 거야. 이게 끝이 아니라는 거."

자기들끼리 하는 말이 아니라 그를 향해 하는 말이었다. 물론 나물은 아무 대답도 하지 않았다. 목소리가 이어졌다.

"내가 검둥이 예언자는 아니지만 그래도 그 논문의 미래 정도는 정확히 예언할 수 있는데 말이야, 완성도 안 한 논문에 벌써 결과가 다 나와 있다더군. 그걸로는 절대 위원회를 통과하지 못할 거야. 아, 이건 내 이야기가 아니라 위에서 전하라는 이야기야."

잠깐 동안 침묵이 이어졌다. 나물이 반응하기를 기다리는 눈치였다. 다시 목소리가 들려왔다.

"거짓말이었으면 좋겠지? 어떻게 하면 믿을까. 아, 이 이야기가 어떨까. 학회 논문심사위원회 말이야, 당신이 뭘 쓰고 있는지 다 알고 있더군. 거기서 들은 이야기를 전해줄까? 며칠 전에는 거의 다 써놓은 논문을 싹싹 지우고 다시 쓰기 시작했다지 아마. 세 줄만 남겨놓고 다 지웠다던가. 어때, 내 말이 맞지?"

귀담아 들을 필요가 없는 이야기였다. 그를 자극해서 모습을 드러내게 만들기 위해 일부러 하는 이야기였다. 나물은 아무 대답도 하지 않았다. 하지만 마음 한구석에선 뜨끔한 기분이 들었다. 어떻게 그렇게 자세히 알고 있었을까?

"요즘 그쪽에 손님이 한 분 계신다던데. 그 아무것도 없는 시골에 뭐하려고 몇 달씩 머물러 있을까? 뭔가 목적이 있는 게 아닐까?"

거짓말이었다. 말도 안 되는 소리였다.

'쳇, 기껏 한다는 소리가 겨우 그거야?'

이번에도 역시 나물은 아무 반응을 보이지 않았다. 호위기사단 비행기들은 끝내 그를 발견하지 못한 채 그제야 무전기 주파수를 바꾸고 방향을 돌려 이론신학회 지역본부가 있는 북쪽 바다로 날아갔다.

그 모습을 보고 나물은 기수를 살짝 들어 날개 가득 바람을 머금었다. 그리고 징검비행장 쪽으로 방향을 돌렸다. 마음속에서 살랑살랑 바람이 일었다. 이내 머릿속은 혼란으로 가득 찼다. 진짜로 이론신학회의 공격을 받다니. 설마설마 했는데, 정말로 그런 일이 벌어질 줄은 몰랐다.

적막이 흘렀다. 프로펠러 소리가 요란했지만 그 덕분에 오히려 적막이 깊어졌다.

'다른 열 명의 예언자들도 모두 이런 식으로 사라진 건가? 이렇게 포악한 방식으로? 이건 너무 촌스럽잖아. 이론신학회가 뭐 이래?'

하지만 다시 생각해보니 충분히 그럴 수 있었다. 지금의 이론신학회라면 충분히 그러고도 남았다.

'아니야, 그렇게 간단하게 생각할 게 아니야. 방금 건 진짜 암살 목적은 아니었어. 그랬다면 저렇게 무디게 나올 리가 없지. 다른 사람도 아니고 문주교가. 죽이자고 마음먹었으면 세 대만 보내지는 않았겠지. 그렇다면 정말로 뭔가 더 있는 건가? 정확히 뭘 노리는 거지? 게다가 그런 이야기는 또 왜 하는 거야? 무슨 말이 하고 싶은 거지? 무슨 함정을 파고 싶었던 거야?'

맨 처음 은경을 만났을 때 들은 말이 떠올랐다. 이론신학회의 음모에 관한 이야기였다.

'그 여자가 정말 첩자라면 그 여자는 왜 나한테 도망치라고 한 거지? 그냥 의심받지 않으려고 던진 암시인가? 그런데 이론신학회는 진짜로 나를 어떻게 할 생각은 없었던 것 같은데. 도대체 뭐지? 뭘

어떻게 해야 되는 거지?'

징검섬으로 돌아갔다. 그리고 곧장 활주로로 다가갔다. 밤하늘의 별자리처럼 아무 의미도 없어 보이던 마을이 서서히 숨겨져 있던 모습들을 드러내고 있었다. 불이 켜진 곳은 많지 않았지만 언덕 위 성전에서 나오는 불빛만은 멀리서도 선명하게 볼 수 있었다.

기수를 내렸다. 아무리 노련한 비행기라도 착륙이 두렵기는 마찬가지여서, 착륙 자세를 잡았을 때 기체가 흔들리는 것은 어쩔 수가 없었다. 조종사의 눈에는 시원시원하게 뻗은 활주로가 뻔히 눈앞에 보여도 항법장치에 새겨진 비행기들의 마음속 세계에서는 그곳이 활주로가 아니라 거대한 바위산이나 험준한 계곡일지도 모른다. 그럼에도 불구하고 비행기는 이내 그에게 통제권을 넘기고 진동을 멈췄다. 그는 그게 무슨 뜻인지 알고 있었다. 죽어도 좋으니 조종사를 믿고 따르겠다는 뜻이었다.

그는 조종간을 힘껏 움켜쥐었다. 지면에 닿을 만큼 가까이 활주로에 접근하자 비행기가 미세하게 몸체를 흔들었다. 마음속의 바위산을 막 지나는 모양이었다. 그 바위산을 뚫고 나오자 기체가 안정을 되찾았다. 그리고 미끄러지듯 서서히 활주로에 바퀴를 뻗었다. 쿵하는 소리가 났다. 활주로가 비행기를 맞이하는 소리였다. 그 순간, 그는 자신의 앞날에도 눈에 보이지 않는 거대한 바위산이 나타난 것 같은 느낌이 들었다. 아니, 발밑에 있던 활주로가 모두 와르르 무너져내리는 것 같았다.

활주로에 내려 비행기를 격납고에 대충 끌어다놓은 다음 재빨리 언덕을 올라갔다. 첩자가 있을지도 모른다는 생각에 마음이 다급했다. 그곳에 남겨두고 온 논문을 떠올렸다. 도대체 무슨 짓을 하려는 걸까. 징검마을에는 그의 논문에 관심을 가질 만한 사람이 아무도 없었다. 본다고 알 수 있는 내용도 아니었다. 그래서 수도원장은 보안에 전혀 신경을 쓰지 않았다. 하지만 이론신학회에서 심어둔 첩자가 있다면 이야기가 달랐다.

'그런데 왜 이렇게 일을 복잡하게 꾸미는 거지? 그냥 논문심사에서 탈락시키는 것만으로는 부족하다는 건가? 내가 진짜로 뭔가를 발견해낼까봐? 최신학 대주교님도 그렇고, 도대체 천문교는 무슨 짓을 벌이고 있는 거야! 악마의 별 때문인가?'

언덕 위를 올려다보았다. 이 시간에 성전 불이 켜져 있다니, 일단은 그것부터 이해가 안 갔다. 물론 그가 켜놓은 것도 아니었다. 그렇다면 이 시간에 성전에 있을 사람이 대체 누구란 말인가. 그보다, 그의 논문을 몰래 훔쳐보려는 사람이 저렇게 떡하니 불을 켜두고 있을 이유가 뭐란 말인가. 대체 저건 무슨 의미일까. 어쩌라는 걸까. 그보다 대체 누가 보내는 메시지일까.

발걸음을 재촉했다. 언덕을 뛰어올라가 재빨리 성전 문 앞에 다다랐다. 문고리를 잡는데, 순간 선득한 느낌이 손끝으로 전해졌다. 문이 잠겨 있지 않았다. 진짜 침입자였다.

누구일까? 정말로 그 여자일까? 설마. 그럴 리가 없었다. 그 순간까지도 그는 은경을 의심하지 않았다. 그건 그냥 상대편 조종사가 그를 자극하려고 지어낸 이야기일 뿐이었다. 믿을 만한 정보는 아니었다. 아니, 어디서 무슨 소리를 들었어도 마찬가지였을 것이다.

소리가 나지 않도록 조심해서 성전 문을 열었다. 안을 들여다보니 망원경 쪽에 사람이 있었다. 그 여자였다. 마을을 통틀어 그의 논문에 관심이 있는 유일한 사람. 그가 문을 열자 찬바람이 성전 안으로 달려들어갔다. 여자가 고개를 돌려 그를 돌아보았다.

"오셨어요? 불이 켜져 있길래 혹시 무슨 일이 있나 해서 와봤어요."

당황한 목소리였다. 그는 성전 바닥에 시선을 고정시킨 채 아무 대답도 하지 않았다. 논문 일부가 은경의 발에 쓸려 지워져 있었다. 숨이 멎는 듯했다. 영문을 알 수 없었다. 어떻게 이해하고 어떻게 생각해야 할지조차 알 수 없을 만큼 갑작스러운 일이었다.

'왜 저렇게 당황하는 거지?'

그는 태도를 정하지 못하고 한동안 그 자리에 그대로 서 있었다. 마음속에서 뭔가가 꿈틀거렸다. 이게 뭘까? 이 치밀어오르는 것들은 뭐지? 이걸 어떻게 해석해야 하지?

여러 가지 감정이 한데 뒤섞인 복잡한 덩어리가 느껴졌다. 하나의 이름만으로는 부를 수 없는 이상한 느낌이었다. 얼마 지나지 않아, 다른 감정들보다 훨씬 또렷한 느낌 하나가 모습을 드러냈다. 마음의 혀를 내밀어 그 감정을 더듬었다. 날카로웠다. 끝이 뾰족하고 날이 선 감정이었다. 그는 매서운 눈으로 은경을 노려보았다. 배신감이었다.

그가 아는 은경은 그를 배신할 만한 사람이 아니었다. 신의 존재를 믿지 않을 뿐 아니라 아예 그의 면전에 대고 신성모독을 할 정도로 무례하고 세속적인 인간이었지만, 그에게는 그 편이 오히려 대하기가 편했다. 적어도 성직자는 아니라는 뜻이었기 때문이다. 은경은 이론신학자들과는 완전히 다른 종류의 사람이었다. 숨어서 뭔가를 꾸밀 만한 사람은 아니었다. 게다가 은경은 그를 격려해주던 유일한 사람이었다. 물론 뭔가 속셈이 있으리란 것쯤은 잘 알고 있었다. 그래도 그는 하루에도 몇 번씩 은경이 한 말을 떠올렸다.

"저는 수사님 편이에요."

그리고 그 말을 믿었다. 나물은 그 여자가 좋았다. 목적이 뭐가 됐든 그가 쓴 논문 하나만 보고 그 먼 거리를 날아와준 사람이 아닌가.

아니, 사실은 그뿐만이 아니었다. 다른 뭔가가 있었다. 말로 설명할 수 없는 뭔가가, 아주아주 오래된 화석 같은 기억이 마음 한구석에 콱 박혀 있었다. 그 여자를 만날 때마다 그 기억이 환하게 빛을 냈다. 나쁜 기억이 아니었다. 성직자로서 가져야 할 죄책감 같은 것과도 한참이나 거리가 있는 느낌이었다. 유혹 같은 것도 아니었다. 그런 세속적인 게 아니었다. 그 이성의 무언가가, 운명이 아니면 설명할 수 없을 것 같은 그 무언가가 있었다. 그는 그렇게 믿었다.

그런데, 단 한순간 틈을 보인 사이에 거기까지 파고들다니. 내내 억누르고 있던 화가 갑자기 치밀어올랐다.

"미안해요. 문이 열려 있어서 들어와봤어요."

은경은 그의 시선이 향한 곳을 내려다보았다. 그리고 흠칫 놀랐다. 분필로 써놓은 논문의 일부가 제 발에 쓸려 지워져 있었다.

"미안해요. 조심해서 보느라 봤는데, 지워진 줄 몰랐어요. 복원해놓을게요."

은경은 재빨리 분필을 들고 와서 바닥에 엎드렸다.

"그거 훔쳐가려고 온 거였어요? 복원도 할 수 있을 만큼 자세히 들여다보셨군요."

나물이 차가운 목소리로 말했다. 어찌나 차가웠던지 은경은 고개를 들지도 못했다.

"훔쳐가다니요. 저는 그냥 외등이 켜져 있어서."

"그럼 그건 뭐죠?"

나물이 카메라를 가리켰다. 은경은 겁먹은 표정으로 자리에서 일어났다. 그 모습을 보자 나물은 더 화가 났다. 왜 늘 그랬던 것처럼 당당하지 못한 거야?

"외등이 저절로 켜지다니요. 누군가가 켰겠죠. 나도 아니고, 원장 신부님도 아닐 거고요. 그분이 바보가 아닌 이상 이런 밤중에 천체 망원경이 모셔져 있는 성전 외등을 켤 리가 없지 않습니까. 그럼 누가 한 짓이겠습니까?"

"저는 아니에요. 저도 몰라요. 제 말 좀 들어보세요, 수사님. 무섭게 왜 그러세요."

"최신학 주교님이 천문교가 원래 무서운 종교라는 이야기는 안 해주시던가요? 논문 하나 작성하려면 이런 칼도 몸에 지녀야 되는데. 문원식 주교도 그 정도는 알 텐데요. 저한테 살인이 허용되는 칼이 한 자루 있다는 것쯤은."

"예?"

돌아오는 길에 난데없이 습격을 당하지만 않았어도 그렇게까지 하지는 않았을 것이다. 쓰나 마나 한 논문이라는 소리를 듣지만 않았어도 그러지는 않았을 것이다. 평소 같았다면 일단 성전 문을 걸어잠근 다음 여자를 데리고 수도원으로 내려갔을 것이다. 그리고 수도원장 신부님을 깨워서 어떻게 하면 좋을지 상의한 후 천천히 날이 밝기를 기다렸을 것이다.

속임수도 아니었다. 누군가의 속임수라고 하기에는 너무 빤했다. 정말로 속일 마음이 있는지조차 의심스러울 정도였다. 하지만 바로 그래서 마음이 더욱 흔들렸다. 단순한 만큼 원초적인 부분들을 더 예민하게 자극했고, 단순했기 때문에 더 잘 받아들여졌다. 그래서 혼란스러웠다. 머릿속이 너무나 복잡했다. 어떠한 판단도 내릴 수 없었다.

어쩌다 이런 일에 휘말리게 됐을까.

아니, 사실 그는 자신이 얼마나 큰 일에 휘말렸는지 짐작조차 하지 못했다. 그래서 더 불안했다. 그리고 초조했다. 이론신학회의 공격을 받다니. 그동안 발 디디고 서 있던 세상의 상식이 와르르 무너져내리는 듯했다. 아마도 그 일은 그 순간에 처음 시작된 것이 아니었을 것이다. 이미 완전히 무너져 있었던 것을 자기만 모르고 있었을 뿐.

눈 깜짝할 사이에 지금까지와는 완전히 다른 세상으로 옮겨진 듯한 기분이었다. 순식간에 이성이 마비됐다. 그렇게 이성이 잠시 망설이는 사이 마음이 혼자서 몸을 움직였다.

여자의 발아래 처참하게 짓밟힌 신의 궤도 이론이 다시 한번 눈에 들어왔다. 그의 눈에는 그 모습이 마치 성전 바닥 전체에 금이 가 있기라도 한 것처럼 절망적으로 보였다. 쫓겨나고 또 쫓겨났지만 이곳만큼은 그래도 안전한 줄 알았는데, 막다른 길일지언정 그래도 아직은 탄탄한 바닥을 딛고 서 있다고 생각했는데, 이제는 그 믿음마저도 신뢰할 수 없는 게 되고 말았다. 안전한 곳은 없었다. 그가 머물 자리 같은 건 이제 어디에도 없었다.

순간, 그는 끓어오르는 분노를 참지 못하고 그만 폭발하고 말았다. 그것이 신의 궤도에 관한 성스러운 이론이었기 때문인지, 아니면 두 번 세 번 지웠다 다시 써가며 글자 하나하나에 일일이 정성을 들여서 작성한 논문이어서인지, 혹은 밤길에 이론신학회 호위기들의 습격을 받아서인지, 그것도 아니면 거기에 서 있던 사람이 다름 아닌 그 여자였기 때문인지, 구분이 되지 않았다.

그냥 실수일 뿐이었다. 두 번 다시는 저지르지 않을 바보 같은 실수. 하지만 한 번만은 반드시 범하고 마는 그런 실수. 그는 감정이 느껴지지 않는 차가운 목소리로 말을 이었다.

"신을 매장할 때 저도 같이 매장할 방법을 미리 마련해두려고 한 짓입니까? 그 사람들이 시키던가요? 혹시 그런 식으로 다른 예언자들도 제거하셨습니까? 도대체 정체가 뭐죠?"

"정체라니요?"

"상관없습니다. 뭐가 됐든 원하는 게 있으니까 여기까지 왔겠죠."

그가 칼집에서 칼을 뽑아드는 모습을 보고 은경은 정신이 번쩍 들었다. 뭐가 그렇게 큰 잘못이었는지 이해할 수가 없었다. 성전에 무단침입해서일까. 혹시 바닥에 그려진 공식들을 지운 게 문제였을까. 물론 잘한 일은 아니었다. 하지만 처음 보는 사람도 아닌데 이야기도 들어보지 않고 다짜고짜 칼부터 뽑아들다니, 어이가 없었다. 착한 사람인 줄 알았는데. 남들이 뭐라고 하든 심성만은 부드러운 사람인 줄 알았는데. 그리고 어쩌면 그 사람일지도 모른다고 생각했는데.

"잠깐만요, 수사님. 수사님한테 제가 어떤 사람인지 알면……"

하지만 그가 성큼 다가와 복부에 칼을 찔러넣은 순간 은경은 그만 말문이 막혀버렸다. 이야기를 좀더 들어줄 줄 알았는데. 바클라바가 아니라고 해도, 누군가의 장난이었다고 해도, 적어도 이 사람은 두번째 세상에서 만난 첫번째 친구가 틀림없다고 생각했는데.

제가 수사님한테 어떤 사람인지 알면 절대로 그런 말은 못 할 거예요.

십오만 년이나 날아온 일이 모두 허무하게만 느껴졌다. 하지만 그 생각은 오래가지 않았다. 말문이 막히고 얼마 지나지 않아 생각마저도 완전히 끊어져버렸으니까.

그로부터 이십 분쯤 뒤에, 수도원 사목용 비행기가 황급히 활주로를 떠나 어디론가 사라졌다. 조금 전에 들어왔던 비행기가 다시 날아오르는 소리가 들리자 수도원장 신부는 자리에서 일어나 의아한 듯 활주로 쪽을 바라보았다. 고개를 돌려 성전 쪽을 보니 성전 외등이 켜져 있었다. 무슨 일인가 서둘러 성전으로 뛰어올라갔더니 은경이 성전 바닥에 피를 흘리며 쓰러져 있었다.

며칠 뒤 관리사무소 직원들이 구조요원을 보내서 여자를 호송해 갔다. 그리고 그 다음날 오후에 관리사무소 관할 비행장 257개와 협력업체에 수배령이 하달되었다.

그와 동시에, 같은 사람을 찾는 또하나의 수배령이 천문교 교단 연락망을 통해 북반구 전역으로 퍼져나갔다. 마치 그런 일이 벌어질 줄 이미 알고 있었다는 듯 유례를 찾을 수 없을 정도로 신속한 조치였다. 그 수배령에는 이런 단서가 붙어 있었다.

"성지호위기사단 소속 1급 전투조종사이므로 무리한 포획은 절대 시도하지 말 것!"

한편, 이론신학회 학회교구 교구장 문원식은 만족스러운 얼굴로 사건의 전말과 후속조치에 관한 보고를 들었다. 그리고, 그 일을 수행한 이론신학회 호위기사단 지휘관 사제들을 치하했다.

"그저 주교님 계획대로 따랐을 뿐입니다."

"계획은 무슨. 일어날 일이 일어난 것뿐이지요."

그 말은 사실이었다. 그가 의도한 일이 아니었다.

'멍청한 요격기 조종사놈들 때문에 일이 완전히 엉망으로 꼬여버린 줄 알았는데 결과적으로 이렇게까지 잘 풀리다니, 최신학이도 상황을 완전히 통제한 건 아니었던 모양이군. 뭐 아무튼 내 알 바 아니지. 자, 일단 둘은 완전히 제거가 됐고, 그다음은 어디 보자……'

그는 머릿속으로 재빨리 다음 수를 떠올렸다. 그리고 회심의 미소를 지었다. 아무래도 다음 목표는 최신학 대주교가 될 것 같았다. 그의 마지막 목표이기도 했다.

그가 고안한 악마의 별 세 개가 불길한 빛을 내며 반짝반짝 빛났다. 그는 무릎을 꿇고 조용히 기도를 올렸다. 누구에게 바치는 기도인지는 아무도 몰랐다. 문주교 자신도 마찬가지였다.

행성관리인

나니예 사고조사위원회 위원장 제1등성 ○○○ 귀하

「나니예 사고조사에 관한 조약」 11조에 명시된 권한과 의무에 따라 다음 문서를 작성하여 위원회 최종보고서 작성을 위한 참고자료로 제출합니다.

이 문건은 분쟁의 주요 당사자인, 나니예 행성관리사무소장 황문찬이 제출한 문건 및 기타 자료를 바탕으로 본 문헌조사관이 재작성한 문건입니다. 원문 역시 본 문헌조사관의 요청에 따라 나니예 관리사무소 소장 비서실에서 작성한 문서이므로 객관적인 판단을 위한 근거로 활용하기보다는 사건의 배경에 대한 이해를 돕는 기초자료로 활용하시기 바랍니다.

원문 작성자가 주요 분쟁 당사자이며 본문에서 언급되는 사건이 발생한 시점에 이미 나니예 지배권 분쟁의 추이를 인지하고 있었으므로 제시된 사건의 객관성에 문제가 있을 수 있습니다. 작성자의 주관적인 입장이 서술에 직접 개입한 흔적도 포함되어 있습니다.

따라서 본 문건은 사건의 종합적 이해를 돕기 위한 참고자료로만 활용하시고, 구체적인 판단은 부록으로 첨부된 「역사기록」 및 「현장검증보고서」 「증거물 종합판단보고서」 등 공인된 증거자료를 바탕으로 내리시기를 권고합니다.

문헌조사관 제2등성 ○○○○

황문찬은 삼 년 전부터 행성관리사무소장이라는 중책을 맡고 있었다. 관리사무소 복무규정에 따르면 행성 나니예에서 일어나는 모든 일이 그의 소관업무영역에 들어갔다. 고객관리, 시설보수, 치안유지, 질병예방처럼 사람에 관련된 일뿐 아니라 태풍이나 가뭄, 홍수나 기상이변 같은 자연재해까지도 모두 그의 책임범위 안에 들었다. 그 대신 관리사무소장에게는 무소불위의 권한이 주어졌다. 모든 직원이 그의 명령을 최우선으로 따라야 했고 그렇지 않을 경우 언제든 해고가 가능했다. 해고된 직원은 즉시 나니예 특별관광지구를 떠나야 했는데, 문제는 이 특별지구의 범위에 나니예 행성 전 지역과 대기권이 포함된다는 점이었다. 다시 말해, 그의 말을 듣지 않는 직원은 행성을 떠나야 했다. 물론 말도 안 되는 규정이었다.

사실 이 규정은 현실적으로 아무도 해고할 수 없다는 뜻으로 해석될 소지 역시 있었다. 하지만 실제로 이 규정이 문제가 된 적은 한 번도 없었는데, 그것은 규정에 뭐라고 쓰여 있든 현실세계에서 행성관리사무소장이 절대권력을 장악하지 못한 경우가 단 한 번도 없었기 때문이다.

동면상태의 직원들을 태운 우주선이 지구를 떠난 게 벌써 십오만 년 전이었다. 태초의 공장이라 불리는 자동화된 행성개조시설이 사람들을 태운 우주선보다 오만 년 먼저 나니예에 도착해서 행성개조작업에 들어갔고, 최초의 직원들이 잠에서 깨어나 현장업무에 투입되었을 때 나니예의 자연환경은 거의 지구와 다름없었다. 원래 태초의 공장은 행성개조작업에 필요한 수천여 대의 장비를 가리키는 말이었는데, 가장 중요한 역할을 수행한 것은 행성의 대기 조성과 관련된 시설들이었지만 사람들의 기억에 가장 인상적으로 남은 것은 맨 마지막에 투입된 거대한 중장비 모양의 자동기계들이었다. 그리고 이 기계들은, 나니예 개발계획에서 정해준 질차에 따라 주어진 임무를 거의 완벽하게 수행했다.

다만 자전축을 지구와 같이 딱 23.5도 기울인 것이 문제가 되었는데, 초대 관리사무소장 장석대는 차라리 자전축을 23.9도로 기울이는 편이 행성 건설 목적에 더 잘 부합한다고 판단했다. 그래서 그는 자신을 포함해서 일차로 잠에서 깨어난 직원 모두를 다시 동면 조치하는 동시에 태초의 공장에 명령을 내려 적절한 크기의 소행성을 나니예에 충돌시켰다. 그러자 자전축이 0.4도 더 기울었다. 0.4도 더 기울어진 자전축을 무한히 연장하면 주위의 별들보다 유난히 밝게 빛나는 별 하나가 나타났다. 자전축과 일치하므로 그 별은 계절이 바뀌어도 움직이지 않았다. 북극성을 만들기 위해 행성 전체를 불바다로 만든 셈이었다.

그는 일만 년 뒤에 잠에서 깨어나 행성개조업무를 재개했다. 일자리만 준다면 구십이만 년쯤 잠들어도 아무 상관 없다던 이백이십만 명의 충직한 직원들이 그와 함께 깨어났다. 이것이 바로 그 유명한 '제1차 행성초기화 조치'였다. 제2차 행성초기화 조치는 아직 발동된 적이 없지만, 아무튼 관리사무소장의 절대권력은 바로 그런 상황을 염두에 두고 마련된 것이었다.

하지만 행성이 제자리를 잡아가고 태초의 공장들도 가동을 멈추면서 관리사무소장의 임무는 눈에 띄게 줄었다. 지금은 솔직히 할 일이 하나도 없었다. 황문찬은 바로 그 점이 너무나 마음에 들었다.

'좋다는 건 알았지만 이렇게 좋을 줄이야.'

할 일이 하나도 없는데도 절대권력은 해체되지 않고 남아 있었다. 물론 관리사무소장의 권한은 관리사무소 직원에게만 해당되었고, 일반 고객들에게는 전혀 영향을 미칠 수가 없었다. 그런데 문제는, 바로 그 고객이 하나도 없다는 것이었다.

'나야말로 세상 모든 것의 지배자야.'

나니예는 휴양행성이었다. 지구에서의 숨막히는 삶을 마무리하고 남은 생을 낭만적이고 여유롭게 보내기를 꿈꾸는 이십만 명의 부자들이 공동출자한 인공낙원 개발계획의 최종 결과물이었다. 고객들은 관리사무소 직원들보다 늦게, 행성개조가 완전히 끝나고 온 하늘이 자동항법장치를 완벽하게 갖춘 비행기들로 가득 덮인 뒤에야 비로소 잠에서 깨어날 예정이었다. 하지만 그 계획은 실현되지 않았다. 나니예 계획은 너무나도 완벽해서 오점이 단 하나밖에 없었는데, 그것은 바로 고객들이 무사히 도착하지 못했다는 점이었다.

"으흐흐흐흐흐."

절대권력에서 생겨나는 수많은 이점 중 황소장이 가장 아끼는 것은 다름아닌 그의 거대한 집무실이었다. 가로 50미터에 세로 62미터, 그리고 높이가 7미터에 달하는 어마어마한 집무실에는 시야를 가리는 것이 단 하나도 없었다. 기둥도 없고 가구도 없는 빈 공간에 책상 하나만 덩그러니 놓여 있을 뿐이었다. 그는 그 방을 아끼고 또 아꼈다. 고풍스러운 붉은색 벽에는 역대 관리사무소장들의 초상화들이 걸려 있었고, 책상 뒤로는 창이며 칼, 방패 같은 무기들이 벽면 하나를 가득 채우며 위용을 과시했다. 책상 왼쪽에는 벽 전체가 통유리로 되어 있었는데, 그 너머로 관리사무소 남쪽 언덕 풍경이 펼쳐졌다.

하지만 그가 진정으로 온 마음을 다해 사랑하고 또 사랑한 것은 벽이나 유리창이 아니라 천장이었다. 관리사무소장 집무실에 기둥이 하나도 없는 것도 사실은 천장 때문이었다. 천장은 그 자체가 커다란 화면이었는데, 거기에는 남극과 북극 그리고 극히 일부 지역을 제외한 나머지 지표면 전체를 담은 거대한 위성사진이 이음새 하나 없이 온전한 모습으로 한 화면에 들어차 있었다. 그 광경은 집무실을 찾는 사람들을 단번에 제압할 만큼 충분히 압도적이었다. 평소에는 화면이 보이지 않도록 천장 스위치를 꺼두었다가, 결정적인 순간에 자리에서 벌떡 일어나 단호한 표정과 손동작으로 스위치를 작동시키기만 하면 상대는 천장에 펼쳐진 놀라운 위용을 소장의 권위로 착각하고 꼬리를 내리는 것이었다.

더욱 흥미로운 점은, 그 사진이 사흘에 한 번씩 새것으로 교체된다는 점이었다. 그 화면을 단지 커다란 지도 정도로만 생각할 수가 없다는 의미였다. 알아보기가 쉽지는 않았지만 그 화면은 분명 변화하는 나니예의 현재상태를 보여주는 가장 구체적인 자료였다. 그로 인해 행성관리자가 행성을 관리한다는 말은 이론이 아닌 실제가 되었다. 또한 그것은 태초의 공장이 가동되던 시대의 기술 중 일부가 아직도 가동된다는 증거이기도 했다.

취임 사흘 만에 황소장이 내린 첫번째 명령은 집무실 바닥을 언제나 먼지 하나 없이 깨끗한 상태로 유지하라는 것이었다. 바닥에 드러누워 천장을 올려다보기 위해서였다. 그는 집무실 바닥을 하루에 서른 번도 넘게 굴러다녔다. 어쨌거나 그는 할 일이 별로 없었고, 행성 구석구석을 들여다보며 소일하는 것이 너무나 신기하고 재미있었다.

문제는 누워 있는 모습을 다른 사람들에게 보여서는 안 된다는 것이었다. 그는 집무실에 머무는 시간 중 절반 정도를 누워서 보냈는데, 그사이 누군가가 방문이라도 두드리면 깜짝 놀라 천장 화면 스위치를 끄고 발소리가 나지 않도록 조심하면서 책상까지 후다닥 달려가야 했다. 경우에 따라서는 거의 50미터 정도를 달려야 할 때도 있었다.

그는 이미 젊다고는 할 수 없는 나이였다. 조직은 언제나 정권이 정기적으로 교체되기를 원하지만 절대권력은 한번 잡은 권좌를 평화롭게 내놓는 법이 없었다. 그래서 관리사부소는 노인지배를 택했다. 명분상으로는 경험을 존중한다는 것이었지만 실제로는 다 죽어가는 사람을 권력의 정점에 올려둔다는 취지였다. 자연사시키는 것 말고는 평화롭게 정권을 교체할 방법이 없었기 때문이다.

그 무렵, 그는 비서실장인 장실장이 혹시 자신을 암살할 의도가 있는 것이 아닌지 의구심이 들었다. 너무 자주 집무실 문을 두드렸기 때문이다.

"자네 요새 왜 이렇게 자주 오나? 배후가 누군가?"

"배후라니요? 무슨 말씀을."

"됐네. 무슨 일이야?"

그는 호흡을 가다듬으며 그렇게 물었다. 그는 평생을 관리사무소 직원으로 일했고, 부소장 시절에는 심장에 무리가 갈 만큼 열심이었다. 그 당시만 해도 소장 얼굴은 몇 번 본 적도 없었다. 원래 관리사무소 일이란 부소장이 다 하는 것이 아니던가. 그런 생각을 하자 순간 화가 치밀어올랐다. 그러나 물론 내색은 전혀 하지 않았다. 그러자 비서실장이 말했다.

"김은경씨 일입니다."

"또 왜?"

"부소장님이 입안한 계획대로 여행을 떠났는데요, 갑자기 항로를 바꾸는 바람에 혼란이 있었습니다. 새 경로는 417번 항로이고……"

황소장은 숨이 턱 막혔다.

"그건 됐고. 또 뭐가 문제야?"

"천문교 하난산 성지에 머물면서 뭔가를 조사하는 것 같더랍니다. 그러더니 갑자기 항로를 바꿨답니다."

"조사?"

"예. 그리고 미행이 따라붙은 걸 눈치챘는지 항의가 들어왔습니다. 그러면서 자기가 고객 대표인 것 같은데, 그게 맞느냐고 물었답니다."

'고객 대표는 관리사무소장에게 직접 항의할 수 있고 이 경우 관리사무소장은 문제 해결을 위해 필요한 조치를 신속하게 취해야 한다'는 조항에 관한 이야기였다. 다른 고객이 아무도 없으니 자기가 곧 고객 대표라는 뜻이었다.

"미친 거 아니야? 그냥 없애버릴까? 다시 재워?"

당돌한 아이였다. 그리고 나니예에 도착하는 데 성공한 유일한 고객이었다.

"장실장, 그런 거 일일이 나한테 가져오지 마. 알아서 하라고. 아니면 부소장은 뒀다 뭐하나? 그런 거 하라고 둔 게 부소장 아니야?"

"안 그래도 그 말씀을 드리려고 했는데요, 부소장님이 뭔가를 거든 것 같습니다. 접촉이 있었답니다."

"됐네. 그럼 부소장이 알아서 하라 그러지."

그러자 장실장도 한동안은 소장 집무실 문을 감히 두드리지 못했다. 다시 평화가 찾아왔다. 그는 소장 전용 보라색 담요를 덮어쓰고 집무실 바닥을 마음껏 뒹굴었다. 그러나 두 달쯤 지난 어느 날 오후, 부소장 최홍선이 직접 집무실 문을 두드리는 바람에 그는 다시 한번 헐레벌떡 소리 없는 경주를 치러야 했다.

"왜?"

"김은경이 일입니다."

"개는 왜 또? 알아서 하라니까. 그걸 왜 자꾸 나한테 갖고 와?"

"연락이 두절됐답니다. 오 일째 행방불명입니다. 직영 비행장에는 흔적이 없고, 협력업체 쪽으로 알아보고 있는데 그 사람들은 김은경이를 전혀 몰라서 연락이 안 됩니다."

그 말에 황소장은 부소장을 쳐다보며 한참이나 말없이 생각에 잠겼다가, 문득 문제 해결방법을 찾아내기 위해 몰두하는 자신을 발견하고는 깜짝 놀랐다. 그리고 일순간에 모든 사고를 중지시켰다. 삼 년 만에 업무를 재개할 뻔한 순간이었다.

"알아서 해. 나한테 들고 들어오지 마."

그러나 부소장은 이틀 뒤에 다시 집무실을 찾아와 대단히 송구스럽다는 얼굴로 말을 꺼냈다.

"김은경이를 찾았는데요."

황소장은 그 말에 흠칫 놀라며 자리에서 벌떡 일어났다. 그렇게나 일렀건만 전혀 먹히지가 않다니, 그는 버럭 화가 났다. 당장 뭐라도 집어던질 기세였다. 그러나 부소장은 표정 하나 변하지 않고 말을 이었다.

"피습당했습니다. 칼에 찔렸다는데 위기는 넘긴 모양입니다. 구조과에 지시해서 회수하도록 조치했습니다. 그럼."

그러고는 방을 나갔다.

분명 사소한 일은 아니었다. 피습이라니, 있어서는 안 될 일이었다. 사십 년간 수없이 많은 사건과 사고로 길든 전문 관리자의 숨겨진 본능이 지난 삼 년간 쌓아온 권력자 특유의 무심함을 서서히 잠식해들어갔다. 그가 관리사무소 최고의 행정가라는 사실에는 의심의 여지가 없었다. 하지만 관리사무소장이라는 직책은 모든 일에 사사건건 개입하라고 둔 자리가 아니다. 자칫 일이 머릿속에 침투하기라도 한다면 절대권력에 대한 자신만의 감각이 어떤 식으로든 무뎌질 게 뻔했다.

그는 방 한가운데 의자를 갖다놓고 등받이를 뒤로 젖혀 어정쩡한 자세로 위를 올려다보았다. 누가 문을 두드리면 의자를 밀어 재빨리 책상 쪽으로 미끄러져갈 생각이었다. 하지만 이틀이 가도록 문을 두드리는 사람은 아무도 없었다. 그는 방문을 돌아보았다. 심심했다. 일이 어떻게 처리됐는지 궁금하기도 했다. 결국 그는 스스로 의자를 밀고 책상으로 가서 비서실장을 호출했다.

"부소장 오라 그래."

부소장 최홍선은 그럴 줄 알았다는 듯 미리 준비한 보고서를 가지고 그를 찾아왔다.

'허허, 요놈 봐라. 내가 어떻게 나올지 읽고 있었다는 건가. 잘하면 이놈 손에 독살도 당하겠구만.'

그는 부소장이 내놓은 뜻밖의 물건에 내심 깜짝 놀랐지만 겉으로는 아무 내색도 하지 않았다. 그 정도 준비성이라면 언젠가 독살될 가능성이 있는 게 아니라 이미 매일 조금씩 독약을 복용하고 있다고 해도 이해할 만했다. 황소장은 육 개월 안에 그를 제거해야겠다고 다짐하면서 이렇게 물었다.

"그래, 나물이라는 놈은 결국 도망갔다고?"

"추적중입니다."

"어떻게 처리할 거야?"

"그게 그렇게 간단하지가 않습니다. 일단 김은경이 성전을 무단

침입한 게 사실이고, 게다가 성전 수호자의 칼을 흉기로 쓴 모양입니다. 피를 봐도 좋으니 성전을 지키라는 의미로 교구에서 내주는 거랍니다. 원래 그렇게 하게 돼 있는 일을 한 것뿐이라서 굳이 책임을 지자면 교구에서 책임져야지 개인이 책임질 일은 아닌 것 같습니다. 최신학 대주교 측 사람들 말로는 수도사 나물이 김은경을 첩자로 오인한 것 같다는데요."

"첩자?"

"천문교 내부 문제입니다. 이론신학회와 관측신학회 사이의 알력 문젠데요. 나물은 관측신학회 쪽 사람이었더군요."

"관측신학회 쪽이면, 최신학이가 밀어주고 있었나?"

"밀어준 정도는 아니고요, 최주교는 비교적 중립적이기는 했는데, 그래도 꽤 관심을 갖고 있었던 건 사실인 것 같습니다. 수도원장 말로는, 나물은 이론신학회 쪽에서 자기 논문을 감시하려고 사람을 보냈다고 생각한 모양인데요. 물론 첩자는 다른 사람이었답니다. 이론신학회 쪽 사람이 섬에 심어져 있었다더군요. 꽤 오래된 모양입니다."

"당연하지. 김은경이가 첩자 할 시간이 어디 있어? 깨어난 지 얼마나 된다고. 그나저나 천문교 애들 대체 왜 그래? 결국 최신학이가 김은경이를 거기로 보낸 거 아니야? '궤도비행 조종사 관리에 관한 업무지침' 3항인지 뭔지 들먹이면서 억지로 개입한 거라며. 그런데 자기네 성직자가 궤도비행 조종사를 그 지경으로 만들게 놔둬?"

"그러게 말입니다."

"김은경이 회수하고, 앞으로 그 업무지침인가 뭔가도 거부한다 그래."

"알겠습니다."

모든 것이 그의 뜻대로 이루어졌다. 그러나 오래 지나지 않아 황소장은 자신이 직접 일에 개입한 것을 후회했다. 물론 그의 판단이 틀린 것은 아니었다. 판단의 내용이 아니라 판단 자체가 문제였을 뿐.

그는 관리사무소를 지탱하는 권력이 어디에서 생산되는지를 잘 알고 있었다. 경비대원들은 주로 권력이 총구에서 나온다고 믿었고, 젊은 행정직원들은 병력보다는 행정력이나 조직력이 훨씬 더 많은 양의 권력을 생산한다는 사실을 깨닫게 되어 있었다. 그러나 절대권력은 그렇게 만들어지는 게 아니었다.

그는 창밖을 바라보며 생각에 잠겼다. 보라색 어둠이 세상을 호젓하게 물들였다. 그의 지시는 정확하기 그지없었지만 절대권력자가 권력을 행사하는 방식과는 거리가 멀어 보였다. 자고로 절대권력을 가진 자는 아무 일도 하지 않고 아무 걱정도 하지 않으며 효율성 따위는 전혀 염두에 두지 않고 격식 없이 생각나는 대로 지껄여야 했다. 그 말이 합리적으로 들리게 하는 것은 아랫사람들이 할 일이지 그가 할 일이 아니었다.

열흘 동안 아무도 찾는 사람이 없었다. 그는 바닥에 담요를 깔고 누워 편안하게 천장을 감상했다. 열흘 만에 처음으로 비서실장이 방문을 두드렸을 때에도 마찬가지였다. 그는 품위 따위는 전혀 신경쓰지 않고 바닥에 누운 채로 보고를 받았다. 그리고 문득 생각이 났는지 한마디를 덧붙였다.

"장실장, 그런데 저 책상 위에 있는 보고서 내용 말이야, 김은경이가 성당 바닥에 그려져 있던 뭔가를 발로 쓱 지웠다고."

"실수였답니다. 조심하느라 했는데 천장화를 보다가 그랬답니다."

"그러든지 말든지 그건 알 바 아니고. 그, 김은경이가 지운 게 도대체 뭐래?"

"별로 중요한 건 아니고, 종교적인 거랍니다. 조사관이 현장에 갔을 때는 벌써 아무것도 없었다는데, 원래는 무슨 수식이 빽빽하게 적혀 있었답니다."

"수식?"

"예, 김은경씨가 찍은 사진에서 타원방정식 같은 게 발견됐다는데요."

"타원방정식? 그 이야기를 왜 이제 해? 보고서에도 그런 말은 없던데. 어떻게 알았어?"

"연구소에서 그러던데요. 부소장님도 아실 텐데."

"자네 그게 뭔지나 아나?"

"예?"

"그 타원방정식, 잘 모르지? 부소장이 자세한 이야기를 하던가?"

장실장은 말없이 고개를 저었다. 신의 궤도를 입수했는데도 보고하지 않다니. 그럴 거면 보고서는 왜 만들었을까. 처음부터 안 만들었으면 모를까. 아무래도 수상한 냄새가 났다.

관리사무소는 인구 이백만의 대도시였다. 정규직 숫자만 따졌을 때 그 정도라는 의미였다. 시 외곽의 일용직 직원 거주 구역 인구까지 합치면 전체 인구는 대략 이백구십만 정도, 시 경계에는 들지 않는 위성도시 인구까지 포함하면 사백만에 가까운 인구가 관리사무소에 살았다. 그리고 행성 전체에 대도시라고 불러도 좋을 만한 곳은 단 한 군데밖에 없었다.

부소장 최홍선은 지상경비 용역직원 이만 명을 이끌고 관리사무소 북쪽에 위치한 천문교 성지인 샘터요새를 포위할 계획을 세웠다. 시설압류 및 강제퇴거 조치를 위한 공권력 집행이었다. 물론 소장은, 부소장이 알아서 처리할 일이니 일일이 허락을 구하지 말고 알아서 판단해서 시행하라는 지시를 내렸다. 그리고 자신은 밤이면 밤마다 집무실에서 흥청망청 술판을 벌이고 낮에는 술냄새를 풀풀 풍기며 바닥에 아무렇게나 드러누워 잠이 들었다. 부소장은 여기저기 널브러져 있는 여자들을 보면서 눈살을 찌푸렸다.

'발기나 제대로 하나. 아무튼 이제 다시는 행성초기화 정책 같은 소리는 안 하겠군.'

그는 소장 방에 출입할 여자들을 좀더 까다롭게 선별하도록 한 다음, 노인네 혼을 아주 쏙 빼놓도록 특별히 교육하라고 지시했다. 그리고 자신은 서서히 경비대 병력을 장악해들어갔다.

천문교 샘터성지 교구 측이 끝내 활주로자리 근처에 나타난 세 개의 천체에 대한 정보 제출을 거부하자, 그는 샘터성당과 부속 건물 및 연구시설 전체에 대한 압류에 들어갔다. 누가 뭘 지었든 행성 나니예에 있는 시설물은 전부 관리사무소에 속한 시설물로 간주해야 한다는 원칙이 명분이었다.

부소장은 전차 이백 대가 포함된 대병력을 이끌고 북쪽으로 출병했다. 경비대 병력 주둔지가 관리사무소 남쪽에 있었기 때문에, 출병일 아침에 관리사무소 북쪽 구역에서 자연스럽게 시가행진이 이루어졌다. 병력의 위용은 어마어마했다. 그리고 관리사무소 직원들은 그 위용을 부소장의 위용으로 착각했다. 직접 발로 뛰는 관리자라며 부소장에 대한 칭송이 자자했다. 직원들은 그런 관리자를 본 적이 한 번도 없었기 때문에, 그게 반드시 열광할 일만은 아니라는 사실을 전혀 알지 못했다. 그래서 그들은 그 모습에 열광했다.

'소장이 이 광경을 보면 정신이 번쩍 들지도 모르겠군. 그럴 리야 없겠지만.'

하지만 그것만으로는 부족했다. 아무리 열렬한 지지를 받는다고 해도 관리사무소 안에서는 소장을 능가할 만한 새로운 지지기반을 찾기가 어려웠다. 그래서 그는 천문교 성지를 짓밟을 생각이 없었다. 대신 같은 편으로 만들어서 돌아올 생각이었다. 그게 다가 아니었다. 진짜 중요한 것은 그다음 단계였다. 그는 천문교의 지지를 등에 업고 남반구와 직접 교섭에 나설 작정이었다.

공식적으로 남반구에는 행성관리사무소 지사를 제외한 그 어떤 지배체제도 존재하지 않는다. 그러나 현실은 달랐다. 그곳에는 그가 있었다. 남반구 전체의 실질적인 지배자이자 황소장의 영원한 숙적인 지난. 그와 연합할 수만 있다면 관리사무소장을 힘으로 누르는 것도 헛된 꿈은 아니었다. 그리고 그 일은 아무런 차질 없이 순조롭게 진행되어갔다. 머지않아 관리사무소의 절대권력이 부소장 최홍선의 손아귀에 떨어질 예정이었다.

그러나 경비대 병력이 샘터 측 요새 50킬로미터 남쪽에 이르렀다는 보고가 들어온 바로 다음날, 소장은 집무실 바닥에 어지럽게 널려 있던 사람과 쓰레기를 밖으로 깨끗하게 몰아내고 아침부터 집무실 책상에 앉아 비서실장을 통해 사람들을 호출했다.

항로계획과장 남찬일은 소장이 부른다는 말을 듣고 아침부터 술을 마시게 되려나 하고 소장 집무실 문을 열었다가 전혀 생각지도 못한 광경에 깜짝 놀랐다.

"어서 오게."

소장이 문에서 50미터나 떨어진 책상에 걸터앉아 매서운 눈으로 그를 노려보았다. 집무실 어디에서도 술냄새는 나지 않았다. 게다가 책상과 의자를 제외하면 바닥에 놓인 것이 아무것도 없었다. 마치 처음부터 그런 것들이 놓인 적이 한 번도 없었던 것처럼 엄숙한 분위기였다. 남과장이 가까이 다가가자 소장이 먼저 말을 꺼냈다.

"부소장이 샘터로 떠나면서 공중지원을 당신한테 부탁했다고."

"예."

"그래서 시키는 대로 할 거야?"

"대기 지시만 받았습니다. 출격할 일은 없을 거라고."

"그래? 왜지?"

남과장은 재빠르게 머리를 굴렸다. 물론 소장이 진짜로 몰라서 묻는 것은 아니었다. 그는 유능한 사람이다. 그리고 대단히 치밀한 행정가다. 그런 그에게라면 부소장이 공중병력을 투입하지 않은 이유는 지극히 상식적일 것이다. 전쟁이 일어난 게 아니기 때문이다. 전쟁이 난 것도 아닌데 나니예에서 제일 큰 종교집단의 성지에 주력병력을 보내 공습을 가할 이유는 없었다. 못 할 것도 없지만, 그런 일을 했다가는 사후관리비용이 너무 많이 들어서 일의 효율이 결국 떨어질 것이기 때문이다. 이런 경우에는 그냥 경고 정도만 하고 물러서는 게 가장 효율적이다. 그리고 소장이 그 사실을 모를 리가 없었다. 다른 사람도 아니고 그 효율성 좋아하던 황소장이.

'어쩌자는 거지? 설마 경고로 그치지 않겠다는 건가.'

그는 소장의 표정을 유심히 살폈다. 아무것도 읽어낼 수 없었다. 무슨 의도일까? 진짜로 죽이겠다는 의미일까? 아무래도 그런 것 같았다.

"병력을 파견할까요?"

그는 소장을 넌지시 떠보기로 했다. 그러자 소장은 흐뭇한 표정을 지으며 천장 화면 스위치를 켰다. 그렇게 하라는 의미였다.

'미친놈.'

남과장은 소장이 눈치채지 못하게 조용히 침을 삼켰다. 궁금했다. 도대체 무슨 생각으로 그런 일을 저지르려는 것인지 알고 싶었다.

하지만 그는 곧 생각을 고쳐먹었다. 이미 주사위는 던져졌다. 이제 주워담을 수 있는 것은 아무것도 없었다. 소장이 이미 그렇게 마음을 먹었다면 무슨 일이 일어날지 궁금해할 필요가 없었다. 궁금해해서는 안 됐다. 알아도 별수 없었다. 그냥 시키는 대로만 하면 되고, 어차피 시키는 대로 하지 않을 수도 없었다. 그는 재빨리 머리를 비웠다.

소장은 천장을 올려다보면서 화면상 관리사무소 북쪽 분지 지역에 해당하는 곳 바로 아래로 걸어갔다. 남과장도 그쪽으로 다가갔다. 그러고는 위를 올려다보았다. 현기증나는 화면이었다. 처음 보는 것도 아닌데, 마치 높은 곳에서 추락하는 듯한 착각마저 들었다.

"저 화면이 말이야, 그저께 오후에 바뀐 화면이거든. 사흘에 한 번씩 바뀌니까 내일 오후가 되면 또 새 화면으로 바뀌는 거야. 그런데 말이지, 이건 순전히 내 생각인데 말이야, 다음 화면에서는 저 샘터요새를 다시 안 봤으면 해. 아예 사라져 있었으면 하는데. 자네가 내 생각을 어떻게 받아들일지 모르겠어. 그, 항로계획과에 병력이 얼마나 있더라?"

"이천이백입니다. 갔다 올까요?"

"맞아, 그랬지. 좋아. 그런데 그 병력이면 될까? 모자라지 않을까?"

"그럴 리가 있겠습니까."

"좋아, 아주 좋아. 그럴 리가 있겠냐는 말은 별로지만, 그만하면 좋아. 그럼 갔다 와."

그러자 모든 것이 그의 말대로 이루어졌다.

이천이백은 사람 수가 아니었다. 비행기 숫자였다. 정오에 관리사무소 구역 내 활주로 오십 군데에서 비행기 이천이백 대가 일제히 이륙했다. 평화롭던 하늘이 아무 예고도 없이 요란한 프로펠러 소리로 뒤덮이자 직원들은 하늘을 올려다보며 무슨 일인가 의아해했다.

조종사들은 모처럼 만에 출격명령이 떨어지자 기분이 좋아졌다. 그러나 항로계획과 전 병력이 출격한다는 사실이 전해지자 과연 그렇게 많은 병력이 동원될 필요가 있을까 하는 동요가 일었다.

하지만 조종사들은 늘 하늘 가까이에서 생활해서 그런지 삶을 바라보는 안목이 지상 근무자들보다 훨씬 더 넓었고, 그만큼 상대를 이해하는 마음도 넓었다. 또한 머릿속도 하늘을 닮아서, 근심이 폭풍처럼 일었다가도 자고 일어나면 마치 처음부터 아무것도 없었던 것처럼 텅 비곤했다. 그리고 곧 이런 소문이 퍼졌다.

"궁금해하면 다칠 거라는데."

"그래?"

그들은 새떼처럼 순식간에 머리를 깨끗이 비웠다. 그리고 무리에 섞여 날아가는 한 마리 새가 되어 다른 새들이 날아가는 방향으로 부지런히 날개를 퍼덕였다.

"남들 하는 대로 하지 뭐."

"그래. 시키니까 하는 거지, 깊이 생각할 필요 있나."

그러자 다시 비행이 행복해졌다. 오랜만의 대규모 출격이라 더 그랬다. 바람을 가르는 한 마리 새처럼. 두려움을 모르는 한 떼의 새들처럼.

한참을 날아가자 저 아래에 개미떼 같은 게 줄지어 걸어가는 모습이 보였다. 먹이다! 비행기 몇 대가 기수를 아래로 향했다. 그러자 머리를 비우고 날아가던 수십 대의 비행기가 얼떨결에 그 뒤를 따랐다. 그때 남과장이 무전기에 대고 소리쳤다.

"어디로 달려드는 거야! 그거 아군이야!"

바로 그때, 지상 용역직원들을 이끌고 샘터요새를 향해 진군하던 부소장 최홍선은 황당한 표정으로 위를 올려다보았다. 남쪽 하늘에서 비행기들이 구름처럼 새까맣게 몰려와 머리 위에서 위협하듯 갑자기 고도를 낮추는 모습을 보니 아무래도 자신이 소장을 너무 과

소평가하지 않았나 하는 생각이 들었다. 그만한 병력을 아무런 사전계획 없이 마음대로 움직일 수 있는 사람은 행성 전체를 통틀어 딱 두 명밖에 없었다.

'처음부터 다 지켜보고 있었단 말인가. 약아빠진 노인네 같으니!'

그는 행군을 멈추고 근처 언덕으로 올라갔다. 정상에 오르자 발 아래 분지가 펼쳐졌다. 분지 한가운데로 작은 강 두 개가 지나면서 가파른 계곡을 만들었다. 샘터요새는 두 계곡이 만나는 지점에 섬처럼 우뚝 솟아 있었다. 천혜의 요새였다. 천혜라고 해봐야 사실은 태초의 공장이 설계했다는 의미일 뿐, 진짜 자연상태에서는 만들어지기 어려운 지형이었다. 그래서 그다지 자연스럽지가 않았다.

"어디 소속이지?"

옆에서 그를 수행하던 경비대장이 망원경으로 한참을 들여다보더니 비행기 꼬리날개 그림이 아무래도 항로계획과 비행안전요원 문장 같다고 대답했다.

"지원군일까요? 아직 요청을 안 했는데 왔군요."

"지원군치고는 너무 많지. 저 정도면 거의 구름이잖아."

하늘은 맑았다. 그런데 분지 위에만 검은 구름이 덮였다. 이천이백 대의 비행기로 이루어진 작은 구름이었다. 처음에는 옅은 구름이 요란한 소리를 내면서 하늘을 맴도는 정도였는데, 얼마 지나지 않아 넓게 퍼져 있던 구름이 좁은 구역으로 빽빽하게 모여들더니 색깔이 한결 짙어졌다. 먹구름 같았다. 항로계획과 소속 이천이백 대의 전투기가 바닥에 짙은 그림자를 드리우며 샘터요새 상공에 불길한 바람을 일으켰다. 그러고는 샘터요새를 향해 빠른 속도로 하강했다.

비가 내렸다. 보이지는 않았지만 이천이백 대의 전투기에서 쏟아져 내리는 총알이 그야말로 빗발처럼 요새 구석구석에 내리꽂혔다. 건물이든 사람이든, 목표물이 될 만한 것들은 모두 쑥대밭으로 만든 다음, 이게 공격목표가 되겠나 싶은 것까지 추적해서 결국 모든 것을 폐허로 만들어버리는 무시무시한 공격이었다. 총알의 양은 충분했다. 아마 요새 벽을 흥건하게 적시고도 모자라 일부는 아예 벽돌 사이로 스며들었을지도 모른다. 진짜 비처럼.

지면 가까이에 이르자 먹구름은 다시 옅은색으로 변했다. 비행기들이 안개구름처럼 요새 주위에 낮게 깔리더니 이내 수증기가 증발하듯 빠른 속도로 위로 솟구쳐올랐다. 그러고는 요새 상공에 또 한 번 짙은 먹구름을 만들어냈다. 그리고 잠시 후에 밀도가 높아진 구름이 무게를 이기지 못하고 서서히 아래로 내려가듯 고도를 낮추더니 다시 한번 요새 구석구석에 소나기를 퍼부어댔다.

그 거센 비바람에 요새가 빠른 속도로 풍화하는 광경이 눈에 들어왔다. 굳이 총알의 파괴력을 생각하지 않더라도, 단지 성벽에 박힌 총알의 무게 자체만으로도 요새 전체를 허물어뜨릴 수 있을 만큼 어마어마한 공격이었다. 조금 전까지만 해도 멀쩡하게만 보이던 건물들이 어느 순간 갑자기 부서져내려앉는 모습은, 마치 수천 년의 풍화와 침식을 단 한순간으로 압축해놓은 듯 비현실적이었다.

곧이어 뭔가 요란한 소리가 울려퍼졌다. 정확히 무슨 소리인지는 알 수가 없었다. 아마도 프로펠러 소리에 총알 소리, 무언가가 무너지는 소리가 한데 섞여서 요새 주위를 뒤덮은 모양이었다. 어쩌면 그 속에 사람들의 비명소리가 섞여 있을지도 모른다는 생각이 들었지만, 이내 그 정도 공격이면 이미 비명을 지를 사람은 아무도 남아 있지 않을 거라는 확신이 그 자리를 대신했다.

"항로계획과장이 아주 죽자고 달려드는군요. 하지만 저건 너무 심한데요."

경비대장이 무심한 투로 말했다. 부소장은 구름이 안개가 되어 바닥에 깔린 다음 다시 한번 순환하기 위해 하늘로 올라가는 모습을 지켜보면서 이렇게 말했다.

"저게 과잉조치였다는 말은 다시는 입밖에 내지 말게. 잘못하면 자네 혼자 저 비를 다 맞게 될지도 몰라."

비가 내리고 안개가 깔린 다음 검은 구름이 생기고 또 비가 내렸다. 총알을 얼마나 많이 싣고 왔던지, 남쪽에서 날아온 검은 구름은 무려 다섯 번이나 순환을 반복한 뒤에야 비로소 요란한 소리를 내며 남쪽 하늘로 돌아갔다.

"생존자 확인할까요?"

부소장은 고개를 저으며 말없이 언덕을 내려갔다.

"됐어."

원정은 완전히 실패였다. 대군을 이끌고 나왔으나 가져갈 전리품이 하나도 없었다.

그는 애초에 요새를 공격할 생각이 전혀 없었다. 포성 한 번 울리지 않고 조용히 일을 마무리할 생각이었다. 대군이 압박해들어가는 시늉만 해도 저절로 함락될 요새였다. 샘터성지 대주교와는 이미 물밑교섭이 끝난 상태였다. 그 교섭을 통해 새로운 정치적 동맹이 형성되려는 찰나였다. 그러면 천문교 관측신학회의 본거지 하나가 그의 손에 들어오는 것이었다. 그의 눈앞에 남반구로 이어지는 고속도로가 시원하게 뚫리려는 순간이었다.

관리사무소에서 제일 큰 방을 차지하고 앉은 늙은이가 단 하루 만에 개에서 사람으로 변신하는 기적만 일어나지 않는다면 일이 틀어질 가능성은 거의 없었다. 그런데 바로 그 기적이 일어나고야 만 것이다. 새 동맹이 될 자들을 저렇게 잿더미로 만들어버리다니. 그것도 그가 관리사무소에서부터 온갖 요란법석을 다 떨며 떠들썩하게 이끌고 온 바로 그 병력 앞에서.

천문교는 이제 그를 신뢰하지 않을 것이다. 신뢰는 고사하고 어쩌면 지금 당장 암살자를 보낼 준비를 하고 있을지도 모른다. 모두 그가 벌인 농간이라고 생각할 게 분명하다.

'독한 놈. 일부러 망가진 척하고 기회를 보다니. 아직도 그 꿈을 못 버렸나.'

황소장이 몇 년 동안이나 마음에 두고 있던 일을 떠올렸다. 두번째 행성초기화 조치!

황소장은 직원 전부를 동면시키고 나니에 전체를 처음으로 되돌릴 생각이었다. 동기는 단순했다. 봉인돼버린 태초의 공장을 깨우기 위해서였다. 그는 천문교의 신이야말로 태초의 공장들을 깨우는 스위치라고 생각했다. 그것만이 다가오는 위협에 대처하는 유일한 수단이라고 믿었다.

그는 신이 곧 무기일 거라고 생각했다. 그것도 보통 무기가 아니라 '태초의 무기'라고 믿었다. 황소장은 나니에 개발 현장에 투입되었던 태초의 공장들에 맞먹는 어마어마한 기술력이 집적된 행성방어무기들이 아직도 궤도 주위를 떠돌고 있다고 믿었다. 그리고 그 무기를 손에 넣으려고 했다. 물론 부소장은 황소장이 그 무기에 집착하는 이유를 알고 있었다.

나니예는 분명 심각한 위기에 처해 있었다. 이십만 명이나 되는 고객이 하나도 도착하지 않은 사건 때문이었다. 그리고 그것은 샘터요새의 천문교 신학자들이 끝내 비밀로 간직하려고 했던 정보, 즉 활주로자리 근처에 나타난 세 개의 별과 깊은 관련이 있었다.

이십만 명의 고객을 실은 우주선이 드디어 행성궤도에 진입하던 날, 그들을 맞이하기 위해 궤도로 날아간 수십 대의 우주왕복선이 발견한 것은 낙원을 꿈꾸며 곤히 잠든 이십만 명의 고객이 아니었다. 뼈를 추려내기조차 어려울 정도로 처참하게 죽어간 이십만 구의 시체였다.

뭔가가 잘못된 모양이었다. 하지만 정확히 뭐가 잘못됐는지는 결국 알아내지 못했다. 아무튼 이십만 명이나 되는 고객들은 우주선이 나니예에 도착한 시점보다 팔만 년이나 일찍 잠에서 깨어났다. 그러고는 인류 역사상 가장 짧았던 문명의 흔적을 우주선 곳곳에 유물로 남긴 다음, 곧바로 처참한 살육과 식인의 시기로 넘어갔다. 거기서부터는 지옥이었다. 누군가가 살아남아서 목적지에 도달할 가능성은 전혀 없었다. 우주선은 더할 나위 없이 거대했지만 그렇게 거대한 우주선도 인간문명이 팔만 년 정도를 기생할 만큼의 생태계를 담아낼 정도로 크지는 않았다. 문명은 한 달간 지속되었고,

살육은 십이 개월을 이어갔다.

그 처참한 광경을 직접 눈으로 확인하고, 당시 관리사무소장이었던 조무곤은 그만 그 자리에 털썩 주저앉고 말았다.

"이제 보복당할 차례구나."

"보복할 사람이 아무도 없는데요. 십오만 년이나 지났는데 계약이 남아 있겠습니까? 계약이 파기된다 한들 분쟁을 조정하거나 강제집행해줄 기관도 없고요."

누군가가 말했다. 하지만 일이 그렇게 간단하지가 않았다. 경라기금이라는 이름의 자금 때문이었다.

고객들은 동면에 들어가기 전에 계약이행 보장기금을 만들었다. 그런데 십오만 년 뒤에, 아니 당시 계획대로라면 무려 구십만 년 뒤에 일어날 일을 보장할 만한 수단이 거의 없다는 문제가 있었다. 고객 입장에서 계약이 제대로 이행되게 하려면 계약이 이행되지 않았을 경우 나니예 전체를 압류하겠다고 협박하는 방법밖에는 없었다. 어차피 공권력은 존재하지 않을 것이므로 사적인 폭력수단이 필요하다는 것이 그들의 생각이었다.

기금은 상호확증파괴(Mutual Assured Destruction, MAD) 전략에 따라 상대가 약속을 지키지 않을 경우 협상의 여지없이 기계적인 절차에 의해 무조건 상대를 절멸시키는 방식을 채택했다. 인류가 자신들이 태어난 행성 전체의 물리적 생존 문제를 좌지우지할 수 있었던 최초의 순간인 냉전시대의 전략적 사고를 그대로 옮겨온 해결방법이었다. 기금의 입장에서 그보다 더 합리적인 선택은 없었다. 몇만 년 뒤까지 살아남아서 계약이행을 보장해줄 대리인을 찾을 수 없다고 판단했기 때문이다.

경라기금은 그 협박을 실행에 옮기기 위해, 고객들이 지구를 떠난 뒤에도 최소한 이천 년 이상 지구에 남아 계속 연구를 진행하면서 덩치를 키우도록 설계되어 있었다. 나니예 개조기술보다 무려 이천 년이나 뒤에 개발된 무기를 나니예 근처에 띄우겠다는 의도였다. 그 일은 계획대로 진행되었다. 수천 년이나 늦게 출발했지만 태초의 공장보다 오히려 이만 년이나 먼저 나니예에 도착한 기계도 있었다. 기술적으로 훨씬 앞선 기계였기 때문이다. 그리고 이 장비들은 대부분 나니예 근처에 머물지 않고 먼 곳에서 대기했다. 위치를 노출당하지 않기 위해서였다.

기금 측에서는 이천 년간 꾸준히 그들이 얼마나 무시무시한 신무기를 개발해냈는지를 증명하는 자료들을 나니예로 전송해왔다. 관리사무소 직원들이 잠들어 있는 동안, 행성개조장비들은 경라기금 측에서 보내온 메시지를 하나도 빠짐없이 꼼꼼하게 기록해두었다. 관리사무소 고위 직원들은 동면에서 깨어나자마자 그 자료를 열람했다. 그러고는 깜짝 놀랐다. 그들이 십오만 년 전에 생각했던 것보다 훨씬 더 강력한 무기가 나니예에서 겨우 삼 광년 떨어진 곳에 배치되어 있었던 것이다.

삼 광년은 꽤 먼 거리였지만, 아예 잊어버려도 좋을 만큼 먼 거리는 아니었다. 지옥으로 변하기 전, 고객용 우주선에서 보낸 신호가 언제 어떤 방식으로 전달되었을지는 알 수 없지만 기금 측에서 그 신호를 수신했다면 남은 것은 피의 보복뿐이었다. 그것이 바로 역대 관리소장이라면 누구나 알고 있던 행성 나니예의 종말 시나리오였다.

그리고 황소장이 관리사무소장으로 취임할 무렵, 드디어 그 일이 시작된 모양이었다. 그가 파악하기에 활주로자리 근처에 나타난 세 개의 불길한 별은 바로 경라기금에서 보낸 행성파괴무기가 분명해 보였다. 천문교 이론신학회가 그 세 개의 별이 종말의 전조임을 뒷받침하는 문헌자료들을 발견해내면서 황소장의 생각은 더욱 확고해졌다.

그런데 관리사무소에는 그것을 막을 만한 무기가 하나도 없었다. 황소장이 생각하는 대처방법은 딱 하나뿐이었다. 태초의 무기를 깨우는 것, 나니예를 개조할 때 사용한 장비들을 부활시켜서 되든 안 되든 맞서보자는 생각이었다. 그리고 관리사무소장이 공식적으로 태초의 공장 혹은 태초의 무기를 깨울 수 있는 유일한 절차는 나니예를 초기화하는 것뿐이었다.

하지만 그게 그렇게 간단한 일일 리가 없었다. 나니예 특별지구가 정상 궤도에 오르고 초반 개척작업을 수행하던 태초의 공장들이 모두 휴면상태에 들어간 지금으로서는, 관리사무소에 직원 전체를 동면상태로 만들 능력이 있는지부터가 의심스러웠다. 그럼에도 불구하고 황소장은 끝내 그 일을 저질러버릴 생각이었다.

그리고, 부소장은 자신이야말로 그 허황된 야망을 저지할 유일한 대안이라고 생각했다. 믿어 의심치 않았다. 다시 한번 나니예를 불바다로 만들 수는 없는 노릇이었다. 그런 일은 절대 일어나서는 안 됐다. 그렇게 믿고 일을 추진해왔는데, 이제는 방법이 없었다.

그는 항로계획과 비행기가 이천 대가 넘는다는 사실을 알고 있었다. 또한 소장이 그 이천이백 대를 전부 보내서 그런 말도 안 되는 광경을 펼쳐 보인 이유도 알 것 같았다. 그저 요새를 파괴하기 위해서였다면 오십 대나 백 대 정도로도 충분했을 것이다. 나머지는 모두 그에게 보내는 경고였다.

저쪽에서 이미 눈치를 챘다면 이제는 하나 마나 한 싸움이었다. 조금 전의 공격이 그와 경비대 병력을 향한 것이었다면 그 결과가 어땠을까? 그런 일이 가능하기는 한 걸까? 물론 충분히 가능한 일이었다. 오히려 그러지 않은 것이 이상했다.

그는 경비대장을 돌아보며 말했다.

"아무래도 저건 내 해고통지서 같은데."

그러고는 곧 머리를 비우고, 퇴직 후에 어디에서 살지를 고민하기 시작했다. 그저 관리사무소에서 멀리 떨어진 곳일수록 좋을 것 같았다.

부소장이 사라지자 집무실에 다시 평화가 찾아왔다. 그렇게 몇 주가 흘렀다. 황문찬은 담요를 두르고 바닥에 누워 사라진 샘터요새가 있던 곳을 들여다보았다. 요새 자체가 지도에서 아예 사라지지는 않은 것 같았다. 물론 너무 작아서 잘 보이지 않는 탓도 있었다.

그때 노크도 없이 문이 열리더니 부소장이 집무실 안으로 들어왔다. 황소장은 누운 채로 고개만 옆으로 돌려 부소장을 맞이했다.

"어이구, 이게 누군가. 최홍선이, 그래, 그만둔다고? 잠깐 누웠다 가지."

부소장은 묵묵히 다가가 소장 옆에 나란히 드러누웠다. 바닥은 생각보다 차갑고 딱딱했다. 누워 지내는 게 보기보다 쉬운 일은 아닌 듯했다.

“미안하게 됐어. 자네가 부소장 자리를 맡아준 덕분에 삼 년간 편하게 놀았는데, 자네 없으면 이렇게 누워 지낼 일도 없겠지.”

“그렇게 하셔도 됩니다. 이제 방해하는 사람도 별로 없을 겁니다.”

“그게 그렇지가 않아요. 일이 그렇게 돌아가주지를 않아. 김은경이 깨운 것도 마무리를 지어야 하고, 또 다른 일도 생각보다 커진 것 같고. 혼자 감당하기에는 솔직히 벅차 보인단 말씀이야. 자네가 거들어주면 참 좋겠는데, 이게 또 일이 그렇지가 않아. 어떻게 설명해야 되나. 나는 영 자네를 보내고 싶지가 않은데, 관리사무소장은 자네를 보내야 한단 말씀이야. 중간에서 어떻게 절충이 됐으면 좋겠는데 중간이 없어. 그런데 그거 알아? 쫓아낼 사람이 당신 하나밖에 없다는 거. 이제는 쫓아낼 만한 인물조차 없어요. 의논할 사람도 하나 없고. 어떻게 된 게 이것들은 나보다 지들이 먼저 머리를 비워. 어찌나 빨리 비우는지, 원.”

“그럼 가는 마당에 넋두리나 좀 들어드릴까요?”

“그럴까? 그게, 상황이 안 좋다고 해야 하나. 몰라. 하여튼 뭐 그래. 아, 그거 이야기야. 활주로자리에 뜬 별 세 개.”

“그럼 우주왕복선 발사일정을 앞당겨야겠군요.”

“그렇지. 앞당겨봐야지. 그래서 죽도록 부려먹을 부소장이 필요한데. 혹시 그것도 미리 눈치채고 일 생기기 전에 일부러 사고쳐서 튀는 건가. 일단 서둘러는 봐야지. 더 늦으면 손도 못 쓰니까. 그런데 그게 또 참 골치가 아픈 게, 일정을 얼마나 앞당겨야 할지 모르겠어. 우리한테 시간이 얼마나 남았는지도 잘 모르겠고. 김은경이가 칼 맞고 오는 바람에 완치될 때까지 발사일정이 늦춰진 게 제일 속이 쓰려. 그런데 개를 꼭 예언자한테 보내야 되는 거였어? 그거 천문교 애들 미신 아니야?"

"저한테 물으시면 곤란한 게요……"

"하긴, 자네야 그 천문교 놈들하고 어떻게 해볼 생각이었으니까. 최신학 대주교가 사촌형님이라고 했나? 아무튼 나는 못 믿겠어. 왜 하필 걔들이야? 천문교 애들 뭔가 수상하지 않아? 자꾸 정보를 숨겨. 그냥 궤도 정보를 내놓으면 안 된대? 그거 팔아서 우리한테 뭘 얻어내려는 거지?"

그는 거기까지 말하고는 잠시 생각에 잠겼다. 부소장은 아무 대답도 하지 않았다. 집무실 안에 정적이 흘렀다. 그 정적이 어찌나 생생했던지 황소장은 그만 흠칫 놀라고 말았다. 싸늘한 적막감이 그의 이마를 두드렸다. 그리고 그 순간 그는 잠에서 깨어났다. 꿈이었다. 옆에는 아무도 없었다. 오후가 되자 유리창으로 햇빛이 들어와 그가 누운 곳까지 손을 뻗었다. 그는 오른쪽으로 세 바퀴를 굴러서 햇빛을 피했다.

저녁에는 김은경이 찾아왔다.

"여행허가 받으러요. 의사선생님 말씀이 저는 아직 비행금지라고요. 소장님한테 직접 허가받으라고 그래서. 어려운 일 아니면 허가서를 좀 내주시겠어요? 아시잖아요. 제가 어떤 입장인지. 여기에 이러고 있어봐야 제가 뭐 할 게 있어야 말이죠. 여기까지 왔는데 관리사무소 구경만 하고 있을 수는 없잖아요."

그는 김은경의 얼굴을 가만히 들여다보았다. 빤한 거짓말이었다.

부소장이 사라진 뒤에도 김은경은 천문교와 직접 내통해서 뭔가를 계속 알아보고 있었다. 관리사무소장인 그가 그 사실을 모르고 있을 리가 없었다. 그런데 김은경은 그가 그 사실을 모를 리가 없다는 사실을 모르고 있었다.

'내가 그렇게 물러 보이나? 내가 지 애비도 아니고, 왜 거짓말이야, 거짓말이.'

삼 개월 일정에, 적어도 삼 일에 한 번은 관리사무소 직영 비행장에 행선지를 알릴 것을 조건으로 여행을 허락했다. 무슨 일이 벌어지는지 한번 지켜나 보자는 심산이었다.

"그래, 이번에는 어느 방향으로 가볼 생각인가요?"

"남반구 쪽으로 가보려고요. 북쪽은 다닐 만큼 다녀봐서요."

"남반구 좋지요. 조심해서 다녀오세요."

밤이 되자 황소장은 비서실장을 시켜 식당을 예약하고 아내와 사위에게도 연락하도록 지시했다. 그리고 밖으로 나가려는 비서실장을 불러세워 창가로 데리고 갔다.

"최홍선이는 뭐하고 있나?"

"떠났습니다. 가솔들을 다 데리고 아예 이사를 간 모양입니다. 이삿짐이 너무 많아서 수송기만 다섯 대가 떴다던데요."

"어디로? 남쪽으로?"

"어떻게 아셨습니까?"

"결국 남쪽으로 갔다, 이거지."

반나절도 안 지났는데 남쪽으로 떠난다는 사람이 벌써 두 명째였다.

"겨울이라 그런가."

물론 황소장은 그들이 남쪽으로 향하는 이유를 잘 알고 있었다. 그는 오래전에 남쪽으로 떠난 누군가를 떠올렸다. 모두 그 사람 때문이었다. 다시는 마주치고 싶지 않은 숙적. 평생 친구가 되어줄 것 같았던 사람. 그러나 끝내 반대편에 서고 만 사람. 지난이었다.

'거기 가면 별수 있는 줄 아나. 지난은 뭔가 해줄 줄 아나보지.'

피식 웃음이 났다. 실소에 가까운 웃음이었다.

그는 장실장을 돌아보며 말했다.

"격추해."

도망을 갔습니다

나니예 사고조사위원회 위원장 제1등성 ○○○ 귀하

「나니예 사고조사에 관한 조약」 11조에 명시된 권한과 의무에 따라 다음 문서를 수집하고 번역하여 위원회 최종보고서 작성을 위한 중요자료(1급)로 제출합니다.

이 문건은 사건의 주요 참고인인, 나니예 천문학자/성직자 나물이 직접 기록한 문건입니다. 원본은 음성신호이며, 참고인 나물이 의도적으로 남긴 기록이 아니라 기록을 남기려는 의도 없이 단순 유희 목적으로 작성한 내용을 제4등급 전파자료 채집항성 ○○○(문자 표기 불가)이 자동 채록하여 보관하다가, 조사가 시작되자 본 문헌조사관에게 원본과 함께 일괄 제출하였습니다.

이 문건이 기록되고 입수된 과정에 대해서는…… (중략)

또한 요청하신 궤도비행 조종사와 예언자에 관한 나니예 행성관리사무소의 일반지침들은 다음의 조항에 근거를 두고 구성된 것으로 파악됩니다.

"궤도비행 조종사는 반드시 예언자와 접촉해야 한다. 그러므로 관리사무소와 천문교는 궤도비행 조종사 활용에 관한 권한과 의무를 공유하며, 이를 원활히 처리하기 위해 긴밀히 협조해야 한다." (「궤도비행 조종사 관리에 관한 업무지침」 제3항

관련된 세부지침들은 별도 첨부한 자료목록을 확인하시기 바랍니다.

문헌조사관 제2등성 ○○○○

일단은 도망을 쳤습니다. 피가 튀었고 사람이 쓰러졌으니까요. 왜 도망을 가야 하는지는 생각할 겨를이 없었습니다. 그냥 성전 바닥에 쓰러져 있는 여자를 보는 순간 칼을 내던지고 밖으로 뛰쳐나갔습니다. 늦은 시간이어서 보는 사람은 아무도 없었습니다. 불이 켜져 있는 집도 아직 하나도 없었습니다. 성전만 환하게 불이 켜져 있었습니다. 저는 미처 불을 끌 생각도 하지 못했습니다.

자전거가 눈에 띄었습니다. 자전거 손잡이를 잡는데 오른손에 그 여자를 찌를 때의 느낌이 되살아났습니다. 때마침 찬바람이 불어서 머리카락이 쭈뼛 곤두섰습니다. 어서 도망을 가야겠다고 생각하고 자전거에 탔더니, 언덕을 내려가는 게 제일 빠르겠다 싶었습니다. 사실 어딘가로 달아나려면 일단 언덕을 내려가긴 해야 했습니다.

어디로 갈까 생각하면서 언덕을 내려가는데 발길이 저절로 비행장으로 향했습니다. 자전거가 저절로 그쪽으로 가는 것 같았습니다. 아마 조금 전에 왔던 길이라서 되돌아갔나봅니다. 적어도 그쪽에는 사람이 아무도 없다는 걸 확인했으니까요.

괜찮은 생각 같았습니다. 멀리멀리 달아나야 했습니다. 비행장 격납고로 가서 수도원 비행기를 다시 끄집어냈습니다. 작은 비행기라서 혼자서도 밀 수가 있었습니다. 시동을 걸고 프로펠러를 돌리자 비행기 뒤쪽으로 거칠게 바람이 일어서 무언가가 날려가는 소리가 들렸습니다. 나무판 같은 게 쓰러지면서 탁 하는 소리도 났습니다. 분명 프로펠러 소리가 더 컸는데, 그때는 그 소리가 더 또렷하게 들렸습니다. 누가 보면 어쩌나 싶어서 그랬나봅니다.

유도로로 나가서 관제탑 쪽을 올려다보았습니다. 불이 켜져 있었는데, 아직 소리를 못 들었는지 제 쪽으로 불빛을 비추지는 않았습니다. 누구와도 교신을 하고 싶지가 않았기 때문에 허가 없이 그냥 이륙하기로 했습니다. 사실 비행기가 많지 않은 시간에는 다들 일일이 허가를 받고 다니지는 않았거든요. 새벽이라 비행기가 한 대도 없었고 활주로에는 유도등마저 꺼져 있었습니다. 활주로 저편의 어둠이 이리로 도망치라고 손짓하는 것 같았습니다.

엔진 회전수를 높이고 속도를 냈습니다. 비행기가 활주로를 떠나려는데, 그때야 관제탑 탐조등이 활주로를 비췄습니다. 그러더니 제가 아니라 활주로에 아무렇게나 세워져 있는 빨간색 삼엽기를 비췄습니다. 날개 위를 보니 흰 바탕에 검은 십자가가 든 커다란 네모가 두 개나 그려져 있었습니다. 십자가를 보니 무덤 표지가 떠올랐습니다. 비행기는 마치 성전 바닥에 피를 흘리고 쓰러져 있는 그 여자처럼 온몸에 붉은색을 덮어쓴 채 아무렇게나 활주로 바닥에 널브러져 있었습니다. 그러자 그 여자가 생각났습니다. 아직 숨이 붙어 있었을까요. 아니면 그때 벌써 죽었을까요.

아직 살아 있다면 다른 사람들에게 알리고 싶었습니다. 그래서 언덕 위로 날아가 성당을 몇 바퀴나 맴돌았습니다. 누군가 일어날 것도 같았는데 마을에 불이 켜지는 집이 하나도 없었습니다. 그래서 이번에는 수도원 쪽으로 다가갔습니다. 세 번이나 수도원 쪽으로 강하를 했습니다. 원장신부님이 가보시겠지. 그리고 조치를 취해주시겠지. 마음속으로 되뇌면서 언덕 위를 맴도는데 마침내 현관으로 불빛이 새어나왔습니다. 저는 그 길로 마을을 떠났습니다. 날개 닿는 대로 아무 생각 없이 방향도 보지 않고 날았습니다.

한참을 날아가다가 밤하늘을 올려다보았습니다. 별자리를 보니 계속 동쪽으로 날고 있었나봅니다. 불길한 별 세 개가 불길하게 깜빡거렸습니다. 충전이 잘 되어 있지 않은 비행기라 머지않아 동력이 바닥날 것 같았습니다. 어서 비행장을 찾아야 했는데 어디가 어디인지 구별이 안 됐습니다. 문득 제 몸이 온통 피투성이라는 것이 떠올랐습니다. 도저히 비행장에는 내릴 수가 없었습니다. 어두울 때 내리더라도 충전을 마칠 때쯤에는 해가 뜰 게 분명했거든요. 추적을 따돌리려면 아예 비행기를 버리는 편이 현명할 것 같았습니다.

들판에 내리는 수밖에 없었는데, 그러려면 일단은 해가 뜰 때까지 기다려야 했습니다. 동력이 거의 바닥이 나 비행기가 몸을 부르르 떨 때쯤 지평선 저 멀리에서 해가 떠올랐습니다. 태양이 떠오르는 모습을 하늘 위에서 내려다보는 감회가 남달랐지만 일단 얼른 내릴 만한 곳을 찾아 비행기를 착륙시키는 것이 먼저였습니다. 평지가 나타날 때까지 한참을 더 가야 했지만 다행히 비행기가 완전히 멎어버리기 전에 적당한 평지를 발견할 수 있었습니다. 착륙하자마자 비행기를 나무 아래에 끌어놓고 잎이 많이 달린 나뭇가지를 꺾어 날개를 가렸습니다. 그리 오래갈 것 같지는 않았지만 하루나 이틀 정도는 그 모습 그대로 안전하게 비행기를 숨겨주기를 바라는 마음이었습니다.

그런 다음 옷에 묻은 피를 씻기 위해 계곡이 있던 방향으로 되돌아갔습니다. 위에서 볼 때는 잠깐이었는데 걸어서 가려니 한참이었습니다. 물은 이가 딱딱 부딪힐 정도로 차가웠습니다. 물속으로 뛰어들 엄두가 나지 않아 겉옷을 벗어 흐르는 물에 손빨래를 했습니다. 계곡물에 피가 섞여들어갔습니다. 아무리 씻어도 핏자국이 깨끗하게 지워지지 않을 것만 같았는데, 핏자국은 의외로 쉽게 지워졌습니다. 그래도 제 영혼의 수도복에 묻은 핏빛 죄책감만큼은 죽는 날까지 결코 지워지지 않을 것 같았는데 그 역시 의외로 금세 지워지더군요.

그러고 나니 배가 고팠습니다. 옷을 말려놓고 먹을 것을 찾아 헤맸습니다. 먹을 수 있는 풀들이 금방 눈에 띄었습니다. 나물을 해먹으면 딱 좋겠다 싶었는데 도구가 하나도 없어서 껍질만 벗기면 그대로 먹을 수 있는 풀들을 골라 먹었습니다. 옷이 다 마른 다음 계곡을 따라 남쪽으로 남쪽으로 걸어 내려갔습니다. 풀만 뜯어먹고 열흘을 버텼습니다. 그때야 관리사무소 비행기들이 머리 위로 지나가더군요.

그리고 열하루째 되던 날 운명처럼 그분을 만났습니다. 양치기 송그네씨. 그날도 아침에 눈을 뜨자마자 저는 먹을 것을 찾아서 들판을 헤맸습니다. 그날은 운이 좋은 편이었습니다. 우주인왼손풀이라고, 그 무렵 한창 맛을 들인 풀이 군락을 이룬 곳을 아침부터 발견했거든요. 이 정도면 이틀은 버티겠다 하면서 웅크리고 앉아 풀을 뜯어먹는데, 이게 웬일입니까. 바람결에 들짐승의 울음 소리가 들려오는 것이었습니다. 고개를 들어 옆을 바라보니 꾀죄죄하게 생긴 염소 한 마리가 언덕을 내려오면서 자근자근 풀을 뜯는 모습이 보였습니다.

잡아먹어야겠다는 생각이 들더군요. 산 채로라도 뜯어먹을 수 있을 것 같았습니다. 거의 죽을 만큼 배가 고팠거든요.

살기 어린 눈으로 염소를 노려보는데, 언덕 너머에서 한 떼의 꾀죄죄한 짐승들이 모습을 드러내는 게 아니겠습니까. 양떼였습니다. 염소보다 훨씬 사냥하기 쉬워 보이는 한 무리의 온순한 짐승들. 이제는 살았구나 하고 안도의 한숨을 내쉬는데, 당연하게도 양떼 주인이 모습을 드러내는 것이었습니다. 그뿐만이 아니었습니다. 개 세 마리가 저를 보더니 일제히 달려드는 것이 아니겠습니까. 일단 달아나려고 허둥지둥하다가 몇 걸음 못 가서 돌부리에 걸려 넘어지고 말았습니다. 개들이 사납게 짖으며 달려드는데, 주인이 개들을 부르는 소리가 들렸습니다. 개들은 공격을 멈추고 주인에게로 달려가 꼬리를 흔들며 아양을 떨었습니다. 그는 나를 한번 쓱 쳐다보더니 말 한마디 건네지 않고 가던 길을 갔습니다.

개 주인에게 무시를 당하자 지난 열흘간의 고생스러웠던 기억이 서러운 눈물이 되어 주르륵 흘러내렸습니다. 반드시 한 마리 훔쳐서 달아나리라 각오를 다지고 조용히 양떼를 따라갔습니다. 살인까지도 각오를 하게 되더군요. 저는 그만큼 굶주려 있었습니다. 중간중간 풀을 뜯으며 눈치채지 못하게 멀리서 미행을 한다고 생각했는데 바람결에 냄새가 실려갔는지 밥때만 되면 개들이 달려와서 으르렁댔습니다. 그런데 저녁이 되자 그새 제 냄새가 익숙해졌는지 꼬리를 흔들며 놀아달라고 아양을 떨더군요. 하지만 송그네씨는 저를 그저 토끼나 너구리 같은 들짐승을 보듯 했습니다.

날이 저물고 밤이 깊어지자 양들은 풀 뜯기를 그만두고 바람막이 역할을 해줄 언덕 아래에 다닥다닥 붙어서 멍하게 먼 산을 바라보았습니다. 저는 개들을 도와 양떼를 불러모았습니다. 염소들은 양들 틈에 끼기를 싫어해서 멀찌감치 자리를 잡고 계속해서 풀을 뜯었습니다. 개들은 양들을 한군데로 다 몰아놓은 다음 주인에게로 달려갔다가 또 저에게 달려왔다가 하면서 친한 척을 했습니다. 멍청한 놈들, 경계를 풀어라. 이 밤이 가기 전에 내 반드시 양 한 마리를 훔쳐가리라. 그렇게 마음을 굳게 먹었습니다. 두고 보자, 이놈들. 그러다 그만 잠이 들고 말았습니다.

아침에 일어나니 주위에는 아무도 없었습니다. 양떼가 막 자리를 뜨는 참이었는데, 개 한 마리가 다가오더니 마치 길 잃은 양을 무리 쪽으로 몰고 가듯 저를 무리 쪽으로 이끄는 게 아니겠습니까. 그래서 그날도 열심히 풀을 뜯으며 양떼를 뒤따랐습니다.

점심때가 다 됐을 무렵이었습니다. 드디어 송그네씨가 저에게 다가와 말했습니다. 맛있어? 잘 뜯어먹네. 저는 고개를 절레절레 흔들었습니다. 잘 뜯어먹던데, 뭘. 어찌나 맛있게 먹는지 내가 다 먹고 싶더라니까. 그런데 양 쳐봤어? 그렇게 묻는데 말이 잘 안 나오더군요. 열흘간 한데서 자느라 입이 돌아가다시피 한데다 그동안 내내 풀만 뜯어먹었으니 몸이 성할 리가 없었습니다. 말을 못 해? 그거 잘됐네. 나는 시끄러운 건 딱 질색이거든. 양 한번 쳐볼래? 그가 그렇게 물었습니다. 어디에서 왔는지, 무엇 때문에 혼자서 들판을 헤매고 있는지 아무것도 묻지 않았습니다. 저는 고개를 끄덕였습니다.

그때부터 저는 양치기가 되었습니다. 사실 할 일은 별로 없었습니다. 어려운 일은 송그네 아저씨가 다 했고 귀찮은 일은 짐승들이 다 했습니다. 양들은 원래 모이기를 좋아해서 데리고 다니기가 쉬웠습니다. 대신 양들은 머리가 좋지 않아서 풀이 많은 곳을 찾아가거나 그저 매년 다니던 길을 찾아나서거나 하는 일도 잘하지를 못했는데, 그 일은 염소들이 대신했습니다. 염소들이 큰형님처럼 앞장을 서면 양들은 아무 생각 없이 그 뒤를 따랐거든요. 염소들은 자기들이 무리 전체를 이끌고 있다고 생각하는 게 분명했습니다. 개들은 개들대로 자기들이 무리를 이끈다고 생각했고요. 그네 아저씨는 아무것도 안 했거든요.

아저씨는 저에게 담요 한 장을 빌려주고 불가에서 자도록 허락했습니다. 먹을 것도 나눠주었습니다. 아저씨는 아무 말도 하지 않았습니다. 나니예 표준어가 관리사무소 같은 대도시 말이 아니라 유목민들의 말로 정해진 데에는 다 이유가 있었습니다. 말은 시간이 지나면 변하기 마련인데 아저씨의 말은 도대체가 세상에 모습을 드러내지를 않으니 나이를 먹을 겨를도, 변질될 겨를도 없었습니다. 넓은 지역을 돌아다니다보면 언제 어떤 사람을 만나게 될지 모르는데, 그때에도 그 사람과 말이 통하려면 말이 변하지 않아야 했습니다. 누군가가 새 낱말을 만들었다고 해도 다른 사람과 만났을 때 뜻이 통하지 않으면 그 낱말은 곧 죽어버릴 테니까요. 그래서 유목민들의 말은 화석처럼 오래오래 그대로였습니다.

덕분에 저는 심심하기가 이루 말할 수가 없었습니다. 아저씨는 제가 말을 할 줄 안다는 사실을 전혀 몰랐습니다. 불가에서 담요를 덮고 잔 이후로는 돌아간 입도 서서히 제자리를 찾아갔는데 말이죠. 몸이 편해지자 저는 그 생활이 슬슬 답답해졌습니다. 그리고 이런저런 생각에 잠기는 때가 많아졌습니다.

사실 따지고 보면 제가 먼저 도망칠 이유는 없었습니다. 그 여자가 다친 건 참 안된 일이고 누군가가 책임을 져야 할 수도 있겠지만, 그 누군가가 제가 되어야 할 이유는 없었습니다. 그 여자를 찌른 칼은 분명 신전 수호자의 칼이었고, 그 칼에는 성전을 지키기 위해 사용한 경우 그 책임을 묻지 않는다는 말이 분명히 적혀 있었습니다. 게다가 그 여자는 신의 공전궤도가 모셔져 있는 성전을 침범해서 거룩한 신의 상징을 발로 지워 없애기까지 했습니다. 정당한 분노였고 정당한 조치였습니다. 그런데 저는 왜 도망을 갔을까요.

거지꼴을 하고 사람이 사는 마을에 이르자 아무도 저를 못 알아봤습니다. 사실 아는 사람이 있을 리가 없는 남쪽 마을이었지만 수배가 떨어졌으리라고 생각했거든요. 관리사무소 비행기를 봤으니까요. 저는 성당으로 가서 교구의 도움을 받을 생각으로 이것저것 수

소문을 했습니다. 그런데 세상에 이런 날벼락 같은 일이 어디 있습니까! 저를 보호해야 할 교구에서 오히려 저를 수배하다니요. 억울해서 눈물이 다 날 지경이었습니다.

그런데 이상한 일은 그뿐만이 아니었습니다. 다른 이상한 소문이 들리는 것이었습니다. 저는 이론신학회가 학회장 문원식 주교의 이름으로 낸 포고문을 구했습니다. 거기에는 신이 실재하지 않으며 단지 관념에 불과하다는 교리를 본격적으로 논의하기 위해 주교회의를 소집한다는 내용이 들어 있었습니다.

그들이었습니다. 저에게 수배령을 내린 사람들은. 어둡고 차가운 밤하늘에 신을 영원히 매장하려는 사람들이었습니다. 그러자 이런 생각이 들었습니다. 신이 매장되지 않게 막으려면 결국 내가 나서서 새로운 신의 궤도를 내놓는 수밖에 없는 것 아닌가. 내가 신을 찾아내면 그들의 음모도 모두 물거품이 되는 것이 아닌가.

그러나 다시 생각해보니 바로 그 이유 때문에 그들이 저를 파문한 것이 아닐까 하는 생각이 들었습니다. 되돌아가기에는 이미 늦어버린 게 분명했습니다. 그렇게 된 이상 저도 어쩔 수가 없었습니다. 어떻게든 보복을 할 수밖에요.

하지만 우선은 더 멀리 남쪽으로 달아나야 했고, 그러려면 돈이 필요했습니다. 저는 일자리를 찾아서 마을을 돌아다녔습니다. 그리고 적당한 일자리를 찾아냈습니다. 단기간에 비교적 큰돈을 벌 수 있고 남의 돈으로 멀리멀리 남쪽까지 달아날 수 있는 일, 게다가 비행기 조종 가능자 우대. 바로 새 유목이었습니다.

저는 그 길로 송그네 아저씨에게 달려가서 그 자리에 저를 추천

해달라고 부탁했습니다. 아저씨는 제가 말을 할 수 있다는 사실에 깜짝 놀랐지만, 더는 묻거나 따지지 않고 저를 데리고 마을로 갔습니다. 그리고 저를 가장 아끼는 일꾼으로 소개했습니다. 거짓말은 아니었습니다. 일꾼은 저밖에 없었으니까요. 다행히 아저씨는 새 유목을 하는 안창문 사장과 안면이 있었습니다. 그래서 저는 혼자서 옆마을에 갔다 오는 간단한 비행시험을 치른 다음 어렵지 않게 일자리를 잡을 수 있었습니다.

마침내 길을 떠나는 날, 아저씨가 말했습니다. 씻으니까 사람 같다.

새 유목 자체는 힘든 일이 아니었습니다. 길 찾는 일도 사실은 새들이 전부 알아서 했습니다. 비행기가 따라붙지 않아도 새들은 철마다 먼 거리를 날아가게 되어 있었습니다. 말하자면 우리 일은 유목이라기보다는 양식에 가까웠습니다. 새들을 돌보는 게 아니라 따라다닐 뿐이었죠. 백만 마리쯤 된다는데 정확히 몇마리인지는 아무도 몰랐고 어떤 새가 몇 마리씩 섞여 있는지도 알 수가 없었습니다. 적도 건너 남반구까지 꽤 먼 거리를 날아가면서 때때로 그물로 새를 잡아 근처 마을에 배달하고, 어떤 때는 알을 거둬들여서 조심조심 운반한 다음 시장에 내다파는 게 일이었습니다.

물론 그렇다고 아무나 할 수 있는 일은 아니었습니다. 새가 비행기에 부딪히면 조종사가 목숨을 잃을 수도 있기 때문입니다. 북쪽에서도 조종사들은 활주로 근처에 새가 한 마리만 나타나도 활주로 이용료를 모두 반납해달라고 요구할 만큼 새를 싫어하거든요. 그래서 새 유목을 하겠다는 조종사를 구한다는 게 결코 쉬운 일은 아니었습니다. 비행기를 타고 하늘에 올라 새들에 둘러싸인 다음에야 저는 비로소 그 사실을 깨달았습니다. 사기당했구나. 그러나 뒤늦은 깨달음이었습니다.

비행기가 쉰 대나 되는 큰 조직이었는데 그중 저처럼 갓 뽑혀온 신참 조종사가 스무 명이나 됐습니다. 대부분이 새 치는 일을 거들기보다는 강도들과 싸우거나 정찰을 하기 위해 고용된 사람들이었습니다. 정찰하고, 편대 대형을 유지하고, 대장기를 호위하거나 돌격하는 일. 저에게는 그 일이 곧 기도가 되고 말았습니다. 그 일은 교단이 저를 데려다 가르쳤던 일과 크게 다르지 않았습니다. 아니, 오히려 그보다 쉬웠습니다. 성지호위기사단에서는 선량한 보통 성직자들은 할 수 없는 일을 하는 것도 주님의 특별한 은총이라고 가르쳤거든요. 이를테면 적을 격추하는 일 같은.

때때로 우리는 전투를 감행해야 했습니다. 백만 마리나 되는 새들이 지나가고 나면 마을은 금세 쑥대밭이 되곤 했거든요. 그래서 농사꾼들은 종종 방위대를 조직해서 우리 이동경로 한가운데를 막아서곤 했습니다. 옆으로 돌아가라는 것이었습니다. 하지만 그럴 수는 없었습니다. 새들은 결코 우회하는 법이 없었습니다. 애초에 새들을 설득해서 우회하게 만들 방법이 인간에게 주어졌을 리 만무했습니다. 우리는 신이 아니었습니다.

새들을 없애기 위해서라면 방위대는 공중에서 화염폭탄을 터뜨리는 일까지도 마다하지 않았습니다. 그만큼 절박했기 때문입니다. 저는 그들의 심정을 충분히 이해했지만, 도저히 그 일을 용납할 수가 없었습니다. 제가 성직자가 아니었다고 해도 마찬가지였을 겁니다. 그런데, 어느 날, 그 일이 실제로 눈앞에서 벌어지고 말았습니다. 섬광이 새들을 막아섰습니다. 정신을 차렸을 때는 수만 마리나 되는 새들이 이미 불길에 휩싸인 다음이었습니다.

저는 깜짝 놀랐습니다. 그리고 분노하고 말았습니다. 인간에 대한 분노였습니다. 저는 방위대 비행기들 사이로 날아들어가 총알을 있는 대로 퍼부었습니다. 총알이 다 떨어질 때까지 기관총이 불을 뿜었지만 분노는 도저히 식을 줄을 몰랐습니다. 저는 총알도 없이, 비행기 몸체 그대로 들이받을 기세로 방위대를 향해 날아들었습니다. 방위대 비행기들은 순식간에 혼란에 빠졌습니다. 그중 몇 대는 제 뒤를 바짝 따라붙으며 총알을 쏘아댔습니다. 저는 그 비행기들을 이끌고 하늘을 어지럽게 헤엄쳐가며 간신히 적진을 빠져나왔습니다. 안사장이 식구들과 함께 날아와 제 뒤에 붙은 방위대 비행기들을 모두 격추했습니다. 어려운 일도 아니었습니다. 방위대는 훈련받은 조종사들이 아니었으니까요. 그렇게 또하나의 장벽이 제거되었습니다. 방위대가 흩어지자, 살아남은 새들이 마을로 날아가 농작물들을 순식간에 엉망으로 만들었습니다.

잘 싸우던데. 판단력도 좋고, 돌격각도도 일품이야. 어디에서 배운 거야? 사장은 저의 분노를 눈여겨보았습니다. 그리고 칭찬을 아끼지 않았습니다. 저는 아무 대답도 하지 않았습니다. 그 분노는 사장의 몫이 아니었습니다. 신의 몫이었습니다. 인간에 대한 신의 분노였습니다. 그 누구도 심판할 자격이 없으면서 항상 누군가를 심판하려고 하는 존재, 그게 바로 인간이었습니다. 그러나 차차 화가 가라앉으면서, 제가 저지른 일이 너무나 후회스러웠습니다. 농약이나 뿌리던 시골 비행기들을 상대로 그 많은 총알을 다 써버리다니.

저는 조용히 참회의 기도를 바쳤습니다.

그렇게 새들을 따라 난생처음 적도를 넘었습니다. 새들은 한 마리가 앞장서면 다른 새들이 그 뒤를 양옆으로 쭉 늘어서서, 삐딱하게 놓인 기역자 모양으로 하늘을 날아갔습니다. 그런 기역자가 수백 개나 됐는데, 아침에 날아오르면 그대로 날이 저물 때까지 쭉 날아가는 게 보통이었습니다.

새들을 따라서 한참을 날다보면 어느새 머릿속이 텅 비었습니다. 문득 정신을 차리고 보면 제 비행기 뒤로도 새들이 쭉 늘어서 있었습니다. 물론 새들 사이를 난다는 것은 대단히 위험한 일이었지만, 깜짝 놀라 서툴게 움직였다가는 더 큰 사고가 벌어질 수도 있었습니다. 그래서 그 상태 그대로 서쪽 하늘에 해가 질 때까지 날아가기도 했습니다. 그러면 마음이 그렇게 행복할 수가 없었습니다. 바로 그 순간에 신께서 저를 부르기라도 하시면 저는 그만 감격의 눈물을 쏟아낼 수밖에 다른 도리가 없었습니다.

그렇습니다. 비록 인간들이 만든 교구에서는 저를 버렸을지 몰라도 신께서는 결코 저를 버리시는 법이 없었습니다. 그분은 맨 처음 저를 부르시던 그 음성 그대로 저를 찾으셨습니다. 그리고 저는 분명히 그분의 음성을 들었습니다.

오래전부터 그랬습니다. 제가 기억하는 가장 오래된 기억이 바로 신의 음성에 관한 기억이었습니다. 세 살쯤 됐을까요. 저는 그 느낌이 너무나 좋아서, 이게 뭐야? 하고 어머니께 물었습니다. 누구나 그 소리를 듣는 줄 알았거든요. 하지만 어머니는 제가 도대체 무엇을 말하는지 이해하지 못하셨습니다. 더이상은 설명을 할 수도 없었습니다. 그분의 음성은 평범한 소리가 아니었습니다. 귀를 통해 울리는 것이 틀림없는데 무슨 소리가 들리느냐 물으면 대답할 수가 없었습니다.

목소리야? 아닌데. 웅 하고 울리는 소리가 나? 아무 소리 안 나. 소리라며. 소리 맞는데 아무 소리 안 나. 그냥 몸이 붕 떠오르는 것 같아. 하늘로 떠오르는 기분인데, 몸이 가벼워져. 지금도 그러니? 응. 엄마는 저를 두 팔로 안아보더니 이렇게 말했습니다. 별로 가벼워진 것 같지도 않은데, 어디 아프니?

혼자 조용히 잠든 새벽에 신께서 부르시면 눈을 뜨기도 전에 온몸이 위로 떠오르는 느낌이 들었습니다. 저는 눈을 감고 온몸을 울리는 그분의 음성을 음미했습니다. 천장을 지나 지붕을 뚫고 하늘로 날아올라 구름보다 높이 밤하늘 저편 머나먼 곳 어딘가 그분이 머무는 곳으로 저는 올라갔습니다. 육체의 구속을 벗어나 무게가 하나도 느껴지지 않는 자유로운 영혼만이 그분을 만나기에 적합한 형태로 걸러지고 나면, 저는 신을 만나기 전에 먼저 조금도 더하거나 빼지 않은 진짜 저의 존재와 대면하곤 했습니다. 신은 그다음이었습니다.

그런데 사람들은 아니라고만 했습니다. 그럴 리가 없다고 했습니다. 신이라는 게 실제로 존재하는 게 아니니까. 그리고 그런 현상을 경험했다고 해서 그게 꼭 신이라는 근거는 없으니까. 하지만 저는 당연히 그 말을 믿을 수가 없었습니다. 저는 한 달에도 몇 번씩 신의 존재를 체험했습니다. 그 어떤 감각기관도 거치지 않고 오로지 순수하게 걸러진 제 영혼만으로 그분을 맞았습니다. 그 순간 저는 제가 왜 살아 있는지, 나는 누구이며 어디로 가는지, 내가 얼마나 완성된 존재인지, 세상이란 어떤 의미이고 왜 존재하는지를 모두 깨달았습니다. 언어나 논리로는 설명할 수 없는, 그저 깨달음이라고 밖에는 말할 수 없는 그 무엇인가가 제 안에서 생겨나 저를 가득 채웠습니다. 의심의 여지가 전혀 없었습니다. 신이 아닐 리가 없었습니다. 제가 존재한다는 사실 자체가 그분의 존재를 증명하는 것이었으니까요. 하지만 그렇기 때문에 다른 사람들에게 신의 존재를 증명할 방법이 없었습니다. 존재를 다른 존재에게 전할 방법을 몰랐기 때문입니다.

마약하냐? 안사장이 물었습니다. 어제 저녁에 뜯어먹던 풀이 그런 거야? 그런 거 있으면 좀 내놔봐. 그는 악덕 사장이었습니다. 그는 새들이 자기 소유라고 주장했고, 다른 조종사들을 노예처럼 대했습니다. 그가 없어도 새들은 매년 똑같은 길을 날아갈 것이고, 누구나 마음만 먹으면 새들을 따라다니며 새 유목을 할 수 있었는데도 말입니다.

시장에 배달을 나갈 때면 그는 조종사들이 도망치지 못하도록 감독할 사람들을 꼭 같이 보내곤 했습니다. 사장의 가족은 모두 열 명이었는데, 생각해보면 그 열 명에게는 월급쟁이 조종사들이 다 짐승으로 보였나봅니다. 이동을 할 때면 새들이 가장 낮게 날고 그 바로 위나 옆, 혹은 뒤를 월급쟁이 조종사들이 울타리처럼 감쌌는데, 그보다 훨씬 높은 곳에서 사장 가족들이 새와 비행기 모두를 감시하며 날았습니다. 기관총에 실탄을 장착한 채였습니다. 때때로 강도들이 나타날 때 쫓아내기 위한 것이기도 했지만, 실은 자기 편 조종사들을 겨누는 일이 더 많은 기관총이었습니다. 사장은 제일 높은 곳에서 혼자 고고하게 날았습니다. 비행기는 모두 낡은 복엽기들이었는데, 제일 빠르고 성능 좋은 비행기가 사장 차지인 것은 당연한 일이었습니다. 그러니 그들을 따라다니면서 하는 일이라는 게 재미있을 리가 없었죠.

그래도 저는 남반구로 최대한 멀리 날아가야 했기 때문에 일단은 그 무리를 따라갔습니다. 다른 길은 전혀 몰랐거든요. 평생 성직자로 살아온 저에게 남반구는 완전히 새로운 세상이었습니다. 그런 곳으로 달아나게 될 줄은 꿈에도 몰랐습니다.

그러던 어느 날이었습니다. 저는 새 무리에 섞여 머리를 비우고 연어강 상공을 날고 있었습니다. 아직은 철이 아니었지만 조금만 있으면 연어들이 찰방찰방 튀어올라 금방 지워질 덧없는 발자국을 수도 없이 새겨넣을 파란 수면 위였습니다. 연어 대신 햇살이 드리운 고요한 강물 위로, 비행기 한 대가 우리보다 조금 빠른 속도로 서서히 우리를 추월하며 지나갔습니다.

저는 멍하니 아래를 내려다보고 있다가 석양처럼 선명한 붉은색 비행기가 날아가는 모습을 보고는 정신이 번쩍 들었습니다. 흰 바탕에 검은 십자가가 그려진 세 겹의 날개. 세상에 그런 비행기는 단 한 대밖에 없었습니다.

무사한 건가? 얼른 그날 밤의 기억을 더듬어보니 사실 그렇게 깊이 찌르지는 않은 것 같았습니다. 사람이 죽으려면 그보다 훨씬 처참한 상처를 입어야 하는데 그러려면 찌르는 사람이 대단히 흉포하고 잔악해야 하거든요. 저는 결정적인 순간에 치명적인 상처를 입히지 못한 것이 틀림없었습니다. 그러나 다음 순간, 어쩌면 그 여자가 죽고 나서 다른 사람이 그 비행기를 물려받은 것일지도 모른다는 생각이 들었습니다.

붉은 삼엽기는 무리를 앞질러 저만치 멀어져갔습니다. 일단 어느 쪽인지 확인해야겠다는 생각이 들었습니다. 그때가 아니면 다시는 기회가 오지 않을지도 모르는 일이었으니까요. 만약 그랬다면 평생을 후회하며 살았을지도 모릅니다. 북반구와 달리 남반구는 인구가 너무나 희박해서 상대적으로 세상이 더 커 보이거든요. 그래서 한 번 헤어진 사람을 다시 만나는 일은 도저히 가능하지 않은 것처럼 느껴지고요.

속도를 높였습니다. 왼편에서 날고 있던 새들이 깜짝 놀라 대형을 무너뜨리고 흩어졌습니다. 고도를 낮추었습니다. 새 몇 마리가 따라오다가 문득 정신을 차리고 무리로 돌아갔습니다. 새들이 크게 출렁이자 근처에 있던 비행기들이 물러났다가 다시 자리를 잡았습니다. 위를 올려다보았습니다. 감시기 세 대가 제 쪽으로 날개를 기울였습니다.

저는 엔진 출력을 더 높여 무리 앞으로 치고 나갔습니다. 그 소리에 새들이 모두 놀랐습니다. 추격해오는 비행기들을 흘끔흘끔 쳐다보면서 저는 그 빨간 비행기를 따라갔습니다. 아직 아무 눈치도 못 챘는지 그 비행기는 일정한 속도로 강을 따라 남쪽으로 내려갔습니다. 저는 서서히 거리를 좁혔습니다. 뒤를 돌아봐주기를. 뒤에서 보니 조종사는 가죽투구 대신 모자와 비행용 안경을 쓰고 있었습니다. 그 여자의 얼굴을 떠올려보았습니다. 두려움과 놀라움에 바들바

들 떨던 그 깊고 검은 눈동자를 말이죠.

거리가 점점 가까워졌습니다. 뒤따르던 세 대의 비행기들도 점점 빠른 속도로 거리를 좁혀왔습니다. 그중 한 대가 멀리 허공에 위협사격을 가했습니다. 저는 아랑곳하지 않고 빨간 비행기에 더욱 가까이 다가갔습니다. 그러자 좀더 가까운 곳으로 총알이 날아들었습니다. 총알이 날아가면서 내는 소리가 위협적으로 신경을 파고들었습니다. 하지만 돌아갈 수는 없었습니다. 조금만 더. 저는 그 빨간 비행기와 거의 같은 높이까지 고도를 낮추었습니다. 점점 더 가까이 다가갔습니다. 아주 가까운 곳에서 기관총 소리가 들렸습니다. 그러자 앞서가던 비행기 조종사가 고개를 돌렸습니다. 순간 삼엽기가 오른쪽으로 기울며 크게 흔들렸습니다.

저는 흔들리는 비행기 바로 왼편으로 다가갔습니다. 그러고는 머리에 감은 천을 풀고 안경을 벗었습니다. 바람이 몰아쳤습니다. 뒤에서 총알이 날아와 날개 바로 위를 스치고 지나갔습니다. 위협사격이 아니었습니다. 조준사격을 했는데 실력이 없어서 빗나간 것이었습니다. 돌아가야 했습니다. 하지만 조금 더 버텨야 했습니다. 눈을 뜨기가 어려웠습니다. 저는 빨간 비행기 조종사의 얼굴을 유심히 바라보았습니다. 모자와 안경 때문에 얼굴을 알아볼 수가 없었습니다. 그 여자의 얼굴을 떠올릴 수가 없었습니다.

더 버티지 못하고 결국 속도를 늦추었습니다. 빨간색 비행기가 서서히 멀어져갔습니다. 뒤따르던 비행기들이 다가와 저에게 욕을 퍼부었습니다. 저는 무심히 다시 머리에 천을 덮어쓰고 안경을 썼습니다. 다음 생에서나 만나려나. 다시 무리에 합류했습니다. 새들이 고개를 돌려 제 쪽을 쳐다보았습니다. 무슨 일이냐고 묻는 것 같았습니다. 별일 아니야. 빨간 비행기는 속도를 높여 저 멀리 전설마을 비행장 쪽으로 사라졌습니다.

다음날 오전에 하늘에 나가 있는데 신께서 부르셨습니다. 몸이 하늘로 떠올라 평형감각이 사라져버려 비행기를 가눌 수가 없었습니다. 저는 무리 뒤로 빠져서 비행기 항법장치에 조종을 맡긴 채 신의 음성을 들었습니다.

애가 하는 말이 거짓말이 아닐 수도 있습니다.

이십여 년 전이었습니다. 나그물 신부님은 어느 날 저희 부모님을 찾아와 그렇게 말했습니다. 그리고 다시 한번 제 이야기를 유심히 들으셨습니다. 두 달 뒤에 신부님은 수도원에 있는 동생에게 부탁해서 저를 만나보게 했습니다. 우리가 사는 별 이름이 뭔지 아니? 나니예란다. 그런데 나그네라고 쓰고 나니예라고 읽는다는 사실은 모르지? 옛날 지구에 우리말을 모르는 기술자들이 이 글자를 나니예라고 읽었단다. 그러면서 그분은 종이에 이상한 그림을 그렸습니다. Nagne. 그게 내 이름이다. 알았지? 그네 수사님이라고 부르면 된다.

그네 수사님은 한 달 반 동안 저와 함께 지내면서 저를 유심히 관찰했습니다. 수사님은 우선 저에게 언제 신의 목소리를 들었는지 묻고는, 날짜와 시각을 하나하나 공책에 기록했습니다. 그리고 두 번이나 신께서 저를 부르실 때 제 손을 잡고 옆에 앉아 계셨습니다. 그러던 어느 날이었습니다. 수사님은 저를 불러 이렇게 말씀하셨습니다. 저녁 종이 울리고 조금 있다가 신께서 너를 부르실 거다. 그날, 저녁 종이 울리고 삼십 분 뒤에 정말로 신께서 저를 부르셨습니다. 저는 깜짝 놀라 수사님께 달려갔습니다. 어떻게 아셨어요? 그러자 수사님은 신의 궤도에 관해 설명해주셨습니다. 신께서 공전하시다가 네 머리 위에 이르실 때 저 위에서 너를 부르신단다. 우리는 그분이 공전하신다는 사실을 믿어 의심치 않지만 그분의 음성을 듣지는 못하거든. 그분께서 너를 통해 당신의 존재를 증명하셨단다. 왜 너인지는 알 수 없지만, 너는 축복받은 아이다.

축복받은 아이. 저는 교구로 불려갔습니다. 주교님을 만나고 다른 수사님들을 만난 다음 그대로 성지 근처에 머물며 몇 달을 보냈습니다. 제가 진짜 축복받은 아이인가요? 그럼, 그렇고말고.

하지만 축복받은 아이는 열한 명이나 더 있었습니다. 심지어 그중 하나는 가짜였습니다.

나? 아무것도 안 들려. 그런 거 들은 적 없어.

우리끼리만 있을 때 그가 말했습니다. 그는 저보다 나이가 네 살이나 많은 아이였습니다.

그러고 싶냐? 무슨 마약 먹은 애들도 아니고. 니들 그러고 있는 거 보고 있으면 얼마나 웃긴지 모르지? 특히 너! 너 꼭 그거 같다. 그거 할 때 여자들이 짓는 표정.

그가 저를 보며 말했습니다. 여자아이들 몇 명이 고개를 돌리며 불쾌한 듯 소리를 질러댔습니다. 그가 하는 말이 무슨 뜻인지 아는 모양이었습니다. 하지만 저는 그 말이 무슨 의미인지도 알 수 없었습니다.

그런 게 있어. 애들은 몰라도 돼.

그러던 어느 날이었습니다. 저는 그를 따라 성지 밖으로 나갔습니다. 한 달에 한 번쯤 허락된 외출이었습니다. 허락이 되든 안 되든 저는 외출을 해야 할 필요를 못 느꼈습니다. 그래서 외출날을 기다리지도 않았습니다. 그러나 그날은 달랐습니다. 그를 따라나서지 않을 수 없었습니다. 그가 저에게 그것을 보여주겠다고 했거든요. 저는 그가 말하는 그것이 무엇인지 궁금해서 견딜 수가 없었습니다. 신의 목소리를 듣는 게 그것과 똑같다니. 그런데 그게 뭐가 이상하다는 거지?

그는 어린 저를 어느 술집에 딸린 허름한 숙소로 데리고 갔습니다. 밤이 되자 누군가가 방으로 찾아왔습니다. 여자였습니다. 여자가 물었습니다. 얘는 뭐야? 신경쓰지 마. 뭐냐고. 신경쓰지 말라니까. 수도원 애야. 멍청해서 아무것도 몰라. 그리고 그날 밤에 저는 '그것'을 보고 말았습니다.

내가 저렇다고? 설마! 그럴 리가 없어. 내가 저렇게 추악하다고?

가짜 예언자였다는 사실이 발각된 날, 그는 모두가 보는 앞에서 신의 목소리를 듣는 아이들 흉내를 냈습니다. 신의 음성을 단 한 번도 듣지 못한 사기꾼 예언자. 저는 그가 무엇을 흉내내는지 알 것 같았습니다. 쾌락에 영혼을 맡긴 인간의 육체. 이성으로 통제되지 않는 타락의 증거. 삐져나오는 신음소리 한마디조차 참아내지 못하는 나약하고 더러운 존재의 변명. 반짝반짝 윤기 있게 빛나던 그 여자의 육감적인 잔근육.

그가 대주교님께 말했습니다. 대주교님, 고상한 척은 그만하세요.

천문교 교리의 핵심이 뭔지 여기 와서 다 봤다는 거 아닙니까. 그게 뭔지 알려드릴까요? 자위행위예요, 자위행위. 신이 해주는 자위행위. 그거 보통 마약이 아니라던데요.

그를 죽인 날을 기억합니다. 그가 성지에서 쫓겨나기 직전이었습니다. 며칠만 더 참으면 이제 영영 볼 일이 없을 것이라는 사실을 잘 알고 있었지만, 그럼에도 불구하고 저는 끓어오르는 분노를 도저히 참을 수가 없었습니다. 그의 마지막 한마디 때문이었습니다.

가는 마당에 한마디할게요. 나물이 걔도 가짜예요. 딱 보면 몰라요? 깜둥이잖아요. 다른 애들을 한번 보세요. 여기 깜둥이 예언자가 어딨어요?

화가 났습니다. 통제할 수 없을 만큼. 왜 그랬을까요. 말도 안 되는 소리였고 처음 듣는 이야기도 아니었는데. 어쩌면 그의 말이 사실이었던 게 아닐까요. 그 시절의 저는 어쩌면 그의 말을 믿어버렸던 게 아닐까요. 모조리 부정하고 싶을 만큼 마음속 깊이.

30층 높이의 첨탑이었습니다. 눈앞에 그의 등이 있었습니다. 더러운 육체였습니다. 그보다 더 더러운 영혼이었고요. 난간 없는 전망대, 경계가 명확하지 않은 삶과 죽음 사이, 평생을 수련해도 찾기 힘들 선과 악의 미묘한 균형점. 저는 손을 들어 그의 등을 밀어버렸습니다. 그렇게 그는 사라졌습니다. 바람이 그 자리를 대신 채웠습니다. 시원했습니다.

신의 이름으로…… 그런데 그게 정말로 신의 이름으로 한 행동이었을까요. 저는 나머지 열 명의 축복받은 아이들로부터 떨어져나왔습니다. 너는 분노를 다스리지 못하는구나. 우리는 네가 정말로 신의 아이가 맞는지 의심하기 시작했단다. 저는 성지에서 쫓겨나 성지호위기사단에 맡겨졌습니다. 그곳에서 몇 년을 지냈습니다. 하지만 벼랑 끝에서 그 아이를 밀어내던 순간에 느꼈던 치욕과 분노는 도무지 사라질 줄을 몰랐습니다.

그때부터 저는 사람들에게 신의 음성을 들었노라고 말하지 않았습니다. 아무에게도 알리고 싶지 않았습니다. 안사장도, 다른 조종사들도, 새들조차도 몰랐으면 했습니다. 왜 신을 숨겨야 했을까요? 저는 신께 직접 질문을 던졌습니다. 신께서 저를 부르시는 순간이 었으니까요.

그리고 다시 그 여자가 나타났습니다. 왜 신을 숨겨야 했는지에 대한 대답 대신이었습니다. 저는 고개를 돌려 제 뒤를 따라오는 빨간 비행기를 보았습니다. 날개가 세 장이었습니다. 다시 돌아오다니! 그 비행기가 제 옆을 지나는 모습을 보자 저는 마치 신의 뜻을 알게 된 것만 같았습니다. 그 비행기는 빠른 속도로 무리를 향해 날아가더니 여기저기 흩어져 있는 비행기로 다가가 얼굴을 확인하려는 듯 하나씩 하나씩 조종석을 기웃거렸습니다. 저를 찾아온 모양이었습니다. 반가웠습니다. 새들이 귀찮다는 듯 대형을 일그러뜨렸습니다.

평형감각이 사라져서 마치 우주공간처럼 느껴지는 하늘, 신의 음성이 지배하는 영역을 건너 그쪽으로 날아갔습니다. 그리고 그 옆에서 보안경을 벗었습니다. 그러자 그쪽 조종사도 안경과 모자를 벗었습니다. 숨이 멎는 것 같았습니다. 그 여자였습니다. 머리카락이 바람에 날리고, 저와 두 눈이 마주치자 성전 바닥에 눕혀놓은 그날의 기억이 자리에서 벌떡 일어나 저에게로 날아왔습니다. 살아 있었군요. 저는 미소를 지었습니다. 그러자 여자는 곧 제 시야에서 사라졌습니다. 기수를 들어 세 겹이나 되는 날개로 바람을 막아 속도를 늦추더니 제 비행기 뒤편으로 모습을 감춘 것입니다.

그리고 잠시 후 뒤에서 총알이 날아들었습니다. 새들이 놀라 흩어졌습니다. 백만 마리나 되는 거대한 새들의 무리가 대열을 무너뜨리고 어지럽게 날았습니다. 황급히 조종간에 손을 뻗어 비행기 몸체를 옆으로 비틀며 급강하했습니다. 비행기 몇 대가 놀란 새들 무리 속으로 빨려들어가더니 곧 폭발을 일으키며 추락하고 말았습니다.

뒤에서 기관총 소리가 길게 이어졌습니다. 이미 사라져버린 평형감각을 아예 무시하고 시각에만 의존해서 자세를 바로잡은 다음 간신히 뒤를 돌아보니 빨간 비행기가 저를 따라오고 있었습니다. 근처 마을에서 기관총을 장착하고 따라온 모양이었습니다. 왼쪽으로 크게 선회하는데 다시 총소리가 들렸습니다. 무작정 비행기를 흔들었습니다. 방향감각이 사라져버려 하늘이 흔들리는 건지 제가 흔들리는 건지 알 수가 없었습니다. 비현실적인 광경이었습니다. 그러는 사이에 서서히 신의 음성이 사라져갔습니다. 총알이 오른쪽 날개 끝을 뚫고 지나갔습니다. 조금 뒤에는 총알이 엔진을 관통하면서 프로펠러가 멎었습니다.

뒤따르던 안사장 식구들이 포위망을 좁히며 사격을 가하자 그 여자는 비행기를 좌우로 흔들며 가볍게 추격을 따돌렸습니다. 하지만 저는 뒤를 돌아볼 틈이 없었습니다. 저는 평지를 찾아 아래를 내려다보았습니다. 속도를 늦추고 오른쪽으로 방향을 틀었더니 그리 멀지 않은 곳에 좁은 평지가 눈에 들어왔습니다. 착륙을 준비하려는데 비행기가 난폭하게 날개를 흔들어댔습니다. 그 불쌍한 비행기는 평생 항법장치를 세련되게 다듬을 기회가 한 번도 없었기 때문에, 위급한 순간이 되자 조종사를 믿지 못하고 제 마음속에 펼쳐진 그릇된 세상 속을 마구 날뛰었던 것입니다. 조종간을 꽉 틀어쥐었지만 기체가 낡아서 부품과 부품 사이가 힘있게 조여지지가 않았습니다. 아마도 비행기는 제가 조종간을 꽉 붙들지 못했다고 생각했겠지요.

신께서 침묵하시자 서서히 평형감각이 돌아왔습니다. 놀란 새 몇 마리가 옆을 스치고 지나갔습니다. 부딪치지 말기를. 기수를 아래로 최대한 내렸다가 다시 곧장 위로 추어올렸습니다. 그 순간 비행기가 정신을 차렸습니다. 뭐가 그렇게 두려우니? 그렇게 말하면서 땅으로 내려갔습니다. 움푹 팬 곳을 피해 왼쪽으로 좀더 방향을 튼 다음 흔들리는 기체를 통제하려고 애쓰면서 아래로 내려갔습니다. 비행기는 바퀴가 부러질 듯 강하게 땅에 부딪치면서 운동에너지를 소모하고 서서히 안정을 되찾았습니다. 착륙하는 동안 기체가 옆으로 쓰러지지 않도록 끝까지 발판에 온 신경을 집중시킨 다음 움직임이 멈추자마자 비행기에서 뛰쳐나와 최대한 멀리 달아났습니다. 다행히 폭발은 일어나지 않았습니다.

그때 머리 위에서 으르렁대는 엔진 소리가 들려왔습니다. 위를 올려다보니 그 여자의 빨간 비행기가 내 쪽으로 날아오고 있었습니다. 그쪽으로 돌아서서 조종사를 마주 보는데 조종석 바로 앞 프로펠러 뒤에 설치된 기관총 두 정이 제 심장을 똑바로 겨누는 것 같았습니다. 당겨! 시간이 멈춘 것 같았습니다. 모든 것이 또렷하게 눈에 들어왔습니다. 파란 하늘 색, 비행기 왼쪽으로 드리운 그림자, 그 여자의 피부색, 심지어 프로펠러가 돌아가는 모양까지 눈에 보일 듯했습니다. 당겨! 왜 그런 생각이 들었을까요. 초조했기 때문이었을까요, 죄책감 때문이었을까요. 하지만 그 여자의 비행기 프로펠러 뒤에 숨겨진 두 정의 기관총은 끝내 불을 뿜지 않고 저를 지나쳐갔습니다.

그러자 곧 우리 편 비행기들이 따라붙었습니다. 그 여자는 추격을 따돌리고 멀리 달아났습니다. 하늘 저편으로 사라져가는 모습이 여유롭다 못해 건방져 보이기까지 했지만 우리 비행기들은 성능이 좋지 못해서 도저히 그 비행기를 따라잡을 수가 없었습니다. 뿐만 아니라 새들이 놀라 뿔뿔이 흩어지는 바람에 피해가 너무 커서 추격을 포기해야만 했습니다.

잠시 후에 사장이 비행기를 몰고 제가 불시착한 곳으로 날아오더니 머리 위를 뱅뱅 맴돌았습니다. 두 손을 크게 흔들었지만 사장은 그렇게 세 바퀴를 더 맴돌다가 흩어진 무리를 좇아 어디론가 사라졌습니다. 폭발하지는 않았으니까 비행기를 수거하기 위해서라도 곧 다시 돌아오겠거니, 하고 한참을 기다렸습니다. 하지만 아무도 나타나지 않았습니다.

해가 지고 어둠이 밀려왔습니다. 산이 없어서 하늘이 유난히 넓어 보였습니다. 그 큰 하늘을 태양이 혼자 다 차지했다가 그마저도 서서히 자취를 감추는 순간 대지가 보랏빛으로 물들었습니다. 불길한 별 세 개가 떠올랐습니다. 비행기로 가서 조심스럽게 담요나 물

같은 것들을 꺼낸 다음 다시 재빨리 몸을 피했습니다. 아침까지 기다려야 되나 하고 생각하면서 불을 피우고 나뭇가지를 모았습니다. 어디선가 새 몇 마리가 날아와 불가에 앉았습니다. 어떻게 나를 알아봤을까 싶었는데, 생각해보니 불 켜진 데가 거기밖에 없어서 멀리서 보고 찾아온 모양이었습니다.

이제 도망 안 가도 되나? 이틀을 기다렸지만 아무도 찾으러 오지 않았습니다. 사흘째 날 아침에 비행기 소리가 나서 내다봤더니 관리사무소 비행기 세 대가 하늘을 맴돌다가 불시착한 제 비행기 근처에 착륙을 하더군요. 도망이 아직 끝나지 않은 모양이었습니다. 저는 다시 거지꼴을 하고 사람 사는 곳을 찾아 길을 나섰습니다.

밤하늘을 보고 방향을 가늠한 다음, 공격당하기 전까지 날아가던 방향으로 계속 걸었습니다. 남반구는 북반구보다 마을이 훨씬 적어서 한참을 걸어가도 불빛 하나, 비행기 한 대 찾기가 어려웠습니다. 아무것도 없는 평탄한 땅이 아니어서 목표지점을 보고 걷기 시작해도 언덕을 오르내리고 장애물을 피해가다보면 원래 의도한 방향대로 가기가 쉽지 않았습니다. 하루 이틀 뒤따르던 새들도 어느새 각자 길을 찾아 떠나버리고, 저는 반아줄 곳도 그리운 곳도 없는 세상에 혼자 남겨진 듯 그저 걷고 또 걸었습니다. 날은 그렇게 춥지가 않았고 먹을 것은 풀을 뜯어먹든지 열매를 따먹든지 대충 해결이 되는데, 심심한 건 어떻게 해볼 도리가 없었습니다.

십 년간 수도원 생활을 통해 한 시간 단위로 세밀하게 구분된 시간 속에서 살아왔는데 종탑도 없고 시계도 없는 곳에 남겨지자 불과 며칠 만에 시간이 낮과 밤, 딱 두 덩어리로 나누어졌습니다. 그리고 점점 기력이 약해졌습니다. 의식이 흐려져서, 이따금 하늘에 빨간 비행기가 새들처럼 무리를 지어 날아가는 모습이 보였는데, 그게 진짜인지 상상인지 알 수가 없었습니다. 그저 왜 자꾸 따라오는 거야, 싶을 뿐이었습니다.

그리고 산짐승들이 따라붙었습니다. 제가 쓰러지기를 기다리는 듯 멀리서 집요하게 따라붙는 것이 느껴졌습니다. 마음속의 죄책감이 아직도 깨끗하게 지워지지 않고 남아서 나를 괴롭히나보다 하고 생각했는데, 낮에 보니까 진짜 살아 있는 짐승이었습니다. 처음에는 싸워볼까도 했지만 나중에 보니 한두 마리가 아니어서 포기했습니다.

그냥 계속 걷는 수밖에 없었습니다. 먹을 것을 찾아다닐 여유도 없었습니다. 멈춰 서면 다가오고 움직이면 물러나고, 그런 식이었거든요. 낮에도 쉴 때는 불을 피웠습니다. 결국은 질 싸움이라는 생각도 들었습니다. 죽는다는 생각은 하지 않았습니다. 신께서 저를 버리지 않으셨으니까요. 그 믿음이 없었다면 아마 거기까지 닿기도 전에 쓰러졌을지도 모릅니다. 신에 이르는 길을 완성하기 전까지는, 틀어져버린 신의 궤도를 예측하는 완전한 이론과 그 이론을 검증할 정교한 망원경을 손에 넣기 전까지는, 저는 도저히 죽을 수가 없었습니다. 쓰러지다니요. 절대 그럴 수는 없었습니다.

어떻게 거기까지 갔는지는 사실 생각도 잘 안 납니다. 기계적으로 한 발 한 발 떼다보니 어느 순간부터는 아프지도 않고 힘들지도 않았거든요. 작은 태양농장이었는데, 바닥에 쫙 깔려 있는 태양전지를 보자마자 저는 그만 정신을 잃고 말았습니다. 그리고 눈을 떠보니,

"구조됐군요."

그렇습니다. 사람들에 둘러싸여 있더군요. 안사장이 구하러 왔나 하는 말도 안 되는 생각도 잠깐 들었는데, 둘러보니 아는 얼굴이 하나도 없었습니다. 사실 연행되는 줄 알았습니다. 납치되거나. 저를 뒤쫓는 게 관리사무소만은 아니었거든요. 이론신학회 호위기사단이 저를 발견했다면 딱 그런 식으로 납치했겠죠.

"하지만 여기는 지난의 영역이라서 관리사무소나 천문교 사람들이 그렇게 활개치고 다닐 수는 없거든요. 아무튼 그다음은 어떻게 됐나요?"

그다음은, 예, 다시 그 여자를 만났습니다. 제가 누워 있던 천막에 그 여자가 들어왔습니다. 눈이 마주쳤는데, 기분이 묘했습니다. 둘 다 아무 말도 안했지만, 마치 긴 이야기를 나누는 것 같은 기분이었습니다.

용서를 바라지는 않았습니다. 제가 그 여자를 용서할 일도 없다고 생각했습니다. 서로 한 번씩 상대를 죽기 직전까지 몰아갔으니까요.

괜찮냐고 묻더군요. 저는 고개를 끄덕였습니다.

"반가웠나요?"

신을 대면한 것만큼 반가웠습니다.

"그리고요?"

다시 정신을 잃었습니다. 한참 뒤에 다시 정신을 차리고 나자 그 여자가 그동안 일어난 일을 이야기해주더군요. 이 편대를 만났다고. 안사장이 근처 관리사무소 지사에 자기를 강도로 신고하는 바람에 마침 갈 데가 없어졌는데, 이 편대가 지나가다가 자기를 발견하고는 동력이 다해 착륙을 해야 할 때까지 따라오더라고.

"그랬죠. 하지만 도와주려고 한 거였어요. 은경씨 비행기 때문에요. 정확히 말하면 은경씨와는 상관없이 그냥 그 비행기 때문이에요. 지난의 색깔로 색칠한 비행기거든요. 초원의 규칙인데, 모든 유목조종사는 지난의 빨강으로 색칠한 비행기를 도와야 해요. 사실 은경씨를 만나기 전에 관리사무소에서 내린 수배령을 들었거든요. 빨간색 삼엽기에 현상금이 걸렸더군요. 그런데 막상 그 비행기를 만나고 보니 그냥 빨간 비행기가 아니라 지난의 빨강이었어요. 그냥 지나칠 수가 없게 된 거죠. 그랬더니 은경씨가 편대장님한테 도움을 청하더라고요. 초원에 불시착한 비행기가 한 대 있는데 조종사의 생사를 알 수가 없다고. 수색을 도와달라고요."

도와달라고 했다고요? 그랬군요.

"네. 그럼 다시 하던 이야기로 돌아가서, 그다음은 어떻게 됐나요?"

그다음이요? 그 여자에게 물었습니다. 왜 다시 돌아왔냐고요. 여자는 대답을 하지 않았습니다. 무슨 말인가 하려다가 그만두는 것 같았습니다. 하지만 저는 듣지 않고도 그 대답을 알 것 같았습니다. 할 말이 없는 게 아니라, 단지 말로 할 수 없을 뿐이었을 겁니다. 아무튼 그 여자한테는 제가 필요하니까요. 정확하게 말하자면 신의 궤도가 필요한 거였겠지만 말입니다.

미안해요, 하고 그 여자가 말했습니다. 신의 궤도를 훔치려던 건 아니었어요. 성전에 불이 켜져 있는 걸 보고 사고라도 난 건가 정말로 걱정스러운 마음에 찾아갔던 거예요. 아마 오해가 있었을 거예요. 그러더군요. 말하지 않아도 알 수 있는 이야기였습니다. 그 여자가 피를 흘리며 성전 바닥에 쓰러져 있는 모습을 보는 순간 이미 깨달았던 일입니다. 그 여자는 첩자가 아니었습니다. 당연히 그랬겠지요. 왜 그걸 의심했을까요.

미안해하는 그 여자의 얼굴을 보면서 참 허무하다는 생각이 들었습니다. 오해의 근원이었던 신의 궤도에 관한 비밀이 이제는 지키려고 애쓸 필요조차 없는 게 돼버렸으니까요. 이렇게 쉽게 쫓겨날 줄 알았으면 처음부터 비밀을 지키지 말걸 그랬다는 생각이 들었습니다.

"그럼 그 뭐냐, 그 연구라는 건 계속하실 건가요?"

그러고 싶지만 그럴 수가 없죠. 망원경이 없으니까요. 자료도 못 챙겨왔고.

"이제 어쩌실 생각인가요?"

모르겠습니다. 어디로 가야 할지, 뭘 하고 살아야 할지 모르겠어요. 저한테는 제가 도망쳐온 그 섬이 막다른 길이었거든요. 더 쫓겨날 곳도 없고, 더 가면 벼랑일 줄로만 알았어요. 이렇게 멀리 날아올 줄은 생각도 못 했죠. 이제 저한테는 남은 게 아무것도 없는 것 같아요. 저한테 남반구는 존재하던 세상이 아니니까요.

"심오한 이야기군요. 그럼, 이건 어떨까요? 우리 편대장님이 꼭 전해달라고 한 이야기인데요. 두 분을 보호해드릴 용의가 있으시다는군요. 아까도 말씀드렸지만 은경씨를 보호하는 건 우리 의무이기도 하고요. 같이 가실 생각이 있으신가요?"

같이요? 음, 잘 모르겠어요. 뭐가 뭔지 아직 하나도 모르겠어요. 보호해주시겠다는 말씀은 감사하기는 하지만 저는 이 편대가 무슨 일을 하는지 도무지 감을 못 잡겠어요. 새 유목민도 아닌 것 같고.

쫓겨나기는 했지만 저는 그래도 성직자거든요. 아무 일이나 하고 살 수는 없을 것 같습니다.

"새 유목 하시면서 안 좋은 걸 많이 겪으셨나보군요. 하지만 우리 일은 그렇게 나쁜 일은 아니에요. 비행기를 유목하는 일인데요. 자동항법장치 훈련시켜서 시장에다 내다팔기도 하고. 요즘은 비행기 채색 일도 하고."

네? 뭘 한다고요?

"낯설죠? 차차 알게 되실 거예요. 아마 좋아하실걸요. 아, 잠깐만요, 시간이 벌써 이렇게 됐네요. 그럼 자세한 이야기는 따로 하기로 하고, 일단 이것부터 마무리할게요. 수사님은 잠시만요. 자, 애청자 여러분, 오늘 순서는 여기까지입니다. 어떠셨나요? 매일 조종석에만 앉아 있다보면 땅 위를 걷는 기분이 어땠는지, 맨발에 닿는 흙의 감촉이 어떤 거였는지, 다들 기억이 가물가물하시죠? 비 오는 날이나 장마철에 비행이 없는 틈을 타서 가끔 먼 길 한번 걸어보시는 건 어떨까요? 한줌편대 이동관제탑, 저는 관제사 조윤희였구요, 오늘 재미있는 입담으로 파란만장한 탈출기를 들려주신 이야기 손님은 신학자 나물 수사님이었습니다. 내일은, 나물 수사님과 함께 새롭게 합류하신 분이죠. 김은경씨를 모시고 이야기를 들어보겠습니다. 그럼 저는 내일 이 시간에 다시 찾아뵙겠습니다. 그때까지 여러분, 안전운항하세요!"

제국의 콩차

"지난을 몰라요? 이 세상의 지배자이자 초원과 하늘을 떠도는 온갖 유목민들의 보호자. 들어본 적 없어요?"

"처음 듣는데요."

"어떻게 자기 지배자 이름을 모를 수가 있지? 아무리 성직자라지만 너무하잖아요. 세상이 어떻게 돌아가는지에도 관심 좀 가지세요."

관제사 조윤희가 말했다. 그러자 옆에서 듣고 있던 은경이 물었다.

"지배자는 행성관리사무소장 아닌가요?"

"당연히 아니죠."

"전 세계에 관리사무소 직영 비행장만 257개나 돼요. 그걸 관리하는 사람이 지배자가 아니면 도대체 누구를 지배자라고 불러요?"

"비행장만 많다고 세계를 지배하나요? 그 사람은 그냥 비행장만 지배하는 거예요. 나머지는 다 우리 거고. 우리는 활주로도 필요 없어요. 그냥 풀밭에서 뜨고 내리고, 태양광 발전소에서 무료로 충전하고, 지들한테 아쉬울 거 하나도 없는데."

"그래도 비행장에서부터 비행기 닿는 데까지가 전부 관리사무소 영향권이잖아요. 웬만한 데는 다 포함될 텐데요."

"아니, 비행장 근처가 왜 다 지 거예요? 지들이 우리랑 싸워서 한 번이나 이겨봤으면 말을 안 해. 제공권은 우리 거거든요. 걔들은 상대도 안 돼요."

편대는 남반구 유목민들의 칸, 지난을 찾아가는 길이었다. 하지만 나물은 지난이 남반구를 지배한다는 말이 이해가 안 갔다. 지난에게는 수도(首都)도 없고, 하다못해 왕궁도 없었다. 그저 비행기 천오백 대를 이끌고 남반구 전역에 흩어져 있는 무인 태양광발전기, 태양농장을 따라 떠돌아다닐 뿐이었다. 그가 보기에 유목민들은 세계를 지배하는 것은 고사하고 자기들끼리 서로 연락조차 잘 닿지 않는 것처럼 보였다.

그를 받아준 한줌편대는 복엽기 육십 대와 수송기 한 대로 이루어진 작은 편대였다. 그중 여덟 대가 조종사가 있는 비행기였고, 나머지 쉰세 대는 조종사 없이 항법장치로만 날아다니는 가축비행기였다. 그들은 정말로 비행기를 기르고 있었다.

"이게 돈이 돼요? 잡아먹을 수 있는 것도 아니고. 비행기가 알을 낳는 것도 아니고. 유지비만 들 텐데. 동력은 태양농장에서 공짜로 구한다고 쳐도 인건비나 수리비는 계속 들어갈 거 아니에요?"

은경이 물었다. 그러자 조윤희가 대답했다.

"그래 보이죠? 얘기가 좀 긴데, 아무튼 돈이 돼요. 금융이라는 게 좀 그래요."

"금융이요?"

나물 수사는 가축비행기 한 대를 얻어타고 은경의 빨간색 삼엽기 근처에서 편대를 따라다녔다. 꾀죄죄하게 먼지가 잔뜩 낀 다른 유목비행기들과는 비교가 안 될 만큼 아름다운 비행기였다. 그런데 한참을 날아가다보니 뭔가 이상한 점이 있었다.

"은경씨. 그 비행기 혹시 꺼져 있어요? 그러니까, 항법장치가요."

"네? 네."

그 비행기는 편대에서 가장 아름다운 비행기임에 틀림없었지만 겉보기와는 달리 이미 죽은 비행기였다. 엔진도 조종장치도 정상적으로 작동하지만 항법장치가 작동하지 않는 영혼 없는 비행기. 신부를 꾸미듯 빨간색으로 아름답게 꾸며놓기는 했지만 결국은 화려하게 장식된 시체같이 섬뜩한 느낌을 주는 비행기였다. 그래서 은경은 편대에 섞이지 못했다. 다른 가축비행기들이 두려워했기 때문이다. 그 사실을 깨닫자 다른 유목민들이 나물 수사에게 이렇게 속삭였다.

"쟤 말이야, 생긴 건 멀쩡한데 얘는 좀 이상한 것 같아."

그렇게 유목에 방해가 되는데도 불구하고 그들이 은경을 싫어하지 않는 것은 단지 지난의 명령 때문만은 아니었다. 은경의 비행기가 나타나면서 편대는 고객을 끌어모으기가 훨씬 더 쉬워진 모양이었다. 예전에는 실물을 보여주지 않고 호객을 해야 했기 때문에 아무래도 설득력이 떨어질 수밖에 없었지만, 은경이 합류한 뒤에는 그저 삼엽기를 몰고 마을 상공을 한차례 저공비행해 보이는 것만으로도 사람들의 관심을 단번에 끌어모을 수가 있었다.

"이 색깔 좀 보세요. 이게 그냥 빨강이 아니거든요. 아시죠? 북반구에서는요, 재산이 얼마고 지위가 뭐고 정원에 무슨 나무를 심었고 그런 거 다 필요 없어요. 아무 말 필요 없이 이 색깔로 칠한 비행기 한 대만 딱 띄우면 온 동네가 다 잠잠해지는 거거든요. 지난을 직접 만났다는 증거 아니겠어요? 돈만 있다고 되는 게 아니거든요. 시간과 정성이 필요한 거니까요. 그런데 이제 직접 칸을 찾아가실 필요가 없게 됐어요. 저희가 배달해드리니까요. 지금 등록하시면 돌아오는 배송비는 특별히 무료로 해드립니다. 신청하세요."

나물이 보기에 조윤희는 관제사가 아니라 장사꾼이었다. 그는 비행장도 없는 유목편대에 도대체 관제사가 왜 필요한지 알 수가 없었다.

"그런데 윤희씨는 이름만 보면 딱 관리사무소 직원 같아요."

"아, 그게요, 그쪽 채용시험 봐서 출세하라고 지은 이름이거든요. 우리 편대장님, 저래 봬도 신분상승욕에 불타는 꿈 많은 아빠였대요."

편대는 몇 달 동안이나 전 세계를 돌아다니며 비행기들을 모집해 온 모양이었다. 모두 지난의 빨강으로 색칠할 비행기들이었다. 황혼을 닮은 빨강. 그 사람들이 하는 말이 틀리지 않다면 지난은 세상의 지배자가 아니라 예술가나 장사꾼이 틀림없었다.

그렇게 모아온 비행기들을 이끌고 편대는 지난이 있는 곳으로 기수를 돌렸다. 그런데 문제는, 편대장이 지난의 현재 위치를 전혀 모른다는 사실이었다.

"그걸 모르고 어떻게 이 장사를 해요? 말 맞춰놓은 거 아니었어요?"

은경의 말에 편대장 조가양이 대답했다.

"맞춰놓긴. 헤매다보면 만나겠지 뭐. 작은 편대도 아니고, 천오백 대나 되는 비행대가 숨으면 어디로 숨겠어?"

"약속도 안 해놓고 어쩌자고 그렇게 비행기를 맡아왔어요?"

"약속? 했어."

"그런데 왜 어디 있는지 몰라요?"

"좀 오래됐거든."

"얼마나?"

"글쎄, 한 삼십 년 됐나? 윤희가 올해 서른넷이지? 그렇지? 윤희야."

"네."

"그럼 딱 삼십 년 됐네. 그때 얘가 요만했으니까. 전쟁 때였어. 우리 아버지가 바람농장을 갖고 있었거든. 풍차가 열일곱 개나 되는 제법 큰 농장이었는데, 그때가 아마 지난이 북반구까지 진출했다가 관리사무소하고 시비가 걸려서 다시 남하하던 때였을 거야. 말하자면 퇴각하는 길이었는데, 우리 농장에 들렀거든. 자기 비행기가 칠백 대 있는데 충전하려면 얼마나 걸리겠느냐고 묻더라고. 우리 아버지가 그때, 적어도 한 사흘은 걸리겠다고 그랬을 거야, 아마. 그랬더니 지난이, 사흘이면 너무 늦다고, 이틀 안에 끝내달라 그러면서, 징발돼서 관리사무소로 들어가는 전기까지 이쪽으로 끌어달라고 그랬거든. 그건 안 된다고, 그러면 당신들 도와준 거 빤히 티가 날 텐데 그 뒷감당을 어떻게 할 거냐고 아버지가 따져 물으니까, 그 양반이 가만히 생각해보더니 그러면 자기가 인질을 하나 잡아가겠다고 그러는 거야. 아버지가 들으니까 환장할 노릇이지. 전기 내놓으라는 걸로도 모자라서 인질까지 내놓으라니. 그런데 그때 지난칸이 하는 말이, 아들을 인질로 잡아가는 바람에 어쩔 수 없이 전기를 돌려줬다 그러면 괜찮을 거라고 그러는 거야. 내가 옆에서 듣고 있다가 아들 이야기가 나오는 바람에 깜짝 놀랐지. 왜 하필 나야. 그런데 아버지가, 좋다고, 알겠다고 그러는 거야. 이 무슨 날벼락인가 싶었지. 대신 아버지가 조건을 걸었어. 그렇게 해주면 보상으로 뭘 주겠느냐고. 둘이 뭔가 협상을 하긴 한 것 같아. 계약이 성사가 됐으니까. 조건이 뭐였는지 나는 듣지도 못했어. 그렇게 인질로 잡혀서 남쪽으로 날아가는데, 그냥 생각만 해도 기가 막힌 거야. 못살게 구는 사람은 아무도 없었지만, 남의 싸움에 괜히 나만 바보된 거잖아. 그래서 내가 지난을 찾아갔어. 그때는 아직 칸이 아니었으니까. 내가 그 양반한테 물었지. 우리 아버지는 자기한테 손해날 일 없으니까 나를 인질로 맡겼다고 치고, 나는 무슨 보상을 얻을 수 있냐고. 보상이 필요하냐고 그러더라고. 그렇다 그랬더니, 원하는 걸 이야기하래. 근데 막상 이야기하라 그러니까 뭐가 생각이 나야 말이지. 그런데 그 양반이 그러더군. 자기가 지금 전쟁에 지면 대단한 거 해줄 처지가 못 될지도 모르니까 큰 약속은 못 하겠다고. 대신 자기가 비행기를 좀 예쁘게 칠할 줄 아는데, 나중에 언제든 가지고 오면 칠해준다고 그러는 거야. 나는 그 사람 색깔이 그렇게 유명한지도 몰랐어. 달리 생각나는 것도 없어서 그냥 알았다고 했지. 대신, 한 대 가지고는 안 된다고 했어. 몇 대나 칠해주면 되겠냐고 그러는데, 한두 대는 아닐 거라고 했지. 그랬더니, 가지고 오는 대로 칠해주겠다고, 분명히 그렇게 말했어. 약속은 꼭 지킨다고."

그러나 세상은 편대장이 생각하는 것보다 훨씬 크고 넓었다. 여기저기 수소문해가며 한 달을 헤맸지만 그들은 도무지 지난을 찾을 길이 없었다.

"이거 다 색칠해서 배달까지 마치려면 시간이 빠듯하겠는데. 이 양반은 도대체 어디로 가셨나 그래."

그러던 어느 날 인근 지역으로 정찰 나간 비행기가 근처 태양농장에서 지난이 머물다 간 흔적을 발견했다. 일행은 곧 추적에 나섰다. 대규모 비행대가 머물다 간 흔적이 분명했다. 그러나 그뿐이었다. 지난 일행이 그곳에서 전지를 충전한 다음 어느 방향으로 기수를 돌렸을지 짐작게 하는 단서는 아무것도 없었다.

"단서가 없긴 왜 없어. 이게 있잖아."

편대장이 말했다. 나물은 그쪽으로 다가갔다.

"그게 뭔데요?"

"볶은 콩."

편대장 조가양은 그저 푸근한 중년 아저씨 같은 인상을 하고 있었지만, 보기보다 훨씬 날카롭고 섬세한 사람이었다. 그는 그 콩을 수송기로 가져갔다. 편대 본부로 쓰는 큰 비행기였다. 그리고 화물칸 한쪽 구석에 놓여 있던 기계에 콩을 넣고 갈았다. 거기에 뜨거운 물을 부은 다음 천으로 찌꺼기를 걸러내자 짙은 갈색을 띤 차 석 잔이 나왔다.

"제국의 콩차라는 거야. 마셔볼래?"

나물 수사는 잔을 받아들었다. 그러나 찻잔을 선뜻 입으로 가져가지는 못했다.

"이게 단서가 되나요?"

"그럼. 올해 막 수확한 콩으로 만든 차거든. 작년 게 아니라. 여기는 사람이 적어서 관리사무소처럼 마을마다 사람을 보내지를 못해요. 전부 다 다니면서 다스릴 수가 없고 또 칸이 세금을 따로 걷는 것도 아니니까 상징적인 의미로 각 지역에서 생산한 콩을 섞어서 이렇게 제국차로 만들거든. 말하자면 각 지역에서 칸에게 바치는 세금이지. 아주 비싼 건 아니야."

"그런 게 있었군요."

"콩차라는 게, 생산되는 지역이나 품종에 따라서 신맛, 무거운 맛, 입에 감기는 맛, 향, 이런 게 다 다른데 그걸 적절히 섞어서 제일 좋은 맛을 만들어내는 게 관건이야. 그런데 이게 해마다 작황이 다르거든. 그러니까 매년 똑같은 맛을 내려면 맛을 잘 아는 사람이 그해 경작상태를 보고 어느 지역 콩을 어느 정도로 섞어야 할지를 잘 판단해야 돼. 전문가가 그렇게 비율만 잘 판단하면 매년 같은 맛, 같은 향을 낼 수 있는데, 근데 이건 좀 달라. 이 계절에 칸에게 진상되는 제국차는 좀 특별해. 이건 맛을 기준으로 섞는 게 아니라 무조건 경작지역별로, 맨 첫해에 콩을 섞은 비율대로 섞는 거거든. 그런 걸 만들어서 남반구 전역에 퍼져 있는 태양농장 오십 군데에 설치된 저장소에 배포해두는 거야. 칸을 찾지 못하더라도 제때 콩차를 진상할 수 있도록 말이야."

"그런데 그렇게 섞으면 맛이 변한다면서요. 왜 칸한테 그런 걸 진상해요?"

"변하니까. 어디에 비가 많이 왔다거나 가뭄이 심했다거나 그러면 맛이 변하겠지. 칸은 그걸 마셔야 되는 거야. 왜냐하면, 칸이니까."

편대장은 차를 한 모금 마시고는 천천히 말을 이었다. 본인 의도와는 달리 그다지 중후해 보이지는 않았다. 그런 우아한 동작을 하기에 편대장은 팔이 너무 짧고 굵었다.

"이렇게 차 한 잔으로 제국 전체를 음미하는 거지. 그러다 뭔가 발견했을 거야."

"뭘요?"

"거 봐, 거 봐. 내 이럴 줄 알았어. 차맛이 이게 뭐야. 내 예상이 맞았어. 이러니 칸이 그냥 지나칠 수가 없었던 거야. 맛이 이렇게 확 죽었는데 칸이 모르겠어? 이 차 한 잔이면, 다음에는 어디로 날아가야 할지가 정해지는 거지. 지난해 작황이 제일 안 좋았던 데로 말이야."

관제사가 수송기 한구석에 쪼그리고 앉아서 두 사람의 이야기를 듣고 있다가 자리에서 벌떡 일어났다.

"그런 거였구나. 그래서 칸한테 진상하는 게 더 맛이 없었군요. 저도 좀 줘보세요."

관제사는 그렇게 말하면서 성큼성큼 다가오더니 탁자 위에 놓여 있던 나머지 한 잔의 제국차를 집어들었다. 그러고는 알 수 없는 표정으로 차를 음미하더니 곧 찻잔을 내려놓고 이렇게 말했다.

"음, 전혀 모르겠는데요. 뭐가 달라졌는지."

'뭐가 달라진 거지?'

황소장은 관리사무소장 집무실 바닥에 누워, 천장에 펼쳐진 거대한 위성사진을 올려다보았다. 전에 없던 커다란 구멍이 눈에 들어왔다. 무언가 거대한 폭발의 흔적이었다. 꽤 큰 피해를 입었을 게 분명한데 아직은 아무 보고도 들어오지 않았다. 관리사무소 지사가 설치되어 있지 않은 지역이었기 때문이다.

새로 구멍이 난 자리에는 원래, 구멍이 있었다. 그래서 유심히 들여다보기 전에는 어떤 변화가 일어났는지 알아차리기가 어려웠다. 자세히 들여다보지 않았다면, 황소장 역시 뭐가 잘못됐는지 전혀 알아차리지 못했을 것이다. 차라리 그랬으면 좋았을 것을. 그러나 불행히도 그는 그 구멍이 계속 눈에 거슬렸다.

천천히 자리에서 일어나 천장을 올려다보았다. 확실히 예전보다 구멍이 커진 것 같았다. 그렇게 큰 구멍은 전에 본 적이 없었다. 옆에 놓고 비교할 사진이 없는 게 아쉬웠지만 사람을 보내 현장조사를 해보면 금세 답을 얻을 수 있는 문제였다.

황소장은 생각에 잠겼다. 소행성이든 뭐든, 예전에 떨어졌던 곳에 다시 한번 뭔가가 떨어졌다면 그것은 도저히 우연일 수가 없었다. 당장 관리사무소장 집무실 바닥에 누운 채로 천장 화면에 비친 어느 한 지점을 향해 무언가를 집어던져보면 알 수 있다. 그렇게 작은 목표물은 절대로 우연히 맞출 수 없다. 그것도 두 번이나 연속으로 같은 지점을 겨냥한다는 것은, 누군가가 일부러 한 일이라고밖에는 볼 수 없었다.

'경라기금인가? 원하는 곳에 소행성을 떨어뜨릴 수 있는 존재라

면 행성 전체를 날려버리는 것도 가능했을 텐데.'

아니, 행성 전체를 날리는 것보다 소행성을 원하는 위치에 갖다 놓는 게 더 어려운 일일지도 몰랐다. 아무튼 무력시위가 분명했다. 무슨 일을 할 수 있는지와 무슨 일을 하지 않았는지를 동시에 보여주는 일. 섬뜩한 일이었다. 하지만 어쩌라는 걸까.

협상의 여지는 거의 없었다. 어쩌면 관리사무소 소유 부동산 전체, 즉 나니예 자체를 통째로 내주고 장기임대계약을 맺는 형태로 피해보상이 가능할지도 몰랐다. 하지만 관리사무소는 임대료를 지불할 수가 없었다. 상대는 오로지 보복을 위해, 그것도 무려 십오만 년이나 전에 만들어진 괴물 같은 기금이었다. 그 괴물을 달래기 위해 관리사무소가 도대체 어떤 지불수단을 사용할 수 있을까. 답이 나오지 않았다.

그는 기금 측이 협상의 여지를 주지 않고 무조건 총공격을 감행하기를 내심 바랐다. 그렇게 된다면 골치 아플 이유가 전혀 없었다. 그냥 죽으면 그만이었다. 그런데 공격이 아니라 무력시위라니. 협상을 하자는 뜻이었다. 골치 아픈 일들이 잔뜩 벌어질 것이라는 의미이기도 했다.

'그런 끔찍한 일을 당했는데 왜 보복을 안 하겠다는 거야? 그렇게 인심 좋은 보장기금이 어디 있어?'

행복한 날들은 모두 끝났다. 부소장을 괜히 제거했나 하는 후회가 일기도 했다. 소장 겸 부소장, 그게 바로 현재 그의 직함이었다. 할 일이 너무 많았다. 강등인지 등극인지 구분이 안 됐다.

비서실장을 불러 조사반을 보내도록 지시했다. 그러자 장실장이 이렇게 물었다.

"조용히 알아볼까요, 아니면 경비대 병력을 보낼까요?"

"경비대는 왜?"

"남반구 쪽에서 장악한 구역입니다."

"거의 적도 쪽인데. 남회귀선 북쪽 아니야? 여기도 지난 손에 들어가 있어?"

장실장이 고개를 끄덕였다. 생각처럼 간단한 문제가 아니었다. 하지만 우물쭈물 망설일 여유도 없었다. 그는 천문교 하난산 성지 대교구에 사람을 보내, 대주교 최신학이 부소장 최홍선과 무슨 일을 꾸몄는지 이미 알고 있다는 뜻을 전했다. 협조하라는 의미였다.

"그렇군."

하난산 성지 대교구장 최신학 주교는 몇 주 전부터 이미 김은경의 행방을 예의주시하고 있었다. 그는 나니예의 노인지배체제를 대표하는 또하나의 축으로, 고위 성직자들 사이에서는 '그렇군 대주교'로 알려진 부드럽고 유연한 성격의 지도자였다. 그는 나물 수사가 새 유목민들을 따라다니던 시절부터 그의 위치를 정기적으로 보고받고 있었다.

"그렇군."

주교관 비서 이양학은 최주교의 반응에는 신경도 쓰지 않고 하던 이야기를 계속했다.

"예, 그 말은 황소장이 다시 업무를 재개했다는 이야기입니다."

"그런가."

"사실은 이미 오래전에 재개한 것으로 봐야 합니다. 관리사무소에서 최홍선 부소장의 싹을 한 번에 잘라낼 기회를 잡을 때까지 바보 흉내를 내고 있었던 모양입니다."

"그래?"

"협조하라면서 특사를 보내왔는데, 결국 김은경의 위치를 내놓으라는 겁니다. 되도록이면 신의 궤도도 내놓으라는데, 둘 다 우리 손에 없다고 해도 안 믿더군요."

"그렇군."

"나물 수사가 우리 통제에서 벗어났다는 사실을 인정하지 않는 것 같습니다. 특사는 그 두 사람이 지난에게로 넘어간 게 우리 쪽 계획이라고 생각하더군요. 이대로 가다가는 성지에 경비대 병력을 주둔시키기라도 할 모양입니다. 샘터 성지에서 벌인 일을 보면 충분히 그러고도 남을 겁니다. 성지호위기사단을 대기시키겠지만 역부족일 거고. 주교회의에서는, 어차피 오해받은 거, 진짜로 지난과의 동맹을 생각해보자는 의견도 있었는데요, 아직 그걸 검토할 단계는 아닌 것 같습니다. 이론신학회 쪽에서도 거부권을 행사할 거고요. 일단 관리사무소 쪽에 뭔가를 내주면서 시간을 끌어봐야 할 텐데요."

"그래야겠지."

"알겠습니다. 조치해보겠습니다. 아, 그리고 남반구 쪽은 움직임이 심상치 않습니다. 지난이 여름 유목로를 지나지 않고 이상한 곳으로 이동했다던데요."

"그래?"

"예, 그쪽도 조사해보겠습니다."

"그래."

물론 천문교는 밤하늘에서 일어나는 변화를 관리사무소보다 훨씬 더 일찍 파악하고 있었다. 그리고 당연히 그는 세 개의 이상한 별이 서서히, 그러나 사실은 대단히 빠른 속도로 나니예를 향해 다가오고 있다는 사실을 잘 알고 있었다. 또한 고객 이십만 명을 실어 나르던 우주선에 무슨 일이 일어났는지에 대해서도 대충은 짐작하고 있었다.

최주교는 자신이 알고 있는 정보들을 하나씩 짜맞췄다. 몇 달 전에 이미 경고가 갔을 것이다. 세 개의 별이 점멸하는 현상이 나니예 전역에 퍼져 있는 망원경에 포착되던 날, 아마 무슨 일인가가 시작됐을 것이다. 발신인이 누구인지는 분명하지 않지만 수신인은 아마도 관리사무소장이었을 것이다. 그 신호에 가장 민감하게 반응하고 있는 이론신학회 학회교구 교구장 문주교는 사실 원래 정해진 수신인이 아니라는 뜻이다. 그런데 황소장은 나니예의 운명에 관해 그 누구의 의견도 구하려 하지 않았다. 다만 다른 사람들이 알고 있는 것을 캐내려고 애쓸 뿐이었다. 물론 그는 그럴 권리가 있었다. 행성 관리인이니까.

하지만 천문교에서도 절대 포기할 수 없는 일이 있었다. 신이었다. 그리고 신에게 이르는 계단, 바로 궤도비행 조종사 김은경이었다. 김은경을 황소장에게 빼앗길 수는 없었다. 최주교에게 김은경은 예언자만큼이나 중요한 인물이었다. 천문교에서는 김은경이 곧 신에게 도달하는 열쇠라고 믿었다. 특히 상징적이고 종교적인 의미에서 더 그랬다. 성지기록보존소에는 그렇게 믿을 만한 근거가 충분히 축적되어 있었다.

그러나 황소장은 은경을 그저 궤도비행 조종사로만 생각했다. 신에게 전해야 할 열쇠가 아니라 그저 신에게 이르기 위한 물리적 운반수단에 불과하다는 입장이었다. 부소장 최홍선이 제거되자 그 입장은 곧 관리사무소 전체의 입장이 되었다.

'이대로는 좋지 않은데. 다음은 뭘 해야 하지? 샘터 요새가 그렇게 되는 바람에 손발이 꽁꽁 묶였군.'

다음날 오전에, 그는 문원식 주교로부터 이론신학회 호위기사단 전투기 천구백 대를 남반구로 이동배치하겠다는 통보를 받았다. 물론 그에게는 그 조치를 되돌릴 권한이 없었다. 다만 고뇌할 뿐이었다. 이론신학회라도 움직여줬으니 손놓고 있는 것보다는 잘된 일인지도 몰랐다. 그러나 다른 한편으로는 불길한 예감을 지울 수가 없었다. 이론신학회가 그의 생각대로 움직여줄 리가 만무했기 때문이다.

'어떻게 해야 하지? 경라기금 쪽 무기가 이미 가동됐으니 이렇게 망설일 시간이 없는데.'

망설일 여유가 없었다.

편대장은 조종사들과 관제사를 불러모아놓고 칸의 콩차와 표준 콩차의 맛을 비교하게 했다. 그와 동시에 정찰기를 띄워 마을에 콩차 전문가를 수소문했지만, 적당한 사람이 나타나지 않았다. 다만 지역별 차콩에 대한 서적 몇 권을 입수한 것으로 만족해야 했다. 오후 내내 편대는 두 종류의 차를 비교해가며 맛을 구별해내느라 여념이 없었다.

"내가 보기에 올해 차는 흙맛이야. 안 그래?"

편대장이 말했다.

"흙맛이요?"

"붉은 모래바람이 느껴지지 않아? 봄철에 고개사막 근처에서 일어나는 모래바람 말이야. 거의 비행기를 삼킬 정도로 높게 일어나잖아. 아무래도 그 맛이야. 텁텁한 맛이 입천장까지 올라간다니까. 모래바람이 거기까지 올라갔다는 건 바람이 불었다는 건데, 가을 계절풍 같은 가벼운 맛이 혀를 감싸고돌아. 맛이 무게가 덜하다는 거야. 그래, 무게야. 무게에 문제가 생긴 거야. 책 좀 줘봐. 어디 콩이 무거운 맛을 내지?"

그 말을 듣고 모두가 찻잔을 들었다.

"진짜 그런 것 같아요, 무게감. 무거운 맛이라는 게 이런 걸 말하는 거군요."

"듣고 보니 그러네요. 텁텁한 맛이 나요. 뭔가 균형이 어긋난 것 같아요. 원래 제국차는 균형이 잘 맞아서 매일 입에 달고 살아도 한쪽으로 치우치는 느낌이 안 들잖아요. 계절풍이라, 건조한 바람이군요. 습기를 머금지 못해서 붉은 모래가 날린 거였어요. 바짝바짝 말라들어가는 느낌."

그러자 관제사 조윤희가 한마디 거들었다.

"그래요? 나는 왜 똑같지? 진짜 그런 거야, 그런 척하는 거야?"

"넌 인생의 쓴맛을 몰라서 그래."

책을 보니 무게감을 높이기 위해서는 주로 벼랑지방이나 바탕지방 콩을 쓴다고 나와 있었다. 벼랑지방 콩이 품질은 더 좋지만 신맛이 의외로 강해서, 너무 많이 섞으면 신맛을 줄여야 하는 문제가 발생하기 때문에 무작정 벼랑 콩에만 의지할 수는 없고, 바탕지방 콩을 적절히 섞어야 한다는 설명이었다.

"무게감에 문제가 생겼다는 건 벼랑이나 바탕, 둘 중 한 군데가 문제라는 거군."

"둘 다일 수도 있죠."

"벼랑에서 바탕까지가 그렇게 가까운 거리가 아니잖아. 두 군데 다 작황이 별로면 진짜 심각한 문젠데, 그럴 것 같지는 않고. 아무튼 신맛이 강하면 바탕지방 작황이 좋지 않은 거고, 신맛이 덜하면 벼랑 쪽이 더 좋지 않은 걸로 봐야겠군."

편대장이 확신에 찬 목소리로 말했다. 그러자 나물과 은경을 제외한 아홉 명의 편대원들이 일제히 차를 입으로 가져갔다. 그들은 표준 제국차와 칸에게 진상된 차를 번갈아 마셔가며 맛을 비교했다. 다섯 명은 신맛이 강하다고 평가했고 네 명은 그다지 시지 않다고 주장했다. 결국 판단은 은경의 몫이었다.

"제가 커피는 좀 마셔봐서 아는데요. 음, 좀 시지 않아요?"

"거 봐. 시다 그랬지."

"내일 아침에 바탕으로 출발한다. 이의 없지?"

해가 지고 날이 어두워졌다. 모두가 잠자리에 들었다. 그런데 잠이 오지 않았다. 밤이 깊도록 잠든 사람이 아무도 없었다. 차 때문이었다.

사흘을 날아서 바탕평원으로 갔다. 지난은 없었다. 다시 칠 일을 날아서 벼랑고원으로 갔다. 그쪽도 마찬가지였다. 근 이십 년간 지난이 머문 적은 단 한 번도 없다고 누군가가 말해주었다. 은경은 다시 콩차를 끓여서 홀짝거렸다.

"그럴 리가 없는데. 물맛이 달라서 그런가?"

편대장은 벼랑고원에서 이틀을 머물면서, 관제사를 시켜 차콩 전문가를 수소문했다. 그런 사람은 없었다. 비슷한 사람이라도 알아봐 달라고 했더니 백 살도 더 돼 보이는 노인 하나가 2인승 비행기 조수석에 실려서 편대로 왔다.

"육십 년간 차콩만 재배하셨대요."

관제사가 말했다. 노인은 여러 사람들의 부축을 받으며 힘겹게 비행기에서 내려왔다. 보기만 해도 불안해졌다. 노인은 자리에 앉자마자 칸에게 진상된 차콩 사이에서 벼랑 원두와 바탕 원두를 골라내더니 몇 개 남아 있지도 않은 어금니로 콩을 반으로 쪼개어 천천히 맛과 향을 음미했다.

"문제? 무슨 문제? 맛만 좋은데. 이쪽은 전부 풍작이었어. 우리는 올해 농사 잘됐는데. 보니까 바탕 콩도 좋은데. 향이 깊잖아. 무게가 무거워. 니들이 하늘 위에만 있어서 자꾸 모래바람만 생각해서 그래. 가벼운 모래바람이 아니라 홍수야, 홍수. 텁텁한 게 딱 탁류잖아."

편대는 그만 길을 잃고 말았다. 멀리까지 정찰기를 보내 지난의 행방을 수소문했지만 최근 소식은 전혀 없었다. 편대장은 다시 조종사들을 불러모아 콩차를 먹이기 시작했다. 그 수밖에 없었다. 그러나 콩차를 아무리 마셔도 뾰족한 해답은 나오지 않았다. 잠만 달아날 뿐이었다.

나물은 차를 전혀 마시지 않았지만 오랫동안 밤에 별을 보던 습관 때문에 특별히 피곤하지 않은 날에는 잠을 못 자는 경우가 많았다. 그날도 시장에서 구한 간단한 관측장비를 들고 밤하늘을 보기 위해 천막 밖으로 나서는데 조종사들이 모두 불가에 모여서 서로 이야기를 나누는 모습이 보였다.

"회의하세요? 저도 깨우시지."

"회의 아닌데요. 다들 잠이 안 와서요. 이쪽으로 오세요."

관제사가 말했다. 나물은 잠깐 망설이다가 그쪽으로 다가갔다. 어차피 불빛 때문에 관측도 힘들어 보였다. 그는 담요를 덮어쓰고 불가에 앉았다. 침묵이 흘렀다. 나뭇가지 타들어가는 소리가 들렸다. 그는 고개를 들어 밤하늘을 바라보았다. 우주가 흘러갔다. 신께서 허락하신 어둠이 온 사방에 깔려 있었다.

"그래서 신은 어떤 목소리야?"

은경이 물었다. 같이 여행을 다니는 동안 두 사람은 꽤 가까운 사이가 되어 있었다.

"응?"

"들었다며. 아직도 들려?"

나물은 고개를 끄덕였다. 그리고 흙바닥에 그림을 그렸다. 신의 궤도 이론이었다.

"연구는 잘돼가?"

"아니, 자료를 다 두고 왔거든. 이론만 가지고 머릿속에서 뚝딱 완성되는 게 아니니까. 약점을 보완했다 싶어도 실제 관측치를 대입해서 이론을 검증해볼 수가 없으니까 더 좋아진 건지 나빠진 건지 알 수가 없어."

그는 바닥을 내려다보았다. 언제가 됐든 꼭 완성시켜야 할 이론이었다. 교단에서는 영원히 쫓겨난 게 분명했지만 신이 그를 버리지 않는 한 그도 역시 신을 버리지 않을 생각이었다. 은경은 그의 얼굴을 들여다보았다. 나물이 손에 든 관측장비들을 바닥에 내려놓으며 말했다.

"제일 중요한 건 망원경이야. 좋은 망원경이 있어야 돼. 하난산 성망원경 같은 큰 망원경 말이야. 그런데 그건 도저히 손에 넣을 방법이 없어."

그의 얼굴이 쓸쓸해 보였다. 은경은 위로할 말을 찾다가 한참이나 뒤에 이렇게 말했다.

"그래도 여기 성직자들은 좋은 거야. 신을 직접 만날 수도 있고."

"그런가? 다른 데 있는 신은 안 그래?"

"응, 관념으로만 존재해. 신은 절대 도달할 수 없으니까 신이라는 식이야. 그런데 니네 신은 그렇지가 않잖아."

나물은 이론신학회 수도사들을 떠올렸다. 신이 관념일 뿐이라는 교리. 그들은 그 교리를 천문교 전체의 공식 입장으로 삼을 생각이었다. 그가 은경에게 말했다.

"직접 만날 수는 없어. 멀리서 훔쳐볼 수 있을 날을 기다리는 것뿐이야. 그나마도 못 하고 있거든."

"왜? 가서 보면 되잖아. 천문교는 왜 그런 시도를 안 하는 거지?"

"가긴 어딜 가?"

"저 위에."

"저기? 저기를 어떻게 가?"

"왜 못 가?"

"신의 공전궤도는 말이야, 어마어마하게 높은 곳에 있어. 대기권이라는 데는 높이 올라갈수록 공기밀도가 희박해져. 양력(揚力)이 부족해서 비행기들이 날 수 없다고. 프로펠러를 아무리 돌려봐야 공회전만 되는 높이가 있어. 좀더 올라가면 산소가 없어서 엔진 자체가 안 돌아가고."

"산소랑 연료를 따로 싣고 가면 되지."

"어떻게?"

"우주왕복선이 있잖아."

"뭐가 있어?"

"우주왕복선 몰라? 스페이스 셔틀. 오비터(Orbiter). 여기서는 뭐라고 부르는지 모르겠네. 아무튼 챌린저 호가 있어. 관리사무소에. 몰라?"

다시 침묵이 흘렀다.

"뭐가 있다고?"

"우주왕복선."

"왕복해?"

"응, 너는 아무래도 바클라바는 못 되겠구나. 아무튼 그런 게 있어. 그러니까 내 말은, 여기서 이러고 있을 수만은 없다는 거야. 지난한테 간다고 모든 게 다 해결되는 건 아니잖아. 지난이 모든 걸 다 갖고 있는 것도 아니고. 우리한테는 최소한 두 가지가 필요해. 너한테는 망원경이 필요하고 나한테는 우주왕복선이 필요한데, 둘 다 지난이 갖고 있는 물건이 아니야. 계속 이 사람들을 따라다녀봐야 별수 없다고."

"그렇기는 해도 선택의 여지가 없잖아. 나야 당장 수배중인 몸이고 너도 마찬가지고. 천문교에서 안 쫓는다 뿐이지, 너나 나나. 뭔가 의지할 데를 찾아야지, 안 그러면 바로 잡혀갈지도 몰라."

그는 다시 이론신학회를 떠올렸다. 심사도 하기 전에 이미 결과가 정해져 있다던 논문심사위원회도 생각이 났다. 그리고 그날의 야간 기습공격도. 그들이 그를 그냥 내버려둘 리가 없었다. 계속 움직여야만 했다. 하지만 이제 어디로 가야 한단 말인가. 어차피 망원경이 없는 곳이라면 어디로 간들 그가 있을 곳이 아닌 것은 마찬가지였다. 그러니까 그것은 도망이 아니라 포기였다.

'그렇다고 다시 돌아갈 수도 없고.'

은경이 말했다.

"일단은 내 생각도 그래. 관리사무소도 뭔가 수상하고. 하지만 수상한 걸로 따지면 이 사람들이 제일 수상하지 않아? 허풍일지도 몰라. 지난도 알고 보면 그렇게 대단한 사람이 아닐지도 모르고. 아무튼 믿음이 안 가. 뭔가 사기꾼 두목 같은 게 아닐까 싶어. 게다가 나 같은 관광객은 이런 원주민들보다는 관리사무소 직원 말을 듣는 게 더 안전하거든. 경험상."

"얘는 또 뭐라는 거야."

'사기꾼놈!'

황소장은 갑자기 자리에서 벌떡 일어났다. 남회귀선 근처까지 빼앗기다니, 아무리 생각해도 약오르는 일이었다. 부소장 최홍선이 천문교와 결탁하는 바람에 남쪽 경계가 소홀해진 탓이었다. 아무리 그래도 그렇지 지난이 거기까지 버젓이 치고 올라오게 만들다니. 그는 주먹을 꽉 쥐었다.

황소장은 지난을 처음 만났던 날을 떠올렸다. 벌써 삼십 년 전이었다. 그때는 이름도 지난이 아니었다.

"경비대행업을 하는 반소매입니다."

두 사람 모두 아직 사십대 초반밖에 되지 않았을 때였다. 황소장이 항로계획과 항로안전실장직을 맡고 있던 시절, 누구든 반란이 일어나리라는 생각은 전혀 못 하던 시절이었다. 당연히 관리사무소 측에서는 남반구 일대에서 일어난 계약해지 근로자들의 반란에 효과적으로 대응할 만한 방법이 전혀 없었다. 해당지역 인구통계조차 전무한 상황이었다.

조직은 대혼란에 빠졌다. 관료조직이었기 때문이다. 반란이 도저히 수습하지 못할 만큼 심각해서가 아니었다. 그보다는 책임 문제가 더 심각했다. 사태가 그 지경까지 이르도록 조직 전체가 그 일을 전혀 예측조차 못 했다는 사실 때문이었다. 한마디로 조직 실패였다. 그러자 소장이 분노했다. 하지만 정확히 누구에게 화를 내야 할지 알 수가 없었다. 그래서 더더욱 분노했다. 희생양이 필요했다. 누구든 책임을 지지 않으면 위에서부터 내려오는 거대한 분노를 도저히 잠재우지 못할 것 같았다. 누가 됐든 하나는 죽어야 했다. 물론 물리적인 죽음이 아니라 사회적인 죽음, 조직 차원의 죽음이 필요했다.

그 일을 하기 위해 부소장을 위원장으로 하는 관할심판위원회가 구성되었다. 남반구 계약해지 근로자들을 감시하는 일이 과연 어느 부서 관할인지를 정하는 절차였다.

“아니, 그런 게 어딨어? 남반구는 애초에 존재하지도 않는 거였잖아. 이제 와서 누구 관할인지 따져서 뭐해?”

황실장은 그렇게 투덜거렸지만, 어차피 누구라도 하나는 죽어야 했다. 그리고 마침내 관할심판위원회의 결정이 내려졌다.

“항로계획과 소관업무임을 판정함.”

일단 판정이 내려진 이상, 투덜거릴 여유는 없었다. 어서 일을 수습해야 했다. 없던 통계를 만들어내고, 대응방안을 짜내야 했다. 하지만 시간이 부족했다. 정말이지 지푸라기라도 잡고 싶은 심정이었다. 바로 그때 거짓말처럼 지푸라기가 나타났다.

“경비대행업을 하는 반소매입니다.”

“두 번 소개하실 필요는 없습니다.”

“대답이 없으셔서.”

“딴생각을 좀 하느라. 실례했습니다. 반장군님이라고 부르면 되겠습니까? 물론 본명은 아니시겠죠?”

“좋으실 대로.”

“그래, 그쪽 사정은 훤하시다고요.”

“삼대째 남반구에서 경비대행업을 하고 있으니까요.”

“경비대행업이라면, 어떤 일을? 의뢰인이 어떤 분들인지 여쭤봐도 될까요?”

“국지전투, 폭격, 폭격기 호위, 공중요격, 포괄적 제공권 장악 임무, 전쟁 대행. 의뢰인은 밝히기 곤란합니다만.”

"말씀하시는 편이 좋을 텐데요. 귀하가 이 일을 감당할 능력이 되는지를 알 필요가 있습니다."

"그럼 없었던 일로 하시고."

"묻지 않기로 하지요."

"이해가 빠르시군요."

"이 사태를 수습할 수 있습니까?"

"병력을 충분히 제공하실 수 있습니까?"

"물론."

"얼마나?"

"얼마가 필요하신지?"

"얼마나 갖고 계신지?"

병력의 일부를 떼먹겠다는 소리였다. 대금 지불방식이 정해진 셈이었다. 황실장이 말을 이었다.

"반란군 병력이 얼마인지에 따라."

"오천오백 대가 조금 넘습니다."

"설마요. 그렇게 많을 리가."

"사실입니다."

"남반구는 생산공장이 충분히 가동되지 않을 텐데요."

"영업비밀입니다만, 스물일곱 군데가 있죠."

"그걸로는 그만한 생산량을 감당 못 할 텐데."

"그중 하나가 태초의 공장입니다."

그 말에 황실장은 깜짝 놀랐다. 아직도 가동되는 태초의 공장이 있다면 물론 충분히 가능한 일이었다. 하지만 그를 더욱 당황하게 만든 것은 관리사무소에 속하지 않은 인물이 태초의 공장이라는 말을 입에 올렸다는 사실 자체였다. 그가 다시 물었다.

"정확히 오천오백몇 대요?"

"수송기까지 5524기. 정비시설이 그다지 좋지 않아서 가동률이 63퍼센트를 밑돕니다. 전투중 손실이 0일 때 삼천팔백사십 대가 하늘에 떠 있을 겁니다."

"가동률 산출 근거는?"

"영업비밀이죠."

"비밀이 많군요."

"그럼 그만두시든지."

"이천이백 대를 내드리죠. 가동률 91퍼센트."

"항로계획과 병력만 내놓으시겠다? 그럴 거면 차라리 직접 하셔도 될 텐데."

황실장은 상대를 말없이 노려보았다. 석 달 전에 바뀐 관리사무소 병력편제를 어떻게 아느냐는 무언의 물음이었다. 황실장은 상대에게서 눈을 떼지 않은 채 낮은 목소리로 이렇게 말했다.

"그걸 아는 사람은 죽습니다."

"설마 저 혼자 죽겠습니까?"

"사천오백."

"그 숫자면 생태환경국까지 더한 건가요? 관할 심판에서 아깝게 비켜갔으니까 같이 책임지게 하겠다? 좋습니다. 그쪽은 어차피 비행기만 있고 조종사는 없을 테니, 거기까지 우리가 맡죠. 그런데 아마 그걸로는 부족할 겁니다. 상대를 만만히 보셨습니다."

"그럼?"

"경비대를 동원하시죠."

"불가능합니다."

"가능합니다. 윗분들을 움직여서 경비대를 출동시킬 수 있을 텐데요."

"출동시킬 수는 있지만, 경비대 지휘권은 항로계획과보다 상위에 있습니다."

"물론 그렇겠죠."

"게다가 경비대를 끌어들이면 조종사가 남을 텐데요. 빈 비행기만 내놓지는 않을 겁니다. 그 조종사들이 다 허수아비는 아닐 거고. 계획에 차질이 생길 텐데."

"그렇지 않을 겁니다. 경비대는 개입하지 않을 겁니다."

"경비대가 왜 개입하지 않겠습니까? 그게 그 사람들 일인데."

"실패하면 끝장이니까요. 그렇지 않습니까, 황실장님? 경비대는 황실장님이 지휘하실 수가 없죠. 제1비행단장이 지휘할 텐데, 그럼 작전이 실패했을 때 패전 책임은 누가 집니까? 지휘관이 집니까, 관할 행정관이 집니까? 그러니 빈 비행기가 나올 겁니다. 황실장님 혼자 나오시게 될 겁니다. 아무도 돕지 않을 겁니다. 하지만, 제가 돕죠."

지푸라기를 잡았다. 지푸라기가 제공해준 정보에 따라 반란 지역에 관한 최초보고서를 작성해서 상부에 보고했다. 생각보다 신속한 대응에, 징계 및 해임 절차가 늦춰졌다. 일단은 성공이었다. 하지만 그 정보가 정확한지 아닌지 검증하는 절차가 남아 있었다. 관리사무소 측 정찰기가 남쪽으로 날아갔다. 그리고 정황을 보고했다. 그가 올린 보고서 내용과 일치하는 첩보가 들어왔다. 신뢰를 얻었다. 물론 반장군이 도와준 덕분에 가능한 일이었다.

새로 얻은 한줌의 신뢰를 이용해서 반란군 소탕계획을 작성했다. 경비대에서 비행기 육천 대를 지원했다. 전투기 총 10500기에 조종사 1530명, 사령관은 물론 황실장이었다. 그는 즉시 지난을 통해 전문계약직 전투조종사 8730명을 고용했다. 그리고 약속한 장소에서 비행기 만 대를 지난에게 넘겼다. 이후 작전계획에 대해서는 개입하지 말라는 조건이 붙어 있었다.

"반장군, 당신이 사기를 치지 않는다는 걸 어떻게 보장하시겠습니까? 마음만 먹으면 이걸 다 빼돌릴 수도 있을 텐데."

"저는 약속은 지킵니다. 그뿐입니다. 다른 방법은 없습니다. 신뢰하는 수밖에."

약속대로 지난은 황실장에게서 넘겨받은 만 대의 병력을 이끌고 시계고원 전투에 나섰다. 그리고 대승을 거두었다. 적기 5040기 격추, 아군 손실 2137. 피해가 전혀 없었던 것은 아니지만 적을 완전히 섬멸한 것이 훨씬 더 큰 성과였다. 반경 800킬로미터가 넘는 광범위한 전장에서 단 한 번의 전투로 그렇게 완벽한 포위 섬멸을 해내다니, 놀라운 일이었다. 그 공로로 황실장은 징계를 면했다. 한 달 뒤에는 과장으로 승진하기까지 했다.

그리고 일 년 뒤에, 황과장은 항로계획과 전 병력을 이끌고 남쪽으로 내려갔다. 지난을 제거하기 위해서였다. 더 남쪽으로 내려가기 전에, 적도 위쪽까지 올라와 있을 때 재빨리 남쪽으로 우회해서 퇴로를 차단해야 했다. 일 년 전에 지난이 했던 것과 마찬가지로.

하지만 결국 지난을 잡는 데는 실패하고 말았다. 직접 해보니 역시 쉬운 작전이 아니었다. 그런 까다로운 기동을 한 번에 해내는 능력이라면, 적이든 아군이든 일단 제거하고 보는 게 상책이었다. 그는 병력을 이끌고 곧장 남반구 깊숙이 지난을 추격해들어갔다. 그러나 도무지 상대를 만날 수가 없었다. 거점을 모두 장악하고 광범위한 지역에 정찰대를 보냈지만 지난은 끝내 나타나지 않았다. 남반구는 그가 생각한 것보다 훨씬 넓었다. 당연한 일이었다. 세상의 절반이었으니까.

그게 벌써 삼십 년 전 일이었다. 그러고는 한 번도 만난 적이 없었다.

"지난이 항로 봉쇄에 들어갔답니다. 무역항로도 사실상 봉쇄했답니다. 병력이 대략 구천삼백. 주력인 것 같습니다."

비서실장이 말했다. 지난이었다. 세상에 비행기를 구천삼백 대나 동원할 수 있는 사람은 단 두 사람밖에 없었다. 관리사무소장인 자신과 지난. 황소장은 눈을 반짝였다.

"장실장, 전용기 대기시켜."

"직접 가시겠습니까?"

그날 오후에 그는 투구를 챙겨들고 소장 전용기에 올랐다. 폭격기를 개조해서 만든 거대한 공중집무실이었다.

"출발하지."

전용기가 천천히 활주로를 떠났다. 전쟁이었다. 출정식도 없었고 소장의 개전선포 연설조차도 계획되어 있지 않았다. 대신 관리사무소 본사 곳곳에 위치한 오십 개의 활주로에서 비행기들이 끊임없이 쏟아져나오면서 요란한 엔진 소리가 하늘을 가득 메웠다. 하늘에 찍힌 수많은 점들 때문에 밋밋하던 하늘에 갑자기 입체감이 생겼다. 도시 전체가 순식간에 비행기로 가득 찼다. 사람들은 하늘이 얼마나 넓은 곳이었는지를 새삼스럽게 깨달았다.

황소장은 창밖에 펼쳐진 광경을 보고도 전혀 감동받거나 압도되지 않았다. 비행기가 남쪽으로 기수를 돌리자 그저 조용히 사색에 잠겼을 뿐이었다.

'도대체 이게 뭐지?'

지난은 최근에 생긴 거대한 분화구 위를 날아가고 있었다. 빨간색 복엽기였다. 호위기 한 대 없이 혼자서 분화구 상공을 몇 바퀴나 맴돌다가 마침내 고도를 낮추고 분화구에 가까이 다가갔다. 모두들 분화구라고 부르기는 했지만 화산이 분출해서 생긴 구멍은 아니었다. 그보다는 뭔가 거대한 것이 폭발하거나 충돌하면서 대지가 움푹 팬 흔적인 듯했다.

'관리사무소 놈들 짓인가?'

그러나 사람이 한 일이라고 보기에는 분화구의 크기가 너무나 거대했다.

'신종 폭탄인가?'

문제가 생긴 것 같아서 날아오기는 했는데, 막상 현장을 보니 할 수 있는 일이 아무것도 없었다. 사람들은 수백 킬로미터 떨어진 곳에서도 폭발음이 들렸다고 증언했다. 하늘에서 거대한 불덩이가 날아들었는데, 그 불덩이가 땅에 부딪치는 순간 대지가 요동치면서 거대한 불길이 들판을 휩쓸고 지나갔다는 것이다. 그 말대로 불에 타 죽은 짐승들의 시체가 폭발지점으로부터 수십 킬로미터 떨어진 곳까지 광범위한 지역에 퍼져 있었다.

정찰기를 풀어 주변을 수색했더니 불에 탄 농장 몇 군데가 발견되었다. 생존자는 하나도 없었고, 농작물도 완전히 소실된 상태였다.

"저 구덩이에는 원래 뭐가 있었지? 마을이나 목초지 같은 게 있었나?"

매년 그 일대를 오가는 유목민 하나가 대답했다.

"그냥 분화구였습니다. 나무도 자라고 풀도 무성했지만 그것 말고는 아무것도 없었어요. 밑에서 보면 잘 안 보이는데, 위에 올라가서 보면 분명 분화구였습니다."

"그래? 원래 분화구였다고?"

"예, 지금보다는 좀 작았지만, 그래도 커다란 분화구였습니다."

알 수 없는 노릇이었다. 분화구 위에 또 분화구라니. 그는 평생을 하늘에서 살았기 때문에, 아래에서 볼 때 거대하게 보이는 것들이 위에서 내려다보면 얼마나 작고 보잘것없어 보이는지를 잘 알고 있었다. 그러니 더더욱 알 수 없는 노릇이었다. 그 작은 분화구 위에 무언가를 정확하게 떨어뜨리다니. 누군가가 의도적으로 저지른 일이라고 생각하는 수밖에 없었다. 그런데 도대체 누가 그런 짓을 할 수 있단 말인가. 무엇보다, 왜 하필 분화구 위에 새 분화구를 지어야 했을까.

관리사무소를 의심하면서 분화구를 수색했다. 우선 폭발의 원인이 되는 물체를 찾아야 했다. 그리고 그 무렵에, 제일 멀리까지 나가 있던 정찰기들이 재미있는 첩보를 가지고 돌아왔다.

"관리사무소 비행기들이 남쪽으로 이동배치됐습니다. 정확한 숫자는 파악되지 않지만 비행장 수용능력으로 계산해볼 때 천 단위 이상입니다. 만 단위에 이를지 어떨지는 파악중입니다."

"그래? 뭔가 있긴 있단 말이지. 재미있어지는데."

지난은 무슨 생각이 들었는지, 즉시 무역항로를 봉쇄하고 강우산, 장연료 두 명의 대족장을 포함한 일곱 명의 족장들을 모두 호출하라는 지시를 내렸다. 그러고는 계속해서 분화구 여기저기를 파헤쳤다. 폭발 원인 물체를 찾기 위해서였다.

"빨리 찾아야 돼. 황소장 성질이 얼마나 더러운데. 진득하게 참고 기다리는 꼴을 못 봤어요. 해 뜨는 쪽부터 불이 번쩍했다니까 분화구 중심에서 서쪽 방향으로 찾아봐. 파편이라도."

멀리 나간 정찰기로부터, 소장 전용기를 목격했다는 보고가 들어왔다. 그와 함께 이만이 넘는 대군이 남하한다는 소식도 들려왔다. 뭔가 중요한 일이 벌어지고 있다는 뜻이었다.

궁금했다. 도대체 뭘까? 대체 뭐가 떨어졌기에 관리사무소가 저렇게 발칵 뒤집혔을까? 황소장을 만나서 묻고 싶었다. 하지만 묻는다고 가르쳐줄 사람이 아니었다. 어차피 이쪽에서도 뭔가를 갖고 있지 않으면 대화 자체가 성립하지 않을 게 뻔했다.

경비대 병력이 빠른 속도로 남진해왔다. 지난이 병력을 동서로 넓게 전개하자 경비대 측에서도 진격속도를 늦추고 진형을 동서로 길게 늘어뜨렸다. 차차 주력이 보강되면서 적진은 나날이 두터워졌다. 길이도 점차 길어져서 동쪽 끝에서 서쪽 끝까지 전선이 거의 2,000킬로미터에 달했다.

최전방에서 국지적으로 교전이 시작되었다. 포위망이 점점 좁혀졌다. 빠져나갈 수 없을 만큼 거대한 포위망이었다. 대족장들이 초조한 얼굴로 지난의 천막을 찾아왔다.

"이제 그만 퇴각하시죠."

두 명의 대족장 중 한 명인 강우산이 말했다. 그러나 지난은 아무 대답도 하지 않았다.

"예언자님, 제 말 들리십니까?"

지난은 그 말을 듣고 있지 않았다. 졸고 있었다.

"예언자님!"

강우산이 다시 한번 소리치자 지난은 비로소 잠에서 깨어났다.

"이대로 있다가는 경비대가 집결을 마친 순간 포위당한 상태로 교전을 시작해야 합니다. 퇴각하시죠."

"뭐라고? 크게 말해! 나이를 먹어서 이제 눈도 잘 안 보이고 귀도 잘 안 들려!"

"포위당한다고요! 남쪽으로 옮기시죠! 서둘러야 할 것 같은데요!"

"그래? 급하면 당신 먼저 가! 나는 찾아야 될 게 있어!"

"예언자님!"

"예언자는 무슨! 내가 언제 예언을 했다고! 자네들도 급하면 먼저 가! 나는 한 이틀 더 찾아봐야 될 것 같아!"

천하태평이었다. 족장들은 애가 탔다. 물론 이쪽도 비행기가 구천삼백 대나 되는 대군이었지만, 그 숫자는 그저 지난과 대족장들이 데리고 있는 비행기 숫자를 모두 더한 것일 뿐, 조종사는 겨우 이천이백 명에 불과했다. 나머지는 모두 항법장치밖에 없는 가축 비행기였다.

"이틀이면 늦지 않을까요? 병력도 부족하고! 관리사무소 놈들은 벌써 아군 양측면으로 우회를 시작한 모양인데요!"

"소리지르지 마! 시끄러워! 이 사람아, 젊은 사람들 보는 데서 호들갑은. 열 내지 마! 이틀이면 충분해요! 당신들이 내 말만 잘 들으면."

지난은 족장들에게 지시를 내린 다음 다시 조용히 잠이 들었다.

그리고 이틀 뒤에, 조종사 몇 사람이 드디어 분화구 한가운데에서 이상한 물건을 찾아냈다.

"이게 도대체 뭐지?"

"모르죠. 아무튼 찾았으니까 이제 삽질은 그만합니다. 더는 못 해요. 때려죽여도 못 해요."

조종사들이 말했다. 그러자 지난은 얼굴 가득 사람 좋은 웃음을 지으며 자리를 털고 일어났다. 그리고 천막을 나서면서 나지막한 목소리로 속삭였다.

"좋아, 이만하면. 이건 수송기에 실어서 남쪽으로 보내. 어디로 보내놓으면 좋을까? 그건 알아서 하시고. 자, 그럼 우리도 슬슬 한번 올라가볼까. 황소장 마중 나가야지."

그 말에 조종사들의 표정이 밝아졌다. 당장에라도 비행기를 몰고 전장으로 달려나갈 것처럼 하나같이 자신감 넘치는 얼굴들이었다.

그 모습을 보고 지난이 다시 입을 열었다. 이번에는 고함소리였다.

"아, 벌써 해가 저기까지 넘어갔네! 오늘은 너무 늦었으니까 그만 자고 위에 올라가는 건 내일 하지! 죽을 때가 다 돼서, 하루에 하나씩만 해야 돼, 요새는!"

그리고 다음날 오후, 측근들이 모두 속이 터져 죽을 것 같은 지경에 이르렀을 때, 지난은 비로소 병력을 움직였다.

그 무렵, 한줌편대는 남반구 중위도권 일대를 정처없이 헤매고 있었다. 이따금씩 자리를 잡고 정찰기를 보내 주변지역을 수색했지만 어쩐 일인지 다른 편대를 만나는 일이 점차 드물어져서 지난의 행방을 알기가 더더욱 어려워졌다. 마침내 편대장은 계약 파기를 결심하고 직접 비행기 중개업자들을 찾아나섰다. 맡아놓은 비행기를 팔아먹으려는 심산이었다.

"근데 왜 다른 유목 편대들이 통 안 보이지? 다들 어디 갔나?"

"그러게. 왜 없지?"

때때로 강도들이 대여섯 대씩 편대를 이루고 나타나 가축들을 노리고 달려들었다.

"여긴 왜 이렇게 강도가 많아요?"

나물이 물었다. 관제사가 대답했다.

"그러게요. 이상하네요. 이렇게 도적떼가 들끓을 리가 없는데."

관제사가 가축비행기들을 이끌고 방향을 선회하자 나머지 조종사들은 네 대씩 두 개의 편대로 갈라져서 적기를 향해 날아갔다. 나물은 어느 편대에도 속하지 않은 채 어정쩡한 거리에서 다른 사람들을 뒤쫓았다. 그리고 그들이 망설이는 동안 적진 한가운데로 돌격해 들어가 총알 한 발 쏘지 않고 상대를 뿔뿔이 흩어지게 만들었다. 그러고는 적기가 다시 편대 대형을 회복하기도 전에 재빨리 대장기 뒤쪽으로 다가가 꼬리를 문 다음 절대로 떨어지지 않았다. 대장기가 그 상태에서 최대한 빠른 시간 안에 다시 지휘권을 회복하지 못하면 나머지 무리들은 순식간에 전의를 상실하고 뿔뿔이 흩어져 달아나기 일쑤였다. 마침내 대장기가 전선에서 이탈하는 순간, 상황은 그대로 종료되기 마련이었다.

그 모습을 보고 편대장은 그만 흠칫 놀라고 말았다.

"재, 성직자라며."

"그러게요."

"군종 사제야?"

그날 저녁에 은경이 나물 수사에게 다가가 말했다.

"위험하잖아."

"별로."

"기관총도 떼놓고 그렇게 달려들면 어떻게 해."

"달려 있어도 안 쐈을 거야."

"저쪽에서 못 봤으니 망정이지, 너 무기 없는 거 저쪽에서 봤으면 어쩔 뻔했어. 그리고 아무리 자신이 있어도 그렇지 몸통으로 들이받으면 어떡해? 니가 아무리 잘해도 저쪽에서 실수하면 끝장이잖아."

"괜찮아. 그런 거 별로 안 무서워."

"뭐가 안 무서워. 보는 사람이 다 조마조마하던데. 도대체 뭐 믿고 그래?"

"뭘 믿냐고? 내가 뭘 믿겠어?"

그의 두 눈이 깊은 빛을 냈다. 은경은 그 눈 속에 담긴 우주를 가만히 들여다보았다.

늘 그런 건 아니었지만 은경은 종종 그 안에서 신을 발견하곤 했다. 길 잃은 성직자의 검은 눈동자 속에 자리잡은 신. 우주 어딘가에서 신을 만난다면 좀더 거대한 신을 만나게 될 거라고 생각했다. 그런데 십오만 년 뒤에 실제로 마주한 신은 망원경으로도 볼 수 없을 만큼 작은 신이었다. 누군가의 눈 속에 담길 만큼 조그맣고, 망원경이 아니라 현미경이 있어야 비로소 형체를 알아볼 수 있을 것 같은 섬세한 신.

그런 신을 담은 나물의 눈동자는 조금도 흔들리지 않고 은경의 시선을 마주했다. 강하고 자신감 넘치며 마주 오는 시선을 결코 피하지 않는, 상대를 향해 돌격하는 나물의 비행기가 그리는 궤적처럼 솔직하고 올곧기만 한 우주. 은경은 신의 우주가 들어 있는 그의 눈을 신기한 듯 빤히 들여다보았다.

하지만 은경은 지금 나물의 눈에 담긴 확신이 진짜가 아니라는 것을 잘 알고 있었다. 그것은 거짓이었다. 아무것도 확신할 수 없는 불안한 마음을 감추기 위한 거짓 확신이었다. 은경은 나물의 두 눈을 가만히 들여다보았다. 나물이 무슨 생각으로 그런 위험한 행동을 하는지 알 것 같았다. 교단에서 추방당하고 망원경으로부터 멀어지자 혹시 신마저도 잃는 게 아닐까 두려워진 것이다. 그래서 그렇게 무모하게 행동해도 상처 하나 입지 않은 것이 곧 신이 그를 보호한다는 증거라도 되는 것처럼 착각하는 게 분명했다.

'그래, 이해해. 하지만 내가 널 얼마나 힘들게 찾아냈는지 알아? 다시는 못 찾는 줄 알았다고. 그런데 그렇게 위태롭게 날아다니면 나더러 도대체 어쩌라는 거야?'

다음날 오후에 또다시 강도를 만났다. 이번에도 역시 어렵지 않게 퇴치할 수 있었지만, 문제는 그 일대의 치안상태가 영 엉망이라는 것이었다. 그대로 가다가는 밤에도 숙영지 근처 상공에 초계기를 띄워야 할 지경이었다.

"이상한데. 강도가 이렇게 많을 리가 없는데. 왜지? 치안에 문제가 생겼나?"

편대장은 고민에 빠졌다. 부지런히 위치를 옮겨다니는데도 계속해서 강도가 나타났다. 똑같은 무리들이 편대를 계속 추적하는 것도 아니었다. 매번 다른 강도였다. 완전히 무법천지였다. 그것도 꽤 광범위한 지역에 걸쳐서 치안이 완전히 무너진 듯했다.

"근방에 대족장들이 하나도 없는 것 같아. 진짜로 무슨 일이 일어난 모양이야."

그는 다시 콩차를 꺼냈다. 목초지에 비행기를 착륙시켜놓고 조종사들을 시켜 초계비행을 하게 한 다음 다른 조종사들과 함께 콩차를 끓여 마셨다. 그러나 갑자기 입맛이 변할 리는 없었다. 둔하던 감각이 갑자기 예민해질 리도 없었다. 다만 걱정스러울 뿐이었다. 몇 달 사이에 세상이 몰라보게 달라진 것이 안타까울 따름이었다. 그럴 때면 유목민들은 언제나 지난에게로 고개를 돌렸다. 모든 문제를 해결해줄 사람, 상상도 못 했던 해결책을 들고 와서 마술처럼 모든 일을 정상으로 되돌려놓을 사람.

다행히도 지난은 다른 조종사들보다 훨씬 더 오래 살았다. 유목 조종사 평균수명보다 최소한 이십 년은 더 살았다. 그보다 다행스러운 일은 없었다. 기력이 쇠해서 예전처럼 활발하게 돌아다니지는 못했지만 정말로 심각한 문제가 생긴 곳에서는 언제나 지난의 붉은 편대를 볼 수 있었다.

하지만 그는 이미 나이가 많았다. 그리고 후계자가 없었다. 새로운 칸이 될 재목은 나타나지 않았다. 아니, 나타날 수가 없었다. 칸은 오로지 지난 한 사람밖에 없었다. 새로운 칸이 나타나리라고는 감히 상상조차 할 수 없었다.

"진짜로 마약 같은 거 아니래도. 너도 마셔봐. 지구에서는 성직자들도 많이 마셔."

은경이 나물에게 차 두 잔을 내밀었다. 나물은 조심스럽게 찻잔을 입으로 가져갔다. 표준 제국차였다. 이상한 맛이 났다. 물로 입 안을 깨끗이 한 다음 이번에는 칸에게 진상된 차를 한 모금 마셨다. 역시 이상한 맛이 났다. 사람들이 기대에 찬 얼굴로 그의 눈을 바라보았다.

"모르겠는데. 근데, 원래 이렇게 이상한 맛이야?"

관제사는 실망한 표정으로 고개를 끄덕였다.

"처음에는 좀 그래요. 설탕 갖다드려요?"

"그래도 돼요?"

설탕을 탔다. 한 숟가락을 넣었는데도 단맛이 별로였다. 다시 한 숟가락을 넣었다. 마찬가지였다. 또 한 숟가락을 넣었다. 그리고 또 한 숟가락. 그 모습을 보고 은경이 말했다.

"뭐하냐? 커피보다 설탕이 더 많이 들어가겠네. 완전 노인네 취향이구만."

"그게, 취향이 아니고, 이 설탕, 넣어도 넣어도 단맛이 안 나는데."

"설마, 그렇게 많이 넣었는데?"

은경은 손가락 끝에 살짝 설탕을 찍었다. 그리고 손가락을 입으로 가져갔다.

"어?"

이상했다. 정말 그랬다. 단맛이 거의 안 났다.

"오래돼서 그런가? 윤희씨, 이거 언제 산 거예요? 단맛이 진짜 하나도 안 나네."

"그거요? 지난번에 도장면 오일장에 갔을 때 산 건데. 열흘도 안 됐어요. 이상해요? 늘 거래하던 데라서 따로 확인도 안 하고 샀는데."

잠시 침묵이 흘렀다. 나물이 관제사에게 물었다.

"근데 노인네 취향이 콩차 마실 때 설탕 타서 마시는 건가요?"

관제사가 고개를 끄덕였다. 그리고 그 순간 어떤 깨달음이 머릿속을 스치고 지나갔다.

"노인네 취향! 중요한 지적이야."

지금까지 그들은 지난의 취향을 전혀 고려하지 않고 있었다. 지난을 만난 적이 없으니 취향을 알 리가 없었다. 편대장을 돌아보았다. 두 사람의 눈이 마주쳤다.

"아빠, 제 생각에는요, 아무래도……"

"내 생각도 그래. 설탕이야!"

다음날 아침 일찍, 편대는 지난을 만나기 위해 북동쪽으로 날아갔다. 목적지는 남반구 최대의 설탕 생산지인 단추평원 일대의 넓은 목초지였다.

항공관제 실무

나니예 사고조사위원회 위원장 제1등성 ○○○ 귀하

「나니예 사고조사에 관한 조약」 11조에 명시된 권한과 의무에 따라 다음 문서를 수집하고 번역하여 위원회 최종보고서 작성을 위한 참고자료로 제출합니다.(총 3건)

원본은 음성신호이며 제4등급 전파신호 채집항성 ○○○이 채록하여 보관한 자료들을 검색하던 중 추가로 발견된 자료입니다. 주요 참고인 김은경과 나물의 동기를 파악하는 데 유효할 것으로 판단되는 자료이므로 최종결론을 작성하기 전에 반드시 참고하시기 바랍니다…… (이하 생략)

1

……그 말씀은, 편대장님은 삼엽기를 보신 적이 있다는 건가요?

"그럼."

흥미로운 발견인데요. 언제 어디에서 보셨는지 들어볼까요?

"아, 그거. 뭐 별로 신기한 것도 아니야. 윤희는 본 적 없지? 나 어렸을 때만 해도 동네에 저런 거 많았어. 알잖아, 아빠 고향. 거기 비행기 생산공장이 하나 있었거든. 거기서 진짜 이상한 비행기, 많이 만들었는데. 그 표정은 뭐야? 거짓말 아닌데. 진짜야. 삼엽기도 많이 만들었어. 우리는 어렸을 때 애들한테 비행기 그림 그리라 그러면 반은 삼엽기 그렸어. 복엽기보다 모양이 이쁘고 좋잖아."

그랬어요? 어렸을 때 그 동네 놀러 가도 삼엽기 이야기는 한 번도 들어본 적 없는데요.

"너 클 때만 해도 삼엽기는 별로 인기 없었어."

왜요?

"유행이 지나갔지 뭐. 유행이, 삼엽기 다음에 오엽기, 칠엽기, 이런 식으로 나갔거든. 너 칠엽기는 본 적 있던가? 칠엽기 그거, 우리 둘째큰아버지가 한 대 키웠는데, 양력이 너무 좋아서 활주로를 진짜 요만큼만 달리고도 비행기가 붕붕 떠요. 어찌나 잘 뜨는지 오늘처럼 바람 심하게 부는 날에는 밧줄로 묶어놔야 됐다니까. 가만 세워놨는데 좀 있다가 보면 지 혼자 붕붕 날아다니고 그랬거든. 그놈이 참 인물이 훤한 게 멋있었는데. 석양이 쫙 떨어질 때 멀리서 고놈이 석양 등지고 날아오는 거 보고 있으면, 진짜 최고였거든."

둘째큰할아버지 집에 그런 게 있었어요? 그래서 어떻게 됐는데요?

"뭐, 계절풍 부는 날에 밧줄 끊고 날아갔지. 그 양반이 숙모 도망갔을 때도 눈 하나 깜짝 안 하던 사람이었는데, 칠엽기 날아가고 나서는 눈물을 글썽거리더라니까."

허풍이죠? 그러니까 외지인들이 자꾸 우리를 이상한 사람 취급하는 거잖아요.

"누가 그래? 나물이가 그래?"

2

아, 무슨 말씀을 하시려는 건지는 알겠습니다. 그런데 저는 성직자입니다. 물론 쫓겨났고, 이제 성직자라는 이름으로 불리는 것도 이상하지만, 성직이라는 게 말이죠, 누가 시켜서 억지로 하는 직업이 아닙니다. 내면의 동기 때문에 하는 거거든요. 제도적으로 파문을 시킬 수는 있지만 그게 내면의 파문으로 이어지기까지는 꽤 오랜 시간이 걸릴 것 같아요. 겪어보니 그렇습니다.

주님의 백성들을 이끌지는 못하게 됐습니다만, 주님의 비행기들을 돌보는 것만으로도 충분히 경건한 마음을 유지할 수 있어요. 주님의 새들을 따라다니는 것보다 훨씬 낫더라고요. 저 비행기들 안에는 신이 깃들어 있거든요.

어쩌면 저 같은 성직자들보다 저 비행기들이 훨씬 더 충직하게 신을 따르는 건지도 모르겠어요. 신께서는 오래전에 저 비행기들을 모조리 파문하셨거든요. 실제 세계와 신께서 깃들어 계신 비행기들의 영혼에 각인된 세계가 달라져버린 순간에 말입니다. 그런데 저 비행기들을 보세요. 아직도 신이 마음에 심어둔 세상을 그대로 따르잖아요.

비행기를 길들이는 건 결국 자동항법장치들을 변절시키는 일이라는 생각도 들어요. 신이 틀렸다는 걸 비행기들에게 가르치는 일이니까요.

"은경씨는 나물 수사님이 여기에서 이렇게 지낼 분이 아니라더군요."

은경이는 늘 그래요. 자기 자리는 여기가 아니라고 생각하는 사람이에요. 그럼 니 자리는 어디에 있는 거냐고 물었더니 뭐라고 그러는 줄 아세요? 없대요. 어디에도. 이미 십오만 년 전에 사라졌대요. 그놈의 십오만 년 타령. 그런데도 자꾸만 어디론가 가겠다는 거 있죠. 도대체 어디로 가겠다는 건지. 갈 데가 없으니까 계속 떠나겠다는 건지도 모르겠어요. 아마 그럴 거예요.

그런데 저는 그렇지 않아요. 어디든 제가 있는 곳이 제가 속한 곳이라고 생각합니다. 저는 평생 많은 곳을 옮겨다녔어요. 어디를 가든 발붙이지 못할 곳이라고 생각한 적은 별로 없었는데, 다른 사람들은 저처럼 생각하지 않더군요. 다들 제가 오래 버티지 못할 거라고 생각해요. 그러다가 나중에는 별 핑계를 다 대서 쫓아내려고 하죠. 이론신학회가 저를 인정하지 않는 이유 중에는 심지어 이런 것도 있었습니다. 피부색이 남들보다 검다는 것.

예언자는 순수한 피를 타고나야 된다고 하더군요. 혼혈이라는 말을 그때 처음 들었습니다. 피가 섞였다는 뜻이라는데, 그럼 피가 안 섞이고 사람이 태어날 수도 있냐고 물었더니 그렇다더군요. 웃기죠. 물론 천문교 교리가 그렇다는 건 아닙니다. 수도사들 사이에서 전해지는 속설 같은 거였죠. 예언자가 유전되는 것도 아닌데 말이죠. 아무튼 다들 그렇게 불편해했어요. 여기에 오기 전까지는.

"은경씨도 수사님을 불편해하던가요?"

잘 모르겠어요. 어땠는지. 하지만 분명 뭔가 달랐어요. 뭔가 불편하기는 했는데, 그게 은경이가 저를 꺼려서라기보다는 오히려 저를 너무 잘 아는 것처럼 대해서 불편했달까. 그런 느낌이었어요. 그리고 우리는 남들처럼 무난하게 지내지를 못했잖아요. 사소한 오해도 있었고. 아시죠, 그 사건?

"그런 걸 사소하다고 표현하지는 않죠. 칼이 배에 들어갔는데."

그런가요. 아무튼 은경이는 진짜로 여기에 속한 사람이 아닌 것만 같아요.

"유목생활을 불편해하던가요?"

아니요. 저보다 더 좋아해요. 그런데도 떠나려고 하더군요. 뭐라더라. 휴가 같다고 그랬는데. 좋은 건 알지만, 그게 영원히 지속되지 않으리라는 사실도 잘 안대요. 그래서 이 생활이 언제 끝나는 거냐고 제가 물으니까 그 질문에는 대답을 못 하더군요. 그런데 저는 그게 언제인지 알 것 같아요.

"언제죠?"

은경이 본인이 떠나야겠다고 마음먹는 날. 그날부터 세상이 무너지기 시작할 겁니다.

"그날이 오면, 같이 가실 건가요?"

왜 그런 걸 물으시죠?

"글쎄요. 두 분은 남다른 사이니까요."

어떤 면에서요?

"다들 그렇게 생각해요. 특별한 사이라고."

관제사님, 아까도 말씀드렸지만 저는 성직자고요, 생각하시는 것 같은 그런 관계는 아닙니다.

"하지만 누가 봐도 두 분 사이는 각별한데요. 특이하다고 해야 되나."

각별하다고 해서 두 사람 사이의 관계를 꼭 그 이름으로 부를 필요는 없죠. 이건 좀더 복잡한 겁니다. 그렇게 간단하게 요약이 되지 않아요. 구성물질이 굉장히 다양하거든요. 이를테면……

"이를테면?"

상실감이나 기대, 동료애, 무력감, 인내심, 반발, 신뢰, 감정이입, 존재의 고독, 이런 것들이죠. 그런 것들을 다 합친 건데, 단순합계가 아니라 좀더 복잡한 화학작용이 필요합니다.

"그래서 그걸 다 넣고 화학반응을 일으키면 뭐가 되는데요?"

글쎄요. 그럼 은경이처럼 복잡한 여자가 나오겠죠. 저기, 오늘은 이만하시죠. 저쪽에 다 들리겠어요. 장 보러 간 사람들이 오늘은 생각보다 빨리 돌아왔네요……

3

그때 나물이가 저를 쳐다보던 눈빛이 기억이 나요. 매서운 눈이었어요. 바클라바는……, 아니 그러니까 나물이는 원래 좀 냉혹한 데가 있거든요. 성전 문을 열고 들어섰을 때 눈치를 챘어야 했는데 그때는 몰랐죠. 처음부터 그런 눈을 하고 있었을 거예요. 나중에 병실에 누워서 생각해보니 어쩌면 화가 난 게 아니라 절망에 빠진 표정이 아니었을까 싶더라고요.

그런 눈으로 저를 바라보고 있는데, 아래를 내려다보니까 논문이 지워져 있더군요. 아시죠? 비행기 날개 아래쪽에 나물이가 그려놓은 그 그림. 가끔 날개 밑에 기어들어가서 그걸 가만히 들여다보곤 하잖아요. 성전 바닥에 그게 그려져 있었어요. 물론 날개에 그려놓은 것보다는 훨씬 자세하게요. 꽤 넓은 바닥이었는데 거기에 수학 공식이 가득했어요.

나물이한테 그게 얼마나 소중한지는 이미 잘 알고 있었거든요. 그런데 제가 그걸 밟고 있는 거 있죠.

그럴 생각은 없었어요. 조심해서 성전을 구경하고 있었는데, 어느 순간 그만 매료되고 말았나봐요. 벽화가 그려져 있었거든요. 나니예 탄생에 관한 그림들이 사방에 가득 펼쳐져 있었어요. 밖에서 보면 꽤 답답하게 생긴 성당인데 안에서 보니까 완전히 달랐어요.

그 그림들이 지금도 눈에 선해요. 거기 그림들은 뭐랄까, 독특했어요. 다른 성당 벽화랑도 또 달랐거든요. 다른 데 있는 그림들은 뭐랄까, 날렵한 비행기를 그리려고 애쓴 흔적 같은 게 보이는데 징검성당에 있는 건 완전 반대였어요. 풍만한 육체라고 해야 되나. 풍선 같았어요. 높은 곳으로 올라갈수록 기압 때문에 부풀어오르는 풍선 같은. 그 그림 속의 비행기들은 그런 식으로 축복을 받았나봐요. 엔진 없이도 스스로 떠오를 수 있으려면 그렇게 생겨야 하지 않겠어요.

제일 신기한 건 천장이었어요. 축복받은 비행기들은 위쪽으로 갈수록 더 뚱뚱해졌거든요. 무언가에 가까워진 거죠. 그게 뭐였겠어요? 네, 신이었어요. 신을 표현해놨는데, 형태는 뭐, 어차피 신이 어떻게 생겼는지는 아무도 모른다면서요. 그래서 그냥 기호 같은 걸로 표시가 돼 있었어요. 등불이 거기를 비추게 돼 있더라고요. 이리저리 위치를 옮기다보면 금박 문양이 제일 밝게 반사되는 위치가 있었는데, 제가 서 있는 자리에서 조금 벗어난 곳이었어요. 그래서 천장을 보면서 몇 걸음을 옮겼는데, 그러면서 그만 나물이가 써놓은 걸 밟아버린 거예요.

해명을 하려고 했는데 들으려고 하지 않았어요. 그걸 보더니 나물이가 뭔가 굉장히 차가운 말을 했는데, 무슨 말이었는지는 잘 기억이 안 나요. 내용이 중요한 게 아니고 말투가 더 중요했는데. 이제부터 모르는 사람 취급을 하겠다는 선언 같은 느낌이었어요. 칼을 빼들었는데, 아마 그런 경우에 그 칼을 쓰게 돼 있다는 말이었던 것 같아요. 일종의 경고였죠. 바로 다음 순간에 깨달았어요. 경고가 아니라 최후통첩이구나. 그리고 그 칼로 저를 공격하더군요.

"무서우셨겠어요."

음, 무섭죠. 지금은 꽤 친하게 지내고 있고, 다시 그런 오해가 생기더라도 나물이가 저를 그렇게 공격하는 일은 없을 거라고 생각하지만 그래도 가끔은 개가 무서워요. 좋은 사람이기는 한데, 마냥 착한 사람은 아니에요. 저한테도 이야기를 안 해줘서 자세히는 모르지만 과거가 있어요. 뭐, 아주아주 옛날에도 첫인상이 썩 좋은 편은 아니었고.

아무튼, 과거 없는 사람이 어디 있겠어요. 저도 그렇게 행복한 유년시절을 보낸 건 아니고, 어렸을 때 그렇게 컸다고 해서 지금 그 나이가 되도록 그 영향에서 못 벗어나고 있다는 게 자랑할 일은 아닐 거예요. 이제 어른이니까 그 이야기는 그만할 때가 됐겠죠. 나물이도 어렸을 때 이야기를 하고 다니지는 않아요. 그렇지만 뭔가 있었던 건 분명해요. 쉽게 지울 수 없는 뭔가가.

그렇지 않으면 설명할 수 없는 부분들이 있어요. 특히 비행기 타고 돌격 같은 거 할 때 보면 완전 광인인 거 있죠. 그렇게 온화하고 멀쩡하던 인간이 완전히 앞뒤가 꽉 막힌 미치광이가 되는 거예요.

"지난번에 들어보니까 돌격할 때는 무슨 일이 있어도 자기 진로를 양보하면 안 된다고 하더군요."

네, 그러니까 더 무섭죠. 자기 진로에 다른 비행기가 마주 날아와도 절대 피하면 안 된다고 생각하니까. 목숨을 가볍게 생각하는 것 같아요. 삶과 죽음의 경계가 아주 가까이에 맞닿아 있는 사람처럼. 요즘 깨달은 건데요, 그래야 신에 좀더 가까워진다고 생각하는지도 모르겠어요. 망원경이 없으니까 자기도 답답한 거죠. 그런 식으로 신을 대체하려는 거예요. 없는 기적을 억지로 만들어내서 말이죠.

하지만 비행기를 그런 식으로 움직이면 안 되는데. 비행기가 불쌍해 보일 때도 있어요. 나물이를 믿고 따르는 것 같기는 하지만, 그래도 그건 비행기의 본성이 아니거든요.

"그래도 잘해나가고 있지 않나요? 성직자로 돌아갈 수 없게 됐는지 어떤지는 몰라도 유목민으로 살라 그러면 그냥 잘살 것 같거든요. 가축비행기들도 나물 수사는 잘 따르는 편이고."

저도 그렇게 생각해요. 그때보다는 사람이 훨씬 편안해진 것 같아요. 서두르지도 않고, 뭔가에 쫓기는 것 같지도 않고. 문제는 언제까지 그렇게 살 거냐는 거죠. 그렇게 살 수는 없어요. 이대로 그냥 목동이 돼버리는 건 말이 안 돼요. 본인도 알걸요. 겉으로는 유목민이 다 된 것처럼 살고 있지만 사실은 매일같이 밤하늘을 보고 있다고요. 시장에서 산 그 조잡한 망원경이랑 관측장비를 가지고 지금도 계속 천문학자 흉내를 내고 있어요. 아, 그러니까 관측신학자 흉내를요.

그러는 나물이 마음이 어떨지 아세요? 말은 안 하지만 본인도 아마 답답할 거예요. 나물이가 지금은 저래 보여도 이런 데서 썩을 사람은 아니거든요.

"이런 데 있다고 해서 누가 썩어버리거나 하지는 않아요."

물론 그렇겠죠. 이렇게 사는 것도 재미있어요. 저도 아주 마음에 들고요. 행복해요. 제 십오만 년 평생에 이렇게 행복했던 적은 별로 없는 것 같아요. 아마 나물이도 그럴 거예요. 다들 잘해주시고, 경치도 좋고, 급한 것도 없고, 걱정거리 하나 없는 나날이니까요. 그런데 불안해요. 너무 편안하니까 오히려 걱정이 돼요. 지금 너무 행복하지만 이게 얼마나 계속될지는 모르겠어요. 탄탄한 지면 위에 놓인 행복 같지만 그 아래에는 지면을 떠받드는 기둥이 있을 것 같고, 그 기둥 아래쪽에 서서히 금이 가는 상상 같은 걸 해요.

"그렇지 않아요. 지금 현재에 충실하세요. 감당할 수 없는 미래의 고민까지 미리 끌어와서 걱정하는 건 어리석은 일이에요. 행복할 수 있을 때 충분히 행복하게 지내는 것도 지혜라고요. 적어도 세상이 무너지는 건 아니잖아요."

세상이 무너지지 않는다고요? 그런데요 윤희씨, 세상이란 건 무너질 수도 있어요.

"알았어요. 정정할게요. 무너질 수도 있어요. 그렇지만 모든 세상이 다 무너지지는 않아요. 은경씨, 불안해하지 마세요. 은경씨를 지켜줄 수 있는 사람은 많아요. 보세요. 가을이잖아요. 하늘은 높고 일조량도 풍부해요. 은경씨 말마따나 비행기들도 살이 올랐고, 걱정할 일은 일어나지 않아요."

하지만 여기는 저나 나물이가 속해 있던 세상이 아니거든요. 그 사람, 훌륭한 신학자예요. 능력만큼 인정을 받지는 못했지만 성지 대교구에서도 나물이가 하는 말이 얼마나 신빙성 있는 이야기인지 이미 알고 있었다고요. 다만 그 주장을 하는 사람이 나물이라는 사실을 인정하기가 싫었던 것뿐이에요. 이론신학회가 그렇게 결사반대만 하지 않았어도 이야기는 완전히 달라졌을 거예요. 그 사람들은 신을 관념화시키려고 하거든요. 그러니까 신을 진짜로 찾아내겠다는 사람이 꼴 보기 싫은 거죠. 이론의 신빙성이 문제가 아니라 교단 내 권력 배분 문제였어요. 단지 그것 때문인데, 나물이는 그걸 몰라요.

따지고 보면 저 때문이죠. 그 논문, 아마 계획대로 발표만 했으면 제대로 된 평가를 받았을 거예요. 이론신학회 쪽 사람들은 마치 자기들이 미리 다 손을 써놓은 것처럼 생각했지만, 성지 대주교님 생각은 달랐거든요. 최주교님은 아마 나물이를 발탁했을 거예요. 원래 그분이 데리고 있던 사람이니까요.

그런데 결국 이렇게 되고 말았어요. 나물이는 달아날 필요가 없었는데. 교구에서 책임질 일이었고, 나물이 입장에서는 정당한 행위였는데, 그렇게 쉽게 파문해버리다니.

"지난께서 도우실 수 있을 거예요."

어떻게요? 지난에게 이론신학회가 있나요? 지난이 모든 걸 해결해주나요? 그래서 여러분 모두가 이렇게 지난을 찾아 헤매는 건가요? 그런데 너무 많은 사람들이 찾아가면 그분도 지치지 않을까요? 그 사람들 이야기를 하나하나 다 듣는 데만도 너무 많은 시간이 걸리지 않을까요? 그분은 지치시지 않나요? 그분은 신이신가요?

"적어도 망원경은 구해주실 수 있을 거예요."

얼마나 좋은 망원경을요? 관제사님, 윤희씨, 나물이가 찾으려고 하는 건 그냥 반짝반짝 예쁜 별이 아니라 신이에요. 크기가 얼마나 되는지도 아무도 몰라요. 주먹만하다는 사람도 있고, 손톱만하다는 사람도 있어요. 몇십 센티미터 범위로 오차를 줄여서 궤도를 계산해낸다고 해도 망원경 자체가 그런 작은 물체를 알아볼 정도로 좋은 게 아니면 아무것도 알아낼 수 없어요. 그렇다고 지난 칸이 잘 알지도 못하는 나물이를 위해서 하난산 성지망원경을 구해주기라도 하실까요? 거기에는 지키는 사람이 없나요? 그분이 나물이를 위해서 군대를 움직여줄까요? 그거야말로 헛된 기대 아닌가요?

그러니까 나물이는 돌아가야 해요.

"어디로요?"

그건, 글쎄요.

"그럼 은경씨도 같이 가실 건가요?"

아마도.

"수사님과 같이 가시게 될까요?"

그렇겠죠.

"제가 궁금한 건요, 두 분이 속한 세계가 어디인가 하는 거창한 게 아니라, 좀더 단순한 거예요. 은경씨가 나물 수사님을 따라가시는 건지, 아니면 나물 수사님이 은경씨를 따라가시는 건지 하는 그런 거요. 두 분은 결국 누구의 목적지로 가게 되나요?"

네. 물론 하난산 성지부터 들르지는 않을 거예요. 제 목적지로 먼저 가게 되겠죠. 그렇다고 제가 나물이를 단지 제 목적을 이루기 위한 수단으로 생각하고 하는 말은 아니에요. 저는 진심으로……

"이해해요."

뭘요?

"아까 나물 수사님의 눈빛이 매섭다고 이야기하셨는데, 혹시 다른 건 못 보셨어요?"

다른 거요?

"예를 들면……"

예를 들면?

"어디 있더라. 어디 적어놨는데. 잠깐만요. 여기 있네요. 상실감이나 기대, 동료애, 무력감, 인내심, 반발, 신뢰, 감정이입, 존재의 고독, 이런 거요. 그런 걸 다 합친 건데요."

네? 그걸 다 합치면 뭐가 되는데요?

"글쎄요. 뭐, 사랑 같은 거?"

풋, 누가 그래요?

"마지막으로 은경씨에게 그 궤도비행이란 건 어떤 의미인가요?"

역도 같은 거.

"역도요?"

그런 운동이 있어요. 무거운 걸 들어올리는 운동. 누가 더 무거운 걸 들 수 있는지 겨루는 거예요. 그냥 그뿐이죠. 들었다 놨다, 소리 지르고 인상 쓰고. 그런데 사람들이 그걸 구경해요. 이상하죠? 예전에 그 역도경기를 본 적이 있어요. 저게 뭐하는 짓이야, 하고 비웃으면서 보고 있는데, 뒤쪽으로 가니까 이상한 일이 일어나는 거예요. 그러니까 누구나 손쉽게 들 수 있는 무게가 아니라 모두가 각자의 한계 근처에 이르렀을 때 성공하고 실패하는 모습들을 보다보면 그 한계점이 보이기 시작하는 거예요. 그러다 1, 2위를 다투는 선수들이 등장하면요, 선수 개개인의 한계가 아니라 인류 전체의 한계선이 드러나는 거예요. 그걸 세계기록이라고 하는데, 이건 숫자로 환산할 수 있는 게 아니에요, 사실.

아무튼 최후의 승자가 결정되는 순간이 어떤지 아세요? 마지막 한 사람이 인류 전체의 한계선을 바닥에 놓아두고 그 앞에 서는 거예요. 그리고 소리를 크게 한 번 지르고는 자세를 낮춰서 역기를 잡아요. 몇 초쯤 있다가 그걸 들어올리는데, 이건 진짜 힘겹게 올라가요. 부들부들 떨리면서 천천히. 그렇게 힘겹게 힘겹게 가슴 높이까지 들어올린 다음 서서히 몸을 일으키는 거예요. 역기의 무게감이 그대로 느껴지면서 언제든 다시 바닥으로 떨어질지 모른다는 위태로운 느낌이 계속돼요. 그렇게 겨우겨우 몸을 일으키면 그다음은 팔을 펴서 그 무게를 가능한 한 가장 높은 곳까지 들어올리는 거예요. 그런데 이것도 쉬운 게 아니에요. 힘으로만 하는 게 아니거든요. 그보다는 머리 위로 들어올린 역기와 땅 사이에 재빨리 몸을 집어넣은 다음 몸을 쭉 뻗으면서 겨우겨우 버텨내는 거랄까. 쉬운 일이 아니에요. 온몸으로 한계가 느껴지거든요. 그리고 역기가 정점에 머무는 순간은 기껏해야 이 초도 안 돼요. 그다음은 그냥 바닥에 툭 던져놓는 거예요. 그런데 그 짧은 순간에요, 그 사람이 정말 얼마나 훌륭해 보이는지 몰라요. 그걸 들어올리는 데 성공해서가 아니라 한계점 근처에 서 있었다는 것 때문에요. 진짜로 위대해지는 지점은 한계선을 넘어선 이후가 아니라 그 한계선 근처에서 부들부들 떨고 있을 때거든요. 사실은 거기가 더 높은 지점인 거죠. 저 위쪽 어딘가 한계를 넘어선 존재들이 유유히 떠다니는 곳보다 더.

우주왕복선을 타고 우주로 날아간다는 건 그런 거예요. 다시 바닥에 내려놓을 역기를 들어올리는 것. 절대로 쉽게 올라가는 게 아니거든요. 그리고 저한테는 그게 바로 탈출이에요. 행선지는 중요한 게 아닐지도 몰라요. 그 자리에 서는 순간 이미 탈출한 게 되니까요.

행성파괴무기

'좋아.'

미은은 거울을 들여다보았다. 창백한 피부, 짙은 갈색 단발머리, 크고 또렷한 눈매, 여리고 긴 목, 금방이라도 쓰러져버릴 것 같은 가냘픈 몸매.

'이 정도면 충분해. 예뻐.'

수수한 옷차림에 짧은 양말, 그녀는 남부혁명군 전투조종사 이미은이었다.

"미은씨, 출격 준비 끝났어."

"네! 가요!"

남부혁명군은 한 달 전에 혁명을 선언했다. 하지만 남반구는 인구밀도가 너무 적어서 그들이 혁명을 선언했다는 사실을 아는 사람이 얼마 되지 않았다. 그들은 체제를 전복하고 새로운 세상을 만들기로 결의했지만, 그들이 전복시켜야 할 체제가 관리사무소인지 아니면 지난인지에 대해서는 아직 원활한 합의가 이루어지지 못했다. 우선은 양쪽 모두를 암살하거나 전복시켜야 한다는 것이 지도부의 견해였다. 그러기 위해서는 우선 비행기가 필요했다.

혁명군은 모두 이백칠십칠 명이었다. 그중 조종사가 마흔여덟 명이었는데 비행기는 딱 세 대밖에 없었다. 그나마 한 대는 수송기였다.

"전투기가 더 필요해."

사령관이 말했다. 혁명군 총사령관, 전투조종사 염안소의 말이었다.

"수송혁명으로는 체제를 전복할 수 없어. 오로지 폭력혁명만이 역사의 나아갈 방향이야. 그러면 전투기는 어디에서 구할 것이냐. 바로 여기야!"

사람들이 지켜보는 가운데, 그는 손가락을 힘차게 뻗어 지도 위의 한 점을 가리켰다. 산이었다. 그래서 그들은 산적이 되었다. 그곳에서 그들은 지나가는 비행기들을 납치할 생각이었다.

물론 비행기를 납치해본 적은 한 번도 없었다. 납치에 사용할 비행기도 겨우 두 대뿐이었다. 그래도 그들에게는 열정이 있었다. 젊음과 패기, 정의와 낭만, 그리고 사회과학적 방법론도 있었다.

"물론 농담이야."

스물한 살의 총사령관 염안소가 말했다. 수줍은 농담에 그는 볼이 빨개졌다. 그러자 참모들이 환하게 미소를 지었다. 혁명전략사령부가 온통 환해졌다. 사령관이 다시 말을 이었다.

"우리에게는 세계 최고의 전투조종사가 있잖아."

미은이 어깨를 으쓱했다. 열여덟 살, 미은은 결코 연약한 아가씨가 아니었다. 탁월한 공간감각과 놀라운 반사신경, 10대 1로 싸워도 결코 밀리지 않는 남부혁명군 최고의 혁명투사, 미은이었다.

그리고 드디어 사냥감이 나타났다. 출격이었다. 다른 동지들이 무전으로 연락을 해왔다. 목표는 복엽기 육십 대와 수송기 한 대로 이루어진 유목편대였다. 날아가는 모습을 보니 사십 대에서 오십 대 정도는 자동항법장치밖에 없는 가축비행기 같다고 했다. 조종사는 열 명쯤 될 것 같았다. 10대 2. 해볼 만한 숫자였다. 미은 자신과 사령관, 그 두 사람이라면 호위기 열 대쯤은 그다지 두렵지가 않았다.

"왔어?"

미은이 비행기로 달려가자 염안소가 먼저 인사를 건넸다.

"네. 자, 출발합니다."

나물은 멀리서 편대를 뒤따르고 있었다. 누가 보면 그가 편대 전체를 몰고 가는 것처럼 보일지도 모른다는 생각이 들었다. 보긴 누가 본다고. 그런데 누군가 그들을 지켜보는 자들이 있었다.

"세시 방향, 전투기 두 기, 고속 접근중."

나물이 무전기에 대고 그렇게 말했다. 그러나 아무도 대답이 없었다. 노랫소리 때문이었다. 관제사가 무전기를 붙들고 노래를 불러대는 통에 그의 목소리가 그만 묻혀버린 모양이었다.

"윤희씨, 노래 좀 그만. 세시 방향에서 뭔가 날아옵니다."

그러나 노래가 다 끝날 때까지 전투대형을 펼치는 사람이 아무도 없었다. 그는 어쩔 수 없이 혼자서 세시 방향으로 날아갔다. 노래를 마치자마자 관제사가 물었다.

"어디 가세요?"

"뭐가 날아오잖아요."

"그냥 두세요. 두 대밖에 안 되는데."

"보고 올게요."

"부지런도 하셔라. 근데 어디서 갑자기 나타난 거죠?"

"저기 산에서 나온 것 같은데요. 높이가 한 오천은 되겠네요."

"산적인가?"

그때 누군가가 신청곡을 접수했다. 관제사는 다시 노래를 시작했다.

나물은 두 대의 비행기를 향해 곧장 날아갔다. 부딪칠 듯 가까이 스쳐 지나는 사이, 상대편 비행기에 장착된 기관포가 눈에 들어왔다.

"아무래도 강도 같습니다. 총이 아니라 포를 달았어요. 저거 맞으면 아프겠는데요. 그쪽으로 갑니다. 진짜 아무도 응답 안 하실 겁니까? 어떻게 돼도 나는 몰라요."

그러나 편대에서는 아무 반응이 없었다. 그는 기수를 돌려 편대가 있는 쪽으로 돌아갔다. 그의 예상과는 달리 두 대의 비행기는 전혀 공격적인 움직임을 보이지 않았다. 대신 편대 오른편으로 바짝 다가가 편대장기와 닿을 듯 말 듯 날개를 나란히 하더니 그 상태로 아무 일 없이 한참을 날아갔다. 아무래도 강도는 아닌 것 같았다.

'아는 사람인가?'

나물 수사는 다시 자기 자리로 돌아갔다. 한참을 기다렸지만 아무 일도 일어나지 않았다. 비행기 아래에는 큼지막한 직사각형으로 구획이 나누어진 노란 경작지가 펼쳐져 있었다. 커다란 수송기 뒤쪽으로 가축비행기들이 나란히 늘어선 모양이 마치 무리지어 날아가는 새들처럼 평화로워 보였다. 새로 합류한 두 대의 비행기는 마치 잃어버린 무리를 다시 찾은 새들처럼 자연스러웠다. 그 모습을 보고 나물은 마음을 놓았다.

날이 저물자 편대는 가까운 태양농장 근처 목초지에 내려 야영 준비를 했다. 비행기들을 끌어다 충전 위치에 둔 다음, 수송기에서 천막을 꺼내 야영장에 설치했다. 낮에 합류한 두 사람은 쭈뼛쭈뼛 말없이 주위를 서성이다가, 저녁을 얻어먹고 곧 잠이 들었다. 그때야 편대장이 나물 수사에게 물었다.

"쟤들 누구야?"

"그걸 왜 저한테 물으세요?"

"당신이 가서 신원확인한 거 아니었어?"

"했죠. 저는 강도 같다고 했는데요. 오는 내내 편대장님 옆에 딱 붙어 있더니, 편대장님 아는 사람 아니었어요?"

"나? 몰라. 당신 아는 사람인 줄 알았지. 당신이 최초 접촉한 다음 무사통과시켰잖아."

"저는 뭐 원래 반경 오만 킬로미터 안에 아는 사람이 하나도 없는데요."

"그래? 근데 왜 밥까지 먹였어? 그럼 쟤들 지금 누구 천막에 들어가서 자는 거야?"

그러자 관제사가 대답했다.

"그러게요. 우리는 두 분 중에서 한 분이 아는 사람이겠거니 하고 아무 말 안 했는데요. 말 시켰더니 대답도 안 해요. 말을 못 하는지, 목을 이렇게 잡던데요. 그래서 안 물어봤어요. 게다가 재들, 지금 보니까 남자 여자 하나씩이라고 천막을 하나씩 차지했네요. 우리는 편대 본부에서 자야겠는데요."

밤이 깊어지자 조종사들은 모두 각자 자기 자리로 가서 밤하늘을 올려다보거나 조용히 잠을 잤다. 새벽이 되자 남들보다 일찍 잠이 들었던 남부혁명군 조종사 두 사람은 남들보다 훨씬 일찍 잠에서 깨어났다.

"이제 어쩌죠?"

"글쎄."

"여기가 어디쯤이죠?"

"나도 잘 모르겠어."

"임무는 제대로 완수한 건가요?"

"아마도…… 어떻게 된 건지 사실 나도 잘 모르겠어."

"무전이 안 돼서 그래요. 소리지르느라 목이 많이 상하셨죠?"

"괜찮아. 나보다 미은 동지가 목이 더 상한 것 같은데. 아무튼 계획했던 것과는 약간 다르지만, 비행기는 모두 안전하게 확보한 것 같아. 다시 돌아가는 게 문젠데, 우리 둘이서 이 많은 비행기를 다 몰고 갈 수는 없고, 아무래도 인질들의 협조를 받아서 돌아가는 수밖에 없겠어."

"그런데 사령관님. 아무래도 저 사람들, 아직 상황 파악을 못 하는 거 아닐까요?"

"글쎄, 그럴지도 모르겠어. 다들 일어나면 내가 확실하게 말해줘야겠어."

두 사람은 서로 어깨를 기대고 나란히 앉아, 밤하늘을 바라보며 많은 이야기를 나누었다. 그리고 해가 뜰 무렵에 다시 잠이 들었다.

아침에 관제사가 그 광경을 보고는 편대장에게 가서 이렇게 말했다.

"쟤들 아직도 자는데요. 깨워서 물어볼까요?"

"그냥 둬. 사연이 있겠지. 보기 좋은데 뭐. 이럴 때는 아무것도 안 묻고 그냥 넘어가주는 게 제일 고마운 거야."

편대장은 전날 두 사람이 자기 쪽을 바라보며 무엇인가를 애타게 외치던 모습이 떠올랐다. 도대체 무슨 이야기를 하고 싶었던 걸까.

아침식사 시간이 되자 편대장은 두 사람을 깨워서 밥을 먹였다. 밥을 먹는 내내 두 사람은 아무 말도 하지 않았다. 다만 가끔 서로 얼굴을 쳐다볼 뿐이었다.

"누구한테 쫓기는 거예요?"

은경이 물었다. 그러자 두 사람은 동시에 고개를 가로저었다. 편대장이 더이상 캐묻지 말라는 눈짓을 보냈다.

식사를 마치고 천막을 정리한 다음, 비행기를 충전 위치에서 끌어내어 시동을 걸었다. 오십 대나 되는 가축비행기들을 일일이 손봐주느라 다들 두 사람에게 신경쓸 여유가 없었다. 모든 준비를 마치고 비행기에 탑승하기 직전에 편대장이 그 두 사람에게 다가가 작별인사를 건넸다.

"어떤 어려움이 있더라도 서로 믿고 의지하면서 행복하게 잘살

아. 세상이 이렇게 넓은데 당신들 두 사람이 행복하게 살 만한 데가 없겠어? 알았지? 힘내."

그러자 혁명군 총사령관 염안소가 말했다.

"지금 가시면 안 되는데……"

"응?"

"가시면 안 된다고요."

"뭐라고? 잘 안 들려."

"아니, 그게요, 당신들 지금 납치된 거거든요. 지금 가시면 안 된다고요."

힘없는 목소리였다.

"응? 뭐라는 거야? 아무튼 말은 할 줄 아네. 이 사람아! 왜 그렇게 힘이 없어! 그래가지고 저렇게 예쁜 아내를 어떻게 지켜주겠어?"

그러자 미은이 말했다.

"아내 아닌데. 그게 아니고요, 이분 말씀은요……"

"아니야, 됐어. 내가 할게. 여러분, 이렇게 가시면 안 됩니다. 지금 여러분은 남부혁명군 총사령부의 통제하에 있습니다."

"응? 무슨 통제?"

"남부혁명군이요."

"응? 그랬어? 그게 뭔데?"

"납치되셨다고요. 저희도 곤란한 일이 발생하는 것은 원치 않습니다. 그러니까 지금까지 해오신 것처럼 계속해서 협조해주시면 감사하겠습니다."

"응?"

"뭐?"

"뭐래?"

조종사들은 그만 넋을 놓고 두 사람을 바라보았다. 두 사람은 금세 얼굴이 발그레해졌다.

인질들은 꽤 협조적이었다. 섣부르게 저항하려고 하지도 않았고, 탈출하려는 낌새도 전혀 없었다. 다만 자기들 마음대로 항로를 정하고는 혁명사령부에서 점점 먼 곳으로 날아간다는 점이 문제였다.

"어쩌죠?"

"예상치 못한 전개야. 일단 인질들의 권리도 소중하니까 그들의 요구를 어느 정도 수용하는 것도 나쁘지 않겠지."

말은 그렇게 했지만 그들도 물론 잘 알고 있었다. 일이 점점 이상하게 꼬여간다는 사실을. 바로잡기에는 이미 늦었을지도 모른다는 사실을.

"하긴, 이제 와서 갑자기 버럭 화를 내면서 다 죽여버리겠다고 협박할 수는 없죠."

"없지."

"처음부터 그랬어야 했는데. 일단 위협사격부터 하고."

"그렇지."

은경이 멀리서 그 광경을 지켜보고 있다가 나물에게로 다가가서 이렇게 말했다.

"저 둘은 무슨 사이일까? 하루 종일 재잘재잘 뭐라고 속삭이는 게 재미있어 보이지?"

"그런가."

나물은 그렇게 말하면서 두 사람을 바라보았다. 그러다 미은과 눈이 마주쳤다. 그 순간 미은은 왠지 모르게 가슴이 두근거렸다.

'저 성직자, 이런 데 있을 사람같이 안 생겼잖아.'

두 사람은 계속해서 편대를 따라다녔다. 조종사들은, 어차피 끼니때마다 꼬박꼬박 밥을 먹이는데 일이라도 가르쳐야 하는 게 아니냐며 의견이 분분했다. 어느 날 저녁, 미은이 관제사에게 먼저 말을 걸었다.

"언니, 언니라고 불러도 되죠? 언니, 거울 없어요? 손거울 말고 큰 거울."

"저기, 편대 본부에 있는데……"

"어딘데요?"

"수송기에."

"아, 제가 들어가도 돼요?"

"응. 아니, 네."

미은은 거울을 들여다보았다. 미은은 자기 얼굴을 별로 좋아하지 않았다. 조금만 방심하면 표정이 망가지는 얼굴. 안면근육에 힘을 빼고 있으면 어느새 입이 살짝 벌어지고 코끝이 위로 당겨져서, 헐레벌떡 어딘가 급하게 달려온 듯한 인상이 되기 일쑤였다. 미은은 힘을 빼고 멍하니 거울을 보다가 문득 입술을 꼭 다물고 온 신경을 코끝에 집중시키면서 안면근육을 전체적으로 살짝 긴장시켰다. 그러자 헐레벌떡 급한 호흡을 고르는 듯했던 얼굴이 금세 차분하고 지적이며 여성스러운 표정으로 변했다.

"좋아. 이만하면 예뻐."

미은은 조심스럽게 표정을 가다듬고 수송기 밖으로 나갔다. 출입문 맞은편에 나물의 비행기가 세워져 있었다. 미은은 그쪽으로 다가갔다. 비행기 주인이 뭔가에 골몰한 표정으로 비행기 표면에 뭔가를 열심히 적고 있었다.

"뭐 그리세요?"

"네? 아, 그림이 아니라."

"예쁜 무늬네요. 이 숫자들이랑도 잘 어울리고. 비행기 장식도 직접 하시는구나."

"이건 장식이 아니고 공식인데요. 그러니까……"

신의 궤도 이론 중 그의 논문에 사용된 주요공식들이었다. 미은은 신기한 듯 그 공식들을 바라보았다. 이 여자가 혹시 이걸 알아보는 건 아닐까, 나물은 문득 그런 생각이 들었다. 다른 조종사들이라면 못 알아보는 게 확실하지만 미은은 왠지 다를 것 같았다. 교단에서 이미 그를 파문했다 하더라도, 여전히 신의 궤도는 절대 다른 사람에게 누설해서는 안 되는 중요한 비밀이었다. 혹시 알아보는 것은 아닐까. 알아보면 어쩌지? 그는 미은의 두 눈을 가만히 들여다보았다. 모를 거야.

그때 미은이 고개를 돌렸다. 그리고 그와 두 눈이 마주쳤다.

'아, 이 사람. 나를 보고 있었어.'

어깨가 움찔했다. 그의 따가운 시선을 피하면서 미은은 속으로 이렇게 외쳤다.

'잘생겼다!'

미은은 잠시 넋을 잃고 나물을 바라보았다. 대화가 끊기자 문득 어색한 적막이 흘렀다. 나물은 무슨 말이든 꺼내야겠다고 생각했다. 그리고 이렇게 물었다.

"그런데 어디 뛰어갔다 오셨어요? 숨이 가빠 보이네."

"네?"

그 말에 미은은 그만 흠칫 놀라고 말았다.

모두가 깊이 잠이 들었을 무렵에, 미은은 표정을 가다듬고 또다시 나물 수사가 있는 쪽으로 서서히 다가갔다. 밤하늘을 올려다보며 외따로 앉아 있는 그의 모습이 쓸쓸해 보이기도 하고 낭만적으로 보이기도 했다.

'성직자라고 했는데, 이래도 괜찮을까?'

그런 생각을 하고 있는데 나물이 먼저 다가와 미은에게 말을 건넸다.

"혁명군이라고 그랬죠?"

"네."

미은은 기어들어가는 목소리로 조그맣게 대답했다.

"많아요? 혁명군은?"

"네? 네, 예전에는 남쪽이 전부 혁명군 땅이었대요."

"그래요? 누구는 지난 거라고 그러던데."

"원래는 빈 땅이었어요. 관리사무소에서 쫓겨난 사람들이, 그러니까, 저기……"

상대의 시선이 느껴진 순간 미은은 갑자기 말문이 막혔다. 그리고 다시 얼굴이 붉어졌다.

"몇 마디만 하면 금방 빨개지네. 무슨 경고등 같아요. 비밀이라 말하기 곤란한가봐요."

그 말에 미은이 갑자기 버럭 소리를 질렀다.

"네? 비밀은 무슨 비밀이요? 아무튼 많아요!"

그러고는 어디론가 후다닥 달아나버렸다. 나물은, 참 이상한 아이라는 생각이 들었다.

미은은 가축비행기들 쪽으로 달려가면서, 조금 전에 하려다가 못한 이야기를 다시 한번 입안에서 웅얼거렸다.

'관리사무소에서 쫓겨난 사람들이 난민촌을 이루다가 공장 몇 개를 가동시킬 정도까지 크기가 커졌거든요. 지금으로부터 삼십 년 전에는 드디어 혁명전쟁을 일으킬 정도로 세력이 컸어요. 세상을 바꿀 기회였죠. 그리고 영웅이 나타났어요. 혁명군 강령에서는 영웅이라는 존재 자체를 인정하지 않지만, 그래도 그분은 영웅이 틀림없었어요. 민소매 장군이라고 우리 마지막 희망이었던…… 아니야, 너무 장황해. 더 간략하게 요점만 말해야 해. 민소매 이야기는 할 필요 없잖아. 묻지도 않은 이야기를 길게 늘어놓을 필요는 없어. 아, 언제쯤 말을 조리 있게 잘하게 될까?'

그렇게 혼자서 중얼거리고 있는데, 어디선가 염안소가 다가오더니 이렇게 말했다.

"이미은 동지."

"예, 사령관님."

"전략을 수정해야 할 것 같아. 아무래도 인질들을 좀더 오래 따라

다녀야겠어."

"좋아요!"

미은은 진심으로 기뻐하며 큰 소리로 대답했다. 그러자 염안소가 의아한 눈으로 쳐다보았다.

"응? 뭐가 그렇게 좋지?"

사령관은 말없이 미은을 바라보았다. 그리고 말을 이었다.

"아무튼 내가 방금 알아낸 건데, 이 사람들 지금 누구한테 가는 건지 알아?"

미은은 고개를 저었다. 그러자 염안소가 속삭였다.

"지난."

미은의 얼굴에서 웃음이 사라졌다.

"지난? 지난 반소매? 어디 있는지 안대요?"

염안소는 고개를 끄덕였다.

"소리가 너무 커. 이 가축비행기들이 전부 지난한테 색칠 맡기러 가는 비행기라는군."

"그럼?"

"그렇지!"

두 사람은 서로 마주 보며 고개를 끄덕였다. 절호의 기회였다. 지난과 직접 접촉할 기회. 꿈만 같았다. 운명이 그들을 혁명의 길로 이끄는 듯했다.

남부혁명군에게 지난은 용병대장 반소매로 더 잘 알려져 있었다. 그는 시계고원 전투에서 전설적인 영웅 민소매의 대군을 격파하고 백이십 년간 이어온 혁명의 꿈을 하루아침에 잿더미로 만들어버린 천하의 악당이었다. 그 전투의 대가로 그는 남반구 일대의 지배권을 획득했는데, 그것이 바로 삼십만 남반구 인민의 혁명적 열망을 억압하는 기만적 유목봉건체제의 시발점이었다.

하지만 또다른 억압적 체제인 관리사무소와는 달리 지난의 폭력기구는 물적 토대가 취약했다. 지난 개인의 능력에 너무 많은 부분을 의지했기 때문에, 그가 사라지면 곧 체제 자체가 붕괴될 것이라는 예측이 지배적이었다.

그에 비하면 관리사무소 체제는 훨씬 견고했다. 관리사무소 본사는 그 자체가 이미 두꺼운 장벽으로 뒤덮인 요새화된 도시였다. 어찌나 견고했던지 남부혁명군 강령에는 그 장벽을 뚫기 위해서는 '태초의 검'이라는 이름의 전설의 무기가 필요하다고 나와 있었다. 태양처럼 강렬한 빛을 내뿜는 희고 거대한 기둥. 물론 염안소는 그런 황당한 이야기를 곧이곧대로 믿을 만큼 꽉 막힌 혁명지도자는 아니었다. 다만 그만큼 관리사무소를 공략하기가 어렵다는 뜻으로 이해하는 게 옳았다. 그래서 강령에도 지난을 암살하는 것이야말로 가장 효과적인 혁명전략이라는 결론이 명시되어 있었다.

그런 지난을 직접 만나게 되다니! 뜻밖의 기회였다. 하지만 망설임은 없었다. 두 사람은 지난을 암살하기로 마음먹었다. 단 한 번의 공격으로 끝을 봐야 했다. 실수는 용납되지 않았다. 그 생각에 그들은 벌써부터 온몸이 바짝 긴장됐다. 그래서 그들은 그날도 역시 다른 사람들보다 훨씬 일찍 잠자리에 들었다.

대족장 강우산은 꽤 먼 곳까지 직접 정찰을 나갔다. 그러나 생각보다 가까운 곳에서 적을 만났다. 워낙 대군이라 진격 속도가 느린 편이었지만, 벌써 그 정도까지 육박했으니 이제는 달아날 방법이 없어 보였다. 맞서 싸우는 수밖에 없었다. 하지만 병력이 역부족이었다. 가축들이 전부 전투에 가담해준다면 모를까, 겨우 이천이백 명밖에 안 되는 조종사들만 가지고는 다섯 배가 넘는 대군을 상대할 방법이 없었다. 아무리 지난이라도 마찬가지였다. 그는 항법장치밖에 없는 가축비행기들이 적진을 향해 우르르 달려가는 모습을 상상하면서 혼자 미소를 지었다.

그러나 여유롭게 웃고만 있을 때가 아니었다. 지난은 아직 상황을 제대로 파악하지 못하는 듯했다.

"반격을 하시겠다고요? 우리는 병력이 겨우 이천밖에 안 되는데요. 칠천오백 대는 그냥 허수아비라고요."

"괜찮아! 저쪽에서는 모르잖아! 우리만 아는 사실이니까 상관없어! 그리고 뭐라 그러는지 잘 안 들려! 크게 말해!"

지난은 수송기 한 대를 남쪽으로 내려보내고는 전령을 통해 족장들 모두에게 추가 지시를 내렸다.

"대족장 호위기와 목자 역할을 하는 조종사를 제외하고 나머지 모든 전투조종사들은 적 정찰기에 노출되지 않도록 남쪽 후방경로를 통해 아군 진영 서쪽 끝에 위치한 지난 칸의 진영으로 이동해야 합니다. 집결시점부터 모든 전투병력은 지난이 직접 지휘합니다. 대족장들은 나머지 모든 가축비행기들을 이끌고 남동쪽으로 퇴각하시랍니다. 이상 전달 끝."

드디어 퇴각이었다. 이미 늦었지만 그래도 할 수 있는 데까지는 최대한 서둘러서 준비해야 했다. 적 병력은 지난이 직접 상대할 모양이었다. 지시대로 전투병력을 모두 지난 칸의 진영으로 보내고 나머지 비행기들을 챙겨 퇴각 준비를 서두르는데, 오후에 또다시 새로운 지시가 하달되었다.

"시간이 늦었으니 오늘은 일단 푹 자고, 내일 아침 해가 뜨자마자 움직이시랍니다. 아침 작전회의는 생략합니다. 기상상황과 관계없이 실행하시기 바랍니다. 전달 끝."

그러나 편히 쉴 수 있었던 사람은 지난 본인밖에 없었다. 전쟁이 코앞인데 휴식이라니. 다른 사람은 감히 꿈도 못 꿀 일이었다.

지난은 반쯤 조는 듯 눈을 감은 채, 전날 분화구에서 캐낸 물건을 떠올렸다. 사실 그렇게 특별하게 생긴 물건은 아니었다. 그저 우주에서 날아온 평범한 돌덩이일 뿐이었다.

"어쩌자고? 좀더 중요할 것같이 생긴 걸 갖고 오라고!"

그가 소리치자 조종사들이 말했다.

"한번 들어보시죠."

손을 뻗었다. 특별할 것 하나 없는 보통 돌이었다.

"들어보시라니까요."

무거웠다. 겨우 머리통만한 돌인데 집어들 수가 없었다.

자리에서 일어나 두 손으로 돌덩이를 감싸쥐었다. 그리고 위로 힘껏 들어올렸다. 하지만 돌덩이는 꿈쩍도 하지 않았다. 마치 바닥에 붙어 있는 듯했다. 나이가 들어서가 아니었다. 젊은 조종사들 몇 명이 달라붙어도 돌덩이는 꿈쩍하지 않았다. 얼마나 무거운지 무게를 정확히 가늠할 수조차 없었다.

"이게 도대체 뭐지?"

"글쎄요."

세상에 그런 물질은 없었다. 무게가 문제가 아니었다. 문제는 밀도였다. 일단 나니예에 존재하는 물질은 절대 아니었다.

그런데 어디선가 그런 물건에 관한 이야기를 들은 기억이 났다. 아주 오래전이었다. 진짜일까, 아니면 조작된 기억일까. 그다지 마음에 담아두지 않은 기억이었는데, 때가 되자 그날의 기억이 마음 한구석에서부터 서서히 고개를 들었다. 정확히 어디에서 일어난 일인지는 떠오르지 않았다. 누구에게서 들은 이야기인지도 기억나지 않았다. 단지 그 물질의 이름이, 무의식의 바다 한가운데 떠 있는 외딴섬처럼 머릿속에 덩그러니 떠올랐을 뿐이었다.

'행성파괴무기.'

분명 그런 이름이었다. 자연물이 아니라는 뜻이었다. 누군가가 인공적으로 만들어낸 물체이고, 또 분명한 의도를 가지고 사용한 물건이라는 뜻이었다. 분화구가 있던 자리에 새 분화구가 생긴 것은 결코 우연이 아니었다.

'누군가 황소장을 공격했다는 뜻이군. 재미있게 돼가는데. 그런데 내가 이걸 어디서 들었더라……'

날이 완전히 저물자 비행기들이 모두 목초지로 돌아왔다. 활주로도 없이 수십 대씩 우르르 떼지어 착륙하는 가축비행기들을 보고 있으면 웬만큼 성질 급한 사람들도 이내 졸음이 쏟아지기 마련이었다. 지난은 천막 바깥에 의자를 내놓고, 거의 드러누운 듯 편하게 기대앉은 자세로 졸음을 쫓고 있었다.

그리고 그날 저녁 누군가가 지난을 찾아왔다. 열두 명으로 이루어진 작은 유목편대였다. 그들이 몰고 온 비행기 중에는 지난의 빨강으로 칠한 삼엽기 한 대가 포함되어 있었다.

"비행기 주인이 누구지?"

"비행기 주인은 이십대 후반쯤 되는 어떤 여자 조종사랍니다."

지난은 한줌편대가 천막을 편 곳으로 갔다. 편대장 조가양이 맨 먼저 지난을 알아보고 그에게 다가가 아는 척을 했다.

"저를 알아보시겠습니까?"

"당연히 못 알아보지! 누가 불 좀 더 켜! 침침해서 잘 안 보여!"

"풍선동 바람농장집 아들입니다. 기억나십니까?"

지난은 잠시 기억을 더듬었다.

"아! 그 인질!"

인질이라는 말에 미은이 흠칫 놀랐다. 염안소도 마찬가지였다. 지난은 한참 동안이나 조가양의 말을 가만히 듣고 있다가 갑자기 말을 자르고 끼어들더니 이렇게 물었다.

"뭐? 지금 이 마당에 비행기 색칠을 해달라고? 몇대나?"

"쉰 대요."

"뭐? 쉰 대? 그거 다 칠하면 나 죽어. 자네 나 암살하려고 온 거지?"

그 말에 미은은 다시 한번 가슴이 두근거렸다.

하지만 정말로 놀라운 사실은 따로 있었다. 미은은 염안소를 돌아보며 속삭였다.

"사령관님."

"응."

"뭔가 이상한데요."

"응."

"저 사람, 반소매가 아니라……"

"민소매 같아. 그 말 하려던 거지?"

그러나 지난은 그 두 사람은 신경도 쓰지 않은 채 빨간 삼엽기를 몰고 온 사람, 김은경의 얼굴을 빤히 쳐다보고 있었다.

"저 아세요?"

은경이 지난의 두 눈을 똑바로 쳐다보며 그렇게 물었다. 지난은 아무 말도 하지 않았다.

아침이 되자 지난은 옆구리에 가죽투구를 끼고, 피곤한 얼굴로 비행기에 올라탔다. 지난이 먼저 하늘에 올라 목초지 주변을 맴돌자 다른 비행기들도 따라서 하늘로 올라갔다. 한줌편대도 마찬가지였다. 가축비행기들을 몰고 다닐 두 사람을 제외하고, 나머지 조종사들은 모두 지난을 따라나서기로 결정했다. 남부혁명군 두 사람도 함께였다.

"당신들은 왜 따라와? 이참에 여기 있는 비행기 전부 다 납치하려고?"

두 사람은 아무 말도 하지 않고 조용히 편대를 뒤따랐다. 사실 그들은 무슨 짓을 해도 큰 관심을 받지 못했다. 문제는 나물이었다.

"니가 왜 참전해? 그냥 뒤로 빠져 있어."

은경이 물었다. 그러자 나물이 대답했다.

"신의 궤도를 팔아먹어도 좋은 사람인지 보려고. 그걸 이용할 수 있는 사람인지 아닌지."

"후방에 있으면 사람을 못 알아봐?"

"응, 능력이 있는지 봐야 되거든."

"무슨 능력?"

"지불능력. 공짜로 팔아먹을 수는 없잖아. 괜찮은 망원경을 구해줄 능력이 되는지 알아봐야지. 그러려면 어떻게 싸우는지 봐야 되지 않을까? 니 말대로 이 동네 사람들 이야기는 말만 들어서는 뭐가 진짜고 뭐가 가짠지 하나도 모르겠어. 직접 확인해봐야겠어."

"하지만 나는……"

"너는 당연히 안 가도 돼."

"그 이야기가 아니라, 너는 망원경만 있으면 되니까 지난한테 신의 궤도를 팔아도 그만이지만 나는 그것 말고도 필요한 게 있어. 우주왕복선이 있어야 돼. 그러니까 니가 지난을 따라가면 나는 곤란해져. 결국 나는 너를 데리고 관리사무소로 가야 되거든."

나물은 은경의 두 눈을 가만히 들여다보았다. 그는 은경이 무엇을 원하는지 잘 알고 있었다. 나니예를 탈출하는 것. 그는 은경의 눈에 비친 간절한 마음이 단지 그 생각에서 비롯된 것일 뿐이라고 단정지었다. 그런 말도 안 되는 꿈을 이뤄주기 위해 신의 존재 자체를 인정하지 않는 관리사무소에다 신을 팔아넘길 수는 없었다.

"나는 거기 안 가. 알잖아."

그러나 사실 은경의 눈에 비친 애절함의 본질은 그게 아니었다.

은경은 말끝을 흐렸다.

"하지만 너도 언제까지나 이러고 있을 수는 없고……"

"그렇다고 거기로 갈 수도 없잖아. 그건 내 길이 아니니까."

"아니야, 니가 몰라서 하는 말이야."

"뭘 모른다는 건지 잘 모르겠는데, 아무튼 다른 우주로 가는 환승역 같은 건 어디에도 없어. 저 위에 계시는 분은 그냥 신이거든. 역장 같은 게 아니라고."

"신이 아니야. 분명 그냥 환승장치야."

"니가 어떻게 알아?"

"너는 어떻게 알아?"

"그분의 목소리를 들으니까."

"목소리? 나는 니네 창조주하고 이야기를 해본 적도 있어. 그러니까 내가 더 잘 알아. 우주정거장이 될 만큼 큰 게 아니라면 합류지점이 틀림없어. 그 창조주는 그런 사람이야."

"또 그 소리야? 니가 신의 딸이라고? 너한테는 이게 장난 같아 보일지 모르겠지만 이건 신앙이야. 나는 성직자라고. 남의 신앙을 그렇게 비웃지 마."

"장난이라는 게 아니라 니가 모르는 진실에 대해서 이야기하는 거야."

"내가 모르는 진실? 나는 니가 모르는 진실에 대해서 말하는 거야. 나니예 밖에 뭔가 있다 치자. 신이 역장이라 치고. 그래서 저 바깥에 있는 우주로 나가면? 그럼 뭐가 있는데? 다른 문명이 있어? 니가 진짜로 지구인이라 치자. 그래서 어쩌려고? 그 사람들이 너를 알아주기나 한대? 너를 받아줄까? 거기 가면 너는 그냥 원시인일 뿐이야. 십오만 년 전 사람이라고. 그나마 여기에 있으니까 그런 이상한 소리 하고 다녀도 아무도 뭐라 그러는 사람이 없지. 그런 데 가면 그냥 신기한 생물밖에 안 된다고. 그냥 나니예에 살면서 할 수 있는 거나 다 해보고 살아. 그것도 작은 일은 아니야. 네가 나니예를 다 이해할 수나 있어? 평생 가도 절대 못 할걸."

은경은 말문이 막혔다. 그가 정말로 그렇게 생각하고 있을 줄은 몰랐다. 물론 자기 말을 모두 이해해줄 거라고는 기대도 하지 않았지만, 그래도 저렇게까지 몰라줄 거라고는 미처 생각하지 못했다. 은경은 한참 동안이나 말없이 시선을 떨어뜨리고 있다가 잠시 후에 떨리는 목소리로 이렇게 속삭였다. 자기도 모르게 몸이 떨려서 더 큰 목소리는 낼 수도 없었다.

"너는 이게 얼마나 비참한 일인지 아마 상상도 못 할 거야."

"뭐가?"

"여기에 이렇게 살아 있다는 거. 그래서 너하고 지금 이런 이야기를 하고 있는 거. 이걸 끝낼 수만 있다면 나는 무슨 짓이든 할 수 있어."

"또 무슨 소릴 하는 거야? 너는 이렇게 사는 게 그렇게 비참해?"

"몰라, 나도. 그래도 나는 탈출해. 무슨 일이 있어도 여길 벗어날 거야. 너는 진짜로 같이 안 갈 거야?"

나물은 은경의 시선을 피하며 천천히 고개를 가로저었다.

지난의 숙영지는 원형으로 펼쳐져 있었다. 한가운데에 지난의 천막이 자리잡고 있고 그 주위를 참모들의 천막이 둥글게 에워싼 다음 그 바깥에 다시 수없이 많은 작은 천막들이 꽤 먼 곳까지 뻗어 있었다. 천막 다음은 수송기, 그다음이 복엽기였다. 비행기들은 바깥쪽을 보고 늘어서서 다시 하늘로 날아오를 때를 기다렸다.

해가 뜨자 지난의 숙영지가 바깥쪽에서부터 서서히 휘발되어 날아갔다. 지난은 가장 높은 곳에서 졸린 눈으로 그 광경을 내려다보았다. 멀리서 대족장들이 보낸 정찰기들이 차례로 날아오더니 날개를 흔들어 퇴각작전이 시작되었다는 보고를 올렸다. 지난은 기체를 왼쪽으로 크게 한 바퀴 회전시켜 보고를 받았다는 신호를 보냈다. 잠시 뒤에 전방에 나갔던 정찰기들이 돌아와 상황을 보고했다. 적이 움직입니다, 남하합니다, 정찰기들이 춤을 추었다. 지난이 다시 한번 왼쪽으로 크게 선회해서, 보고를 제대로 받았다는 신호를 보냈다.

'걸려들었군.'

황소장은 실전 경험이 별로 없었다. 관리사무소 사람이라면 다들 마찬가지였다. 병력의 위용이 그야말로 으리으리하고 전선이 동서로 길게 늘어선 모양도 가히 압도적이었지만 그래가지고는 아무도 이길 수 없었다. 동서로 2,000킬로미터가 넘어가는 전선은 이미 전선이 아니었다. 그저 병력을 나열한 것에 불과했다. 왼쪽이나 오른쪽, 아무 데나 한 군데를 골라서 끝에서부터 깨나가면 차례로 하나씩 무너질 수밖에 없었다. 전선이 너무 길어진 나머지 바로 옆 부대와의 거리가 너무 멀어져 하나가 무너지는 동안 옆 부대에서 제때에 지원병력을 보낼 수가 없기 때문이었다.

유목민들이 남동쪽으로 퇴각한다는 보고를 받고, 황소장은 관리사무소 병력 전체에 추격 명령을 내렸다. 경비대 전 병력이 서둘러

비행기를 띄웠다. 특히 양끝에서 측면 포위 임무를 맡은 경비대 제1비행대와 제13비행대의 역할이 가장 중요했다. 가장 서쪽이 제1비행대, 그다음이 제2비행대, 그다음이 제3비행대, 그런 식으로 번호대로 늘어선 진형이었기 때문에 각각 서쪽과 동쪽 끝에 위치한 두 부대가 상대보다 먼저 남하해서 적이 달아나지 못하도록 적 후방으로 재빨리 돌아 들어가는 것이 이번 포위작전의 핵심이었다. 시계고원 전투에서 지난이 보여준 작전 그대로였다. 그리고 그때보다 훨씬 큰 규모였다.

"걸려들었군."

황소장은 정식으로 작전상황보고를 받는 자리에서 그렇게 중얼거렸다. 이 속도대로라면 적이 포위망을 빠져나갈 가능성은 거의 없었다. 이미 승리가 손안에 들어온 것이나 다름없었다. 움켜쥐기만 하면 그만이었다. 물려도 아프지 않도록 병력도 충분히 준비했다. 도저히 질 수가 없는 싸움이었다.

'또 걸려들었어!'

미은은 눈앞을 지나는 비행기를 바라보았다. 지난이었다. 구름이 잔뜩 낀 날이었다. 지난은 가장 높은 위치에서 아래를 내려다보며 호위기에 둘러싸인 채 날고 있었지만, 이따금 구름 아래를 보기 위해 위치를 이탈해서 다른 비행기들 사이를 오가곤 했다. 미은은 그 때를 놓치지 않았다. 지난이 아래로 내려갔다가 다시 올라올 때에 맞춰 그쪽으로 슬쩍 다가가 기관포를 겨누었다. 그러기를 벌써 네 번째, 지난은 미은의 공격 범위 안에서 조종석을 노출시켰다. 절대 놓칠 수 없는 위치였다. 손가락 하나만 까딱하면 잡을 수 있었다.

하지만 그럴 수가 없었다. 미은은 혁명군 사령부 전략회의실 벽에 걸려 있던 민소매 장군의 초상화를 떠올렸다. 민소매 장군의 모습을 한 지난.

옆을 돌아보았다. 염안소의 전투기가 지난을 겨냥하고 있었다.

"안 돼요!"

미은이 소리쳤다. 사령관이 고개를 돌려 미은을 바라보았다. 그리고 고개를 끄덕였다. 어떻게 된 일일까요? 몰라. 이제 어떻게 해야 되죠? 모르겠어. 지난이 다시 제자리로 돌아갔다. 두 사람도 곧 편대로 복귀했다.

경비대 제1비행대는 편대 대형도 무시한 채 전속력으로 남진했다. 그리고 적에게 발각되지 않은 채 적 측후방에 위치한 첫번째 도달목표에 무사히 안착했다. 목표지점에서 대기하던 정찰기가 날개를 흔들어 신호를 보냈다. 적이 아직 지나가지 않았다는 의미였다. 성공이었다.

제1비행대장 변노안은 가슴이 두근거렸다. 지난을 잡다니! 꿈만 같은 일이었다. 그는 목표지점 상공에서 기수를 왼쪽으로 돌렸다. 칠백 대의 전투기가 그를 따라 일제히 방향을 틀었다. 그는 지난의 좌측면 배후로 파고들었다. 포위망 끝단을 안쪽으로 말아넣었으니 이제 지난도 끝이었다. 반대쪽 끝에서도 똑같은 일이 일어난다면 완전한 포위 섬멸이 가능할지도 모른다. 하지만 동쪽 끝에서 무슨 일이 벌어지는지는 알 수 없었다. 그래도 상관없었다. 한쪽만 무너뜨려도 충분했다. 그다음에는 단순히 병력 우위를 유지하면서 몰아붙이는 것만으로도 충분했다.

뒤를 돌아보았다. 행군 대열이 말이 아니었다. 그러나 전열을 가다듬을 필요는 없었다. 그저 상대의 퇴로를 막아서기만 하면 그만이었다. 그가 직접 승리를 거둘 필요도 없었다. 충분히 시간만 끌면 되는 일이었다. 그러면 곧 본대가 나타나 전장을 쓸어버릴 것이다. 물론 전공(戰功)은 그의 것이었다. 그가 입안한 작전계획이었고, 그의 부대가 제일 중요한 역할을 맡았다.

'최소한 부소장까지는 탄탄대로겠지. 그때 소장이 누가 될지 모르지만 빨리만 죽어준다면, 어쩌면 소장 자리까지도 노려볼 수 있을 거야.'

부소장 자리가 공석이니 만약 경비대장이 부소장으로 승진이라도 한다면 그에게도 어쩌면 경비대장으로 진급할 기회가 생길지도 몰랐다.

파죽지세였다. 그는 적 좌익의 퇴각로를 완전히 봉쇄할 때까지 한참을 더 날아갔다. 그리고 마침내 왼쪽으로 기수를 튼 다음 그대로 진격 명령을 내렸다. 정찰기 몇 대가 그를 앞질러 갔다. 시야에 들어오는 순간 적은 이제 끝장이었다. 그게 누구든 상관없었다. 퇴각이라니, 어림도 없었다. 빠져나갈 구멍은 어디에도 없었다.

그가 수신호로 공격 지시를 내리자 그를 바짝 뒤따르던 호위기들이 편대 대형을 삼각대형으로 바꾸었다. 공격 명령이었다. 그러자 비행대 전체에 요란한 소리가 퍼져나갔다. 갑자기 엔진 소리가 높아졌다. 돌격 구호였다. 하늘을 갈라놓을 듯 사기가 높았다. 세상에서 가장 빠른 돌격부대! 이제 누구도 그들을 막을 수 없었다.

그리고 누구도 그들을 막지 않았다. 엔진 출력을 한껏 높이고 요란한 소리를 내며 하늘을 갈랐건만, 끝내 적은 나타나지 않았다. 앞질러간 정찰기들도 도무지 갈피를 잡지 못했다. 정찰기들이 춤을 추는 모습이 꽤 멀리서부터 눈에 들어왔다. 정찰기들이 추는 춤은 아무나 읽어낼 수 없었다. 지휘부나 참모부 소속 고위 직원만이 춤의 의미를 알 수 있었다. 그는 망원경을 꺼내들었다. 정찰기들이 모두 똑같은 춤을 추고 있었다.

아무것도 없는데요. 아무것도 없습니다. 이쪽은 깨끗합니다.

혈기 왕성한 칠백 명의 조종사들이 요란한 소리를 내며 그의 뒤를 따르고 있었다. 그는 그 소리에 귀를 기울였다.

어디로 돌격할까요! 맡겨만 주십시오!

그런 소리가 들려오는 것 같았다.

'지난은 어디로 갔지? 설마, 도망을 친 게 아니었나? 아군 쪽으로 날아오고 있었던 건가? 설마, 그 상황에서 역습을 감행할 리가 없는데. 그나저나 나는 이제 어디로 가야 하지?'

갈 곳이 없었다. 그는 그만 길을 잃고 말았다.

그 순간, 지난 칸이 이끄는 이천여 대의 비행기들은 엔진 출력을 조절해가며 중간 속도로 북쪽을 향해 날아가고 있었다. 연료를 절약하기 위해서였다.

정찰기들이 앞장서서 길을 열었다. 지난이 말한 대로 경비대 제2비행대와 제3비행대 사이에, 적에게 발각되지 않고 전 병력이 파고들 수 있을 만큼 넓은 공간이 생겨났다. 적 포위망에는 그런 허점이 한두 군데가 아니었다. 지도에서 보는 것과는 달리 전혀 유기적인 맛이 없었다. 제2비행대는 너무 빨랐고 제3비행대는 너무 느렸다. 포위망이 좁혀지는 속도 차이 때문이었다.

지난은 그곳에서 왼쪽으로 선회해서 제1비행대와 제2비행대를 차례차례 제압할 생각이었다. 그러나 제2비행대와 제3비행대 사이에 정찰기나 연락기가 한 대도 없는 것을 보고는 생각을 바꾸었다. 둘 사이에 연락이 전혀 없다면 둘이 날다 한쪽이 죽어도 모를 게 뻔했다.

그는 원래 계획했던 것과는 반대로, 왼쪽이 아닌 오른쪽으로 방향을 틀었다. 그러자 작전계획을 미리 알고 있던 참모들이 순간 당황했다. 하지만 별수 없었다. 그들은 곧 동요를 멈추고 지난을 따랐다.

첫 교전은 구름 아래에서 일어났다. 지난이 호위대를 이끌고 돌격하자 이천 대의 병력이 구름 너머에서 나타나 경비대 제3비행대를 덮쳤다. 그 한 번의 공격에 적기 수십 대가 격추되고 나머지 병력들도 뿔뿔이 흩어졌다. 지난은 다시 호위대를 이끌고 밀집대형을 유지한 채 적 본대를 향해 돌격했다. 총알을 비처럼 쏟아내 본대를 흩어놓았다. 그러자 오백 대가 넘는 유목조종사들이 달려들어, 흩어진 적 본대 병력을 계속해서 추격했다. 나머지 병력은 그저 쓸어담기만 하면 그만이었다. 아직도 적기 수백 대가 각자 공간을 차지하고 백병전을 벌였지만, 산발적이고 개별적인 승패를 결정짓는 싸움일 뿐 공역(空域) 전체를 하나로 엮어내는 싸움은 아니었다. 지난은 우선 공간 전체를 지배한 다음 각각의 개별 공간마다 적게는 두 배, 많게는 열 배 이상의 병력을 쏟아부었다.

그렇게 제3비행대를 정리하자마자 지난은, 제4비행대가 자신들의 오른쪽에서 무슨 일이 일어났는지를 깨닫기도 전에 그들의 오른쪽 후방을 급습하며 두번째 교전에 들어갔다.

교전이 시작되자 전투기 한 대가 적진을 종횡무진으로 뒤흔들었다. 지난은 그 비행기를 유심히 지켜보았다. 빨간색 삼엽기였다. 하지만 조종사는 은경이 아니라 나물이었다. 그 비행기는 기관총이 아니라 마치 비행기 본체로 싸우기라도 하려는 듯 겁 없이 적의 심장부로 뛰어들더니 대장기를 향해 불꽃을 뿜어댔다. 그 광경이 지난의 눈에 특히 인상 깊게 보였다. 그대로 가다가는 곧 격추될 것만 같은 위태로운 비행이었다.

그런데 그 비행기가 위험에 처할 때면 어디선가 두 대의 호위기가 나타나 상황을 정리했다. 마치 일부러 미끼를 던지는 듯, 삼엽기가 적기의 추격을 이리저리 따돌리는 사이 두 대의 호위기는 삼엽기를 뒤따르는 적 전투기들을 단 한 번의 실수도 없이 손쉽게 잡아냈다.

물론 멀리서 보는 것과 달리 미은은 사실 정신이 하나도 없었다. 나물은 일부러 죽자고 달려드는 것 같았다. 거의 부딪힐 듯, 혹은 날개로 상대편 비행기를 직접 때려잡기라도 할 듯 위태롭게 적진을 헤매는 모양이 미은의 눈에는 그저 조마조마하고 불안하게만 보였다. 남부혁명군 조종사 두 사람은 부지런히 눈을 움직여 삼엽기를 뒤쫓았다. 그리고 나물을 위협하는 적기들을 최대한 빠른 속도로 제압했다. 숨을 돌릴 여유가 없었다. 입술이 벌어지고 코가 살짝 들렸다.

"도대체 왜 그래요!"

미은은 소리를 지르며 기관포를 쏘아댔다.

나물은 거의 무아지경으로 전장을 누비고 다녔다. 은경의 목소리가 머릿속을 맴돌았다.

"무사히 갔다 와. 총 맞지 말고. 너 돌아오면 나는 없을 거야."

"벌써 가?"

"응, 관리사무소로 가. 아무래도 나한테는 너보다 우주선이 먼저인 것 같아."

새벽에 그는 수식 몇 개를 은경의 비행기 앞유리에 그려놓았다. 이론신학자들은 잘 모르는 그의 이론의 핵심부분이었다. 은경은 그게 무슨 뜻인지 모르겠지만 아는 사람이 보면 아마 어렵지 않게 그 뜻을 이해할 것이다. 그게 그가 은경에게 줄 수 있는 유일한 작별선물이었다. 하지만 은경은 그 비행기마저 남겨두고 사라져버렸다. 비행기 앞유리에 써놓은 수식 아래에 은경이 써놓은 글이 남아 있었다.

"이 비행기는 니가 맡아줘. 눈에 띄어서 이거 타고는 도망 못 가. 그리고 너도 이게 있어야 지난의 관심을 받을 거야. 작별선물은 고맙지만 두고 가야겠어. 어차피 그거만 갖고 찾아갈 수 있는 것도 아니잖아. 언젠가 다시 만나. 그때까지는 니 이론 완성해야 해. 그때 직접 가르쳐줘. 어디에 있든 니가 세계 최고의 이론신학자라는 사실을 잊지 말기를."

제4비행대를 반파한 지난은 추격을 포기하고 재빨리 오른쪽으로 방향을 틀었다. 병력을 넓게 퍼뜨리고 삼십 분쯤 날아가자 전방 두시 방향에서 경비대 척후기가 나타났다. 경비대 제1비행대 소속 정찰기였다. 지난은 이백 대 정도를 정면에 넓게 펼쳐 적기와 교전하며 시간을 벌게 한 다음, 호위대를 이끌고 상대 오른쪽 측면으로 우회해서 적을 반쯤 포위한 상태로 세번째 교전에 들어갔다. 제1비행대를 완전히 제압하기까지 채 삼십 분도 걸리지 않았다.

그리고 교전상황이 정리되자마자 유목민들은 일단 근처 목초지와 바람농장에 들러 동력을 평소의 절반 정도만 충전하고 실탄을 재빨리 보충한 다음, 다시 북쪽으로 날아가 관리사무소 직영 비행장 네 개에 폭격을 가했다. 경비대 제2비행대는 병력의 절반을 활주로 위에서 잃었고 나머지 절반은 사방으로 흩어졌다. 지난은 패주하는 비행기들을 더이상 추격하지 않고 적 후방지역 비행장 한 군데를 추가로 폭격한 다음 남쪽으로 기수를 돌려 전장에서 이탈했다.

대승이었다. 굳이 확인할 필요도 없었다.

"도대체 왜 그래요? 그러다 죽어요."

오후 늦게 지난의 병력이 남쪽 안전한 목초지에 착륙했을 때 관제사 조윤희가 나물 수사에게 다가가 말했다.

"죽긴 누가 죽어요? 나는 안 죽어요."

"웃겨. 누가 그래요? 누구 맘대로."

"언제 내가 죽는 거 봤어요? 절대 안 죽어요."

미은이 멀리서 그 광경을 지켜보았다. 염안소는 그런 미은을 물끄러미 바라보았다.

그리고 잠시 후에 지난의 비행기가 근처 목초지에 내렸다. 그는 비행기에서 내리자마자 일행이 있는 곳으로 다가오더니, 아직 조종석에 앉아 있는 나물을 향해 소리를 쳤다.

"뭐야! 조종사가 자네였어? 원래 자네 아니었잖아. 그 여자는? 원래 조종사는 어디 갔어?"

"은경이는 떠났는데요."

"떠나? 어디로?"

"관리사무소 쪽으로요. 전투 전에 벌써 떠났습니다. 서쪽으로 우회해서 간댔으니까 전장은 피해서 갔을 거고요."

"서쪽? 하필!"

"왜요? 무슨 일이 있나요?"

"척후기들이 그쪽에서 하얀 비행기들을 봤어. 관리사무소 병력도 아니래. 한 이천 대쯤? 그게 우리 측면을 공격했으면 끝장이었는데 다행히 그냥 구경만 하고 있었거든. 서쪽으로 갔으면 그 안으로 들어갔을 텐데."

"하얀색이라고요?"

"그래, 아는 놈들이야?"

나물이 고개를 끄덕였다.

"혹시 하얀 몸체에 검은색 수직 꼬리날개라고 하던가요?"

"그래. 아는 비행기인 모양이구만. 어디 거야?"

"이론신학회 호위기사단이요."

"이론신학회? 문주교?"

경비대장 장성희는 제일 오른쪽에 위치한 네 개의 비행대가 연락이 두절되자 추격을 멈추고 전열을 가다듬은 다음, 동쪽 측면을 포위당하지 않기 위해 병력을 북쪽으로 이동배치했다. 그가 분을 이기지 못하고 반격을 준비하자 관리사무소장 황문찬이 조용히 타일렀다.

"됐어. 충분히 밀어냈으니까 나머지는 새 동맹한테 맡기고 방어선이나 구축해. 무리하지 말고. 무리하면 자네 그 병력 다 잃는 수가 있어."

"동맹이 있었습니까?"

그리고 황소장은 곧장 분화구 근처로 날아갔다. 분화구 안에는 지난이 남겨둔 천막 한 채가 남아 있었다. 경호실 직원들이 위험하다며 말렸지만 그는 들은 체도 하지 않고 천막 안으로 걸어들어갔다. 지난이 캐낸 것과 비슷한 돌덩이 하나가 바닥에 놓여 있었다. 그는 비서실장에게 그 돌을 지체없이 관리사무소로 옮기도록 지시했다. 그러자 잠시 후 지질조사과 직원들이 천막으로 들어와 돌덩이를 시료보관함에 옮겨담았다. 아니, 옮겨담으려 했으나 그러지 못했다.

"이 암석이 아무래도 좀 이상합니다. 무게가 가늠이 안 됩니다."

"땅에 박혀 있는 거 아니고?"

땅에 박혀 있는 것은 아닌 듯했다. 황소장은 돌 가까이 다가갔다. 보기에는 그저 평범한 돌덩이였는데 무게가 달랐다. 질량이, 아니 밀도가 문제였다. 밀도. 그 이야기를 어디서 들었더라. 황소장은 기억을 더듬었다. 행성파괴무기. 태초의 무기에 관한 수많은 설화들을 조사하는 중에 그런 이름의 무기체계에 관한 이야기를 들은 적이 있었다. 그는 생각에 잠겼다. 분명 들은 기억이 났다.

'최홍선이가 뭐라 그랬는데.'

그러자 뭔가가 떠올랐다. 확실했다. 분명 부소장 최홍선이 작성한 보고서에서 본 내용이었다. 곧 그 말을 전하던 부소장의 목소리가 떠올랐다. 언제나 그렇듯 반듯한 태도. 여유 있는 목소리.

"항성은 가스덩어리입니다. 태양계 전체가 원래 먼지덩어리였죠. 폭발한 별의 잔해이거나 아니면 처음부터 우주공간을 떠다니던 먼지구름이 원료였을 겁니다. 그 조그만 먼지도 시간이 지나면 정전기나 인력 때문에 결국 서로 끌어당겨서 점점 더 큰 덩어리로 뭉쳐지게 되는데요, 크기가 충분히 커지면 압력이 높아져서 핵융합을 일으키고, 그러면서 항성이 됩니다. 그런데 이때 항성만 만들어지는 게 아닙니다. 제일 중심부에서는 물론 항성이 만들어지겠지만 그보다 먼 곳에 있던 먼지들은 자기들끼리 뭉쳐서 행성이 되고 위성이 됩니다."

"그렇군. 그런데 그걸 나한테 설명하는 이유가 뭐야? 내가 모를까봐 그래?"

"물론 아닙니다. 당연히 아시겠죠. 이 이야기를 설명하기 위해서 드리는 말씀입니다. 아무튼 항성계는 그런 식으로 만들어지는데요, 항성이나 행성 말고도 부산물이 더 있다는 게 문제입니다. 행성에서 끝나는 게 아니라 행성이 되지 못하고 항성계의 저 바깥쪽에 머무는 먼지덩어리들이 있는데요, 그 거리에서는 물이 얼어버리니까 먼지덩어리에 얼음덩어리가 뭉쳐서 지저분하고 퍼석퍼석한 덩어리가 만들어집니다. 그 상태로 태양으로부터 굉장히 먼 궤도를 도는데, 비유해서 말하자면 굉장히 높은 곳에서 외줄타기를 하는 셈이죠. 그런데 가끔 이 덩어리들이 발을 헛디뎌서 아래로 굴러떨어지거든요. 태양계 중심으로 말입니다."

"그게 혜성이라는 이야기를 하려는 거야? 누가 그걸 몰라?"

"물론 아시겠죠. 행성파괴무기의 개념을 설명하려는 겁니다. 행성파괴무기는……"

"그 외줄타기 하던 얼음덩어리를 누가 일부러 밀어 떨어뜨린다는 거야?"

"그렇습니다."

"왜?"

"원래 용도는 태양계를 새로 만들어내기 위해서라는데, 항성은 오히려 쉽답니다. 가스 구름을 적당히 뭉치기만 하면 되니까 투입과 산출이 비교적 예측 가능하거든요. 하지만 행성을 만드는 게 꽤 까다로운 작업이라서……"

"태양계를 일부러 만들어? 얼마나 걸리는데?"

"원래는 수십억 년이 걸리지만 촉매제를 사용하면 가스 구름이 천체로 응축되는 시간을 단축시킬 수 있다는군요."

"단축시킬 수 있다고?"

"그렇답니다. 몇만 년 안에 천체를 만들어낼 수 있답니다. 물론 나니예 개발장비들이 지구에서 출발할 때만 해도 상상도 못 한 일이겠지만, 만 년 정도 지난 뒤에, 그러니까 지금으로부터 십사만 년 전에 그런 기술이 개발됐답니다. 물론 확인할 길은 전혀 없습니다. 그냥 설화일 뿐이니까요. 소문이거나."

"그럼 뭐야? 지금 여기가 원래부터 있던 행성을 찾아서 개조한 게 아니라, 누군가가 태양계 자체를 통째로 만들어내면서 아예 새로 만들어진 행성이라는 소리야?"

"그렇다는군요. 진짜로 그렇다는 게 아니라, 이 가설에 따르면 말이죠. 물론 원래 있던 행성을 단순히 개조만 했을 수도 있지만, 아예 새로 만들었을 수도 있답니다. 지구에서 여기까지 오는 데만 십오만 년이 걸렸고, 원래 계획대로라면 구십이만 년 정도 걸릴 예정이었으니까요. 백만 년 뒤에도 그 행성이 그대로 있을지 어떨지 누가 알겠습니까. 그러니까 처음부터 아예 새 태양계를 만들 생각을 하고 출발했다고 보는 게 더 설득력이 있다, 그런 소리죠."

"말이 돼?"

"제 말이 아니라, 이 설화가 그렇습니다. 그러니까 태양계 제조회사에서는 적당한 크기의 가스덩어리를 찾아낸 다음 촉매제를 사용해서 가스덩어리를 뭉칩니다. 그래서 항성을 만드는데요, 그런 다음 적당한 크기의 행성들을 만들기 위해서 태양계 외곽에 장비를 설치한답니다. 혜성을 밀어 떨어뜨리는 장비겠죠. 이 태양계 행성 배열이 옛날 지구가 있던 태양계 행성 배열과 크기 면에서는 거의 유사하지 않습니까. 그게 그런 이유랍니다. 똑같은 크기가 될 때까지 행성 뼈대에다 자재에 해당하는 혜성을 수도 없이 갖다붓는 거죠. 그러니까 사실은 행성제조장비라고 불러야 맞는데, 보기에 따라서는 행성을 파괴하는 것처럼 보이지 않겠습니까. 아, 그리고 다른 용도도 있답니다. 예를 들면 자전축이 기울어진 각도가 지구와 다를 경우……"

"적당한 크기의 혜성을 적당한 지점에 충돌시켜서 자전축을 딱 적당한 만큼 기울인다?"

"예."

"그건 말이 안 돼. 우리 기술로 한 일이잖아. 행성파괴무기 같은 걸로 한 게 아닌데."

"그렇죠. 설화가 그렇다는 겁니다. 이 부분은 후대에 끼워맞춰넣었을지도 모르죠. 원래 설화에는 이 부분이 없습니다. 그냥 태양계 창조에 관한 이야기뿐인데요, 우리 태초의 공장보다 만 년이나 앞선 기술이면 사실 무슨 일이든 가능하리라고 봐야 하지 않겠습니까?"

"효율적이지 않잖아. 행성 하나만 만드는 게 아니라 태양계 하나를 통째로."

"행성 하나만 지구처럼 개조한다고 그게 지구와 똑같은 환경이 되겠습니까?"

"여기서 지금 그걸 따져봐야 아무 소용 없을 거고. 아무튼 증명할 방법은?"

"예, 우선 태양계 바깥쪽에 있다는 혜성을 밀어내는 장비를 관측하는 방법이 있는데, 태초의 공장을 다시 가동하지 않는 한 현재 우리 망원경으로는 그 거리에 있는 천체는 관측이 불가능합니다."

"다음은?"

"촉매제를 발견하는 방법이 있습니다."

"촉매제?"

"먼지구름이 뭉치는 속도를 빠르게 하기 위해 만든 촉매제 말입니다. 이 가설이 사실이라면 물질의 밀도를 순식간에 끌어올리는 미지의 물질이 태양계 전역에 퍼져 있어야 합니다. 그런데 그 촉매제도 행성개조장비가 중화시켰을 가능성이 높습니다. 적어도 나니예에서는 그랬을 겁니다. 그런 게 있으면 지금 같은 환경이 만들어지지 않을 거니까요."

"그럼 그걸 어떻게 찾아?"

"우주에서부터 날아온 물체에 남아 있을 가능성이 있습니다."

"재미는 있군. 그걸 가지고 정책을 만들고 싶지는 않지만. 어디서 들었어?"

"천문교 비전(秘傳)에 나오는 이야기입니다. 물론 말은 안 됩니다. 거듭 말씀드리지만, 제 생각이 아니고 설화가 그렇다는 겁니다. 하지만 혹시 모르지 않습니까? 어느 날 하늘에서 말도 안 되는 밀도를 지닌 돌멩이가 뚝 떨어지기라도 하면……"

그 이야기를 떠올리면서 황소장은 눈을 껌뻑거렸다. 하늘에서 말도 안 되는 밀도를 지닌 돌멩이가 뚝 떨어진 날.

사태가 생각했던 것보다 훨씬 심각했다. 만약 저 돌덩이에서 촉매제라도 발견된다면, 그는 말 그대로 창조주와 협상을 해야 할지도 몰랐다. 그런데 그에게는 창조주에게 내놓을 만한 협상카드가 하나도 없었다. 아니, 그런 걸 갖고 있는 사람은 세상에 아무도 없었다. 눈앞이 캄캄했다. 나이를 먹어서 그런 게 아니었다.

혁명의 왼쪽 날개

"세 혁명의 왼쪽 날개가 돼주시겠어요?"

미은은 떨리는 마음으로 거울을 들여다보며 그렇게 중얼거렸다. 그러더니 입술을 모으고 얼굴근육을 살짝 긴장시켰다. 특히 코 주위에 신경을 집중시켰다.

'됐어. 이만하면 예뻐. 힘내, 이미은 동지!'

미은은 그렇게 스스로를 격려한 다음 수송기 밖으로 걸어나갔다.

'이래도 되는 걸까?'

그를 보자 미은은 마음이 흔들렸다. 그러나 이내 마음을 다잡고 그를 향해 당당하게 걸어갔다.

물론 그를 만난 지는 겨우 일주일밖에 안 됐다. 한 사람을 완전히 이해하고 받아들이기에는 턱없이 부족한 시간이었다. 하지만 더이상은 손을 놓고 기다릴 수가 없었다. 안 그래도 복잡한 일이 한두 가지가 아니었지만, 일단은 그 문제부터 해결해야 했다. 그대로 가다가는 이상한 여자에게 그만 그를 빼앗기고 말 것 같았다.

은경은 늘 그의 곁에 붙어 있었다. 미은은 그 두 사람이 함께 있는 모습을 보는 것이 너무나 싫었다. 그런데 조금만 방심하면 그들은 어느새 또 함께였다. 그대로 가다가는 무슨 일인가 벌어질 것만 같았다.

'갑자기 떠나버렸다고는 하지만 비행기를 주고 간 걸 보면 언제 또 돌아올지 몰라. 지금이 기회야. 놓치면 안 돼. 그럼 아마 평생을 아파하겠지.'

그는 아름다운 사람이었다. 외모만 두고 하는 말이 아니었다. 겁 없고 거친 영혼, 죽음을 두려워하지 않고 운명을 탓하지 않는 강인한 정신, 그리고 밤하늘을 바라볼 때면 어느덧 촉촉하게 젖어가는 깊고 검은 눈동자. 미은은 그가 좋았다. 그의 한없이 냉소적인 미소가, 그 화난 듯한 말투가, 그의 걸음걸이가, 그의 숨소리가, 어딘지 야성적인 그 피부색이.

사랑이 분명했다. 미은의 가슴은 격정적으로 불타올랐다. 혁명의 열망보다 뜨겁게, 태초의 증오보다 강렬하게.

'하지만 저 사람은 성직자야.'

미은은 알고 있었다. 그의 비행기 조종석 안쪽에 조그맣게 그려진 궤도방정식의 정체를. 전쟁에 나가고 기관총을 쏜다고 해도 그는 아직 성직자가 분명했다. 그의 마음속에는 아직 신의 성전이 남아 있었다. 별빛을 가릴까봐 조그만 등불 하나조차 허용하지 않는 성스러운 신의 영토가 미은의 눈에는 또렷이 보였다.

그러나 바로 그 점이야말로 미은을 그토록 달아오르게 만드는 부분이었다. 그의 영혼은 곧 신의 성전이었다. 또한 그는 그야말로 존재감으로 가득 찬 진짜 남자였다. 비록 종교가 아편에 불과한 허울뿐인 관념이라고 해도, 비록 그녀 자신이 영원한 혁명의 딸이라 해도, 미은은 그 어마어마한 존재의 무게를 감히 피할 수가 없었다.

"미은 동지, 무슨 일 있어? 그렇게 멍한 얼굴로 무슨 생각 해? 어디 뛰어갔다 왔어?"

염안소가 말했다. 뛰어갔다 왔냐고?! 그러나 이미 미은의 귀에는 그 어떤 말도 의미가 없었다. 오직 사랑뿐. 오직 두근거리는 심장소리뿐.

미은은 나물 수사에게로 다가갔다. 염안소가 뒤따랐다. 제발 그 때만큼은 자리를 피해주었으면 했지만, 미은은 더이상 때를 기다리지 않기로 했다. 누가 있든 말든 상관없었다. 그저 마음의 소리에만 충실해야 할 때였다.

"나물씨."

나물이 경계하는 눈빛으로 미은을 돌아보았다.

"나물씨? 저요?"

"네, 꼭 할 말이 있어요."

가슴이 두근거렸다. 심장이 요동쳤다. 손발이 떨리고 성대가 울렸다. 미은은 호흡을 멈추고 목소리를 가다듬었다. 이런 곳에서 이런 순간을 맞이하다니. 흥분과 긴장을 도저히 감출 수가 없었다.

미은은 입술을 모으고 코 주변 근육을 살짝 긴장시켰다. 그리고 그에게 사랑을 고백했다.

"제 혁명의 왼쪽 날개가 되어주시겠어요?"

"예?"

"제 혁명의 왼쪽 날개가……"

숨이 막혀서 도저히 말을 끝맺을 수가 없었다. 미은은 떨리는 마음으로 그의 두 눈을 바라보았다. 흔들리는 눈동자. 그렇게 그의 대답을 기다렸다. 제발! 제발!

영원과도 같은 시간이 흘렀다. 그리고 드디어 그가 입을 열었다.

"그러죠 뭐."

미은은 소리를 지르며 제자리에서 펄쩍 뛰어올랐다. 그리고 어디론가 달려갔다.

"어디 가요?"

나물은 도무지 영문을 알 수가 없었다. 염안소가 옆에서 그 광경을 지켜보다가 그만 그 자리에 털썩 주저앉고 말았다.

"왜 그래요? 둘이 무슨 내기했어요?"

염안소가 대답 대신 이렇게 말했다.

"당신, 미은이를 행복하게 해줘야 해."

"내가 왜?"

나물이 되물었다.

혁명이 일어나기 딱 좋은 저녁이었다.

반대쪽 날개

"마치 날개 한 장을 잃은 느낌이랄까."

수사님이 그런 표현을 하시다니, 의외네요.

"그런가요? 하지만 이건, 다른 말로는 표현하기 어렵군요. 처음에는 몰랐어요. 오랫동안 같이 지내면서 서서히 깨달은 겁니다. 가장 가까운 곳에서 날고 있던 사람이 누구였는지. 그런데 그걸 깨달을 때쯤 되니까 그렇게 훌쩍 떠나버리더라고요. 이 비행기만 남겨놓고."

다시 돌아오지 않을까요?

"그랬으면 좋겠지만, 안 돌아올 것 같습니다. 그냥 느낌인데, 이 삼엽기에 오를 때마다 그런 생각이 들어요. 허전한 느낌인데, 그냥 느낌이 아니라 무슨 기억 같아요. 아주 오래전에도 이런 걸 느껴본 적이 있는 것 같은데 말이죠. 그러니까 징검섬에서 그렇게 헤어지기 훨씬 전부터요. 이 비행기 때문일까요. 아무튼 느낌이 묘하군요. 은경이는 왜 이런 걸 타고 다녔을까요? 죽은 비행긴데. 아주 좋은 비행기임엔 틀림없지만 이미 영혼이 빠져나간 비행기잖아요. 아무 대화도 나눌 수 없고, 절대 길들일 수도 없는 비행기예요. 불길하고 우울한 느낌으로 가득한."

하지만 은경씨는 잘 지내고 있을 거예요. 너무 걱정 마세요. 두 분도 머지않아 다시 만나게 되겠죠.

"그럴까요? 그런데 저는 이 비행기에 오를 때마다 은경이의 흔적이 조금씩 닳아 없어지는 것만 같아요."

걱정되시나봐요.

"반쯤은 제가 쫓아보낸 거나 마찬가지니까요. 그래도 이론신학회가 은경이를 어쩌지는 않을 거예요. 그 사람들이 원하는 건 은경이가 아니라 저니까요. 지난 칸이 도와주신다니 또 어떻게든 해볼 수 있겠죠."

또 참전하실 건가요? 수사님이 위험할 거라던데.

"가야겠죠."

두렵지 않으세요? 표적이 될 수도 있는데.

"괜찮아요. 그보다 은경이가 거기에 있잖아요. 데려와야죠. 또 가버리겠지만."

예언자의 날

그는 천재가 아니었다. 예언자는 더더욱 아니었다. 나물 수사는 신께서 당신의 위치를 알리기 위해 지상에 내려보내신 천재가 아니라 그저 남들보다 조금 더 집요하고 끈질긴 보통 시골 신학자에 불과했다. 그의 연구방법은 그다지 독창적인 것이 아니었다. 심지어 그가 처음으로 고안해낸 것도 아니었다. 그가 한 것이라고는 남들은 도저히 엄두도 내지 못할 만큼 방대한 자료를 일일이 들여다봤다는 것, 그리고 그 과정에서 다른 사람들은 몰랐던 변수 몇 가지를 찾아냈다는 것뿐이었다.

문주교는 자신이 끝내 갖지 못한 천재 이론신학자라는 칭호가 엉뚱한 시골 성직자에게 넘어간 것이 영 못마땅했다. 그리고 그 소문은 그냥 기분이 좀 나쁘고 말 일이 아니었다. 어쩌면 그가 힘들게 쌓아놓은 천문교 내에서의 지배권에 심각한 타격을 줄지도 모르는 일이었다. 단지 그 시골 성직자가 한때 예언자였다는 이유 때문이었다.

그는 이십 년 전에 관측신학회가 예언자 후보로 뽑은 열한 명의 아이들 중 끝까지 살아남은 유일한 아이였다. 물론 그가 진짜 예언자일 가능성은 절대로 없었지만, 사람들은 그가 아직도 생존해 있다는 이유 하나만으로도 어쩌면 그가 예언자일지도 모른다는 기대를 저버리지 않았다. 그 믿음이 사실이라면 나물을 예언자로 만든 것은 결국 문주교 자신인 셈이었다. 나물이 아직 목숨을 부지하고 있는 유일한 이유는 단지 그가 나물을 제거하지 않았기 때문이니까.

"운명이라는 게 있다면 말이지요, 아니면 신의 뜻이라는 게 진짜로 존재한다면, 예언자는 아마도 꼭 그런 식의 시련을 겪어야 했을 겁니다. 예언자 자격을 박탈당하고, 교단으로부터 철저하게 버림받고, 그 와중에도 신을 찾아나서는 일을 포기하지 않고. 그렇지 않습니까?"

이론신학회 호위기사단 작전참모 신명준 신부가 그렇게 말했다. 문주교는 신신부의 말을 귀담아들었다. 맞는 말이었다. 아니, 하나 마나 한 소리였다.

"무슨 말을 하려는 거지? 내가 악역이라는 말인가? 그럼 그다음은 어떻게 진행되는 거요? 사악한 주교는 어떤 역할을 하게 되지?"

이야기가 만들어지고 있었다. 사람들의 머릿속에 말도 안 되는 영웅담이 뼈대를 잡아가는 모양이었다. 그런데 그 영웅담의 주인공은 문주교 자신이 아니었다.

"궁금해하실 필요가 없지 않을까요?"

신신부가 말했다.

"왜지?"

"다른 이야기로 덮어쓰시면 됩니다. 사람들은 생각보다 단순합니다. 머릿속에 담을 수 있는 이야기가 딱 하나밖에 없거든요. 어떤 이야기가 돌아다니든 사람들은 아무거나 한 가지 이야기만 기억하게 될 겁니다."

"어떤 이야기로 덮어쓰지?"

"늘 하시던 대로. 하얀기사단이 하늘을 뒤덮는 이야기가 좋겠지요. 폭탄으로 융단을 깔고, 그 위를 주교님의 기사단이 지나가게 하시지요."

"그렇군."

문주교는 신신부가 마음에 들지 않았다.

'저런 아첨꾼이 아직도 목숨을 부지하고 있는 걸 보면 나도 사람들이 생각하는 것만큼 악독한 사람은 아닌 모양이군.'

문주교는 무심한 듯한 표정으로 신신부에게 물었다.

"폭격이라. 어디가 좋을까? 이런 촌구석에 폭격할 만한 데가 있기는 있나?"

"마침 적당한 데가 한 군데 있습니다."

다음날 새벽에 이론신학회 소속 폭격기 백이십 대가 지난의 야영지로 날아들었다. 공습경보가 울리자 황급히 하늘로 날아오른 붉은색 전투기들이 다가오는 적을 향해 공격을 시도했다. 그 순간 그들을 막아선 것은 천팔백 대의 하얀색 요격기였다.

이론신학회 비행기는 기종이 다 똑같았다. 기종도 성능도 제각각인 지난의 붉은 편대와 달리, 모두가 같은 해에 제작된 같은 기종의 비행기였다. 그것은 곧 어떤 비행기를 타든 똑같은 조건에서 조종할 수 있다는 것을 의미했다. 표준화된 전술을 구사하기에 용이하다는 뜻이었고, 그만큼 전술 운용이 쉽다는 뜻이기도 했다.

나물이 문주교의 하얀기사단과 상대하기는 이번이 처음이었다. 소규모 편대를 만난 적은 있었지만 기사단 전체를 맞상대한 적은 한 번도 없었다.

관측신학회 성지호위기사단과 달리 이론신학회 전투기들은 움직임이 자유로웠다. 기체 성능도, 전투에 관한 교리도, 모두 개별 조종사들의 능력을 중시하는 편이었다. 속도가 빠르고 선회반경이 좁으며 상승각도가 크고 가파른 성능 좋은 요격기에, 관측신학회 성지호위기사단을 제외하면 대적할 만한 상대를 찾을 수 없을 만큼 훌륭한 전투수도사들.

그들은 싸우는 게 기도라고 생각하는 사람들이었다. 물론 사리사욕 때문에 그쪽 편에 서 있는 사람도 있을 것이다. 그러나 그게 다는 아니었다. 이론신학회 전투수도사들 대다수는 정말로 그게 정의라고 생각하고 있다. 신의 뜻이라고 굳게 믿고 있다. 나물은 그들을 비난할 생각이 없었다. 그 역시 마찬가지였으니까.

날아오는 총알 사이를 뚫고, 요격기들에 둘러싸여 이론신학회 임시 비행장으로 이동하는 비행기 쪽으로 바짝 다가갔다. 멀리서 보기에는 수송기처럼 보였지만 가까이 가서 보니 그렇지 않았다. 폭격기였다. 기체 전면과 후방, 위쪽과 아래에 모두 네 개의 기관포탑이 설치된 공중요새 백이십 대가 그의 비행기를 향해 불을 뿜어댔다.

"도대체 뭘 호위한다는 거지?"

전날 저녁이었다. 이론신학회 호위기사단이라는 이름을 듣고 지난이 물었다. 별로 할 말은 없었다. 그가 대신 답해줄 문제도 아니었다. 이론신학회 학회교구장 문원식 주교가 관측신학회 성지호위기사단 병력과 균형을 맞춘다는 핑계로 무리하게 확장해놓은 병력이었으니까. 어차피 문주교의 설명이 설득력이 있어서 교단 예산심의위원회를 통과한 것은 아니었다. 문주교의 말에 설득력이 있다고 생각한 심의위원은 단 한 명도 없었다.

적어도 관측신학회 성지호위기사단은 지켜야 할 대상이 분명했다. 바로 성지였다. 그리고 성망원경이었다. 말 그대로 관측행위 자체를 보호하기 위한 병력인 셈이다. 성망원경급 망원경이 설치된 성지가 북반구에만 예순네 개. 전체 병력이 이천삼백이라고 해도 실제로 한 군데에 모여 있는 것은 평균 서른 대 안팎에 불과했다.

그러나 이론신학회는 끝내 보호해야 할 재산목록을 대지 못했다. 그러고도 기사단 확충에 성공했다. 물론 정치적인 이유 때문에 가능한 일이었다. 그 결과 이론신학회 호위기사단은 '성지'호위기사단이라는 이름을 쓸 수 없게 되었다. 그 대신 문주교는 이천 대나 되는 병력 전체를 하나의 부대로 묶어서 편성했다. 딱히 지켜야 할 대상이 없었기 때문이다.

눈앞에서 날고 있는 스무 대의 폭격기가 일제히 기관포를 쏘아대는 통에 더이상은 접근이 불가능했다. 안 그래도 사방에서 포위망을 좁혀들어오는 마당에, 잘 훈련된 사수들이 쏘아대는 총알을 상대하기란 쉬운 일이 아니었다. 다른 전투기에 장착된 무기가 모두 비행기 진행방향과 똑같은 방향, 곧 정면으로만 고정된 것과 달리,

폭격기에 설치된 포탑은 어느 방향으로든 자유롭게 움직일 수 있었다. 즉 비행기 진행방향과 전혀 다른 방향에서 총알이 쏟아지곤 했는데, 자주 접하지 않으면 좀처럼 익숙해지기도 어렵고 그만큼 피하기도 어려운 공격이었다.

나물은 두 차례 더 접근을 시도한 다음, 기수를 돌려 지난의 방어선 뒤로 물러났다. 요격기들이 뒤따르며 맹렬히 총알을 퍼부어대다가 방어선 근처에서 기수를 돌려 폭격기 쪽으로 돌아갔다.

장거리 폭격기 백이십 대에 요격기 천팔백 대! 하얀기사단은 무언가를 호위하기 위해 만들어진 비행대가 아니었다. 관측신학회 성지들을 빠른 시간 안에 제압하기 위한 것이라고밖에는 생각하기 어려운 구성이었다. 중요한 것은 결국 백이십 대의 폭격기다. 천팔백 대의 요격기들은 그저 폭격기가 안전하게 목표에 도달하도록 하기 위한 호위대에 지나지 않는다. 그들이 무언가를 호위한다면 그것은 이론도 아니고 신도 아닌 바로 그 백이십 대의 폭격기일 것이다.

오로지 힘을 위해 존재하는 힘. 신을 매장해버리고도 부끄러워하지 않는 뻔뻔한 권력. 당황스럽다 못해 화가 날 지경이었다. 말로만 듣던 그들의 실체를 직접 눈으로 확인하는 순간 그는 성직자로서 그리고 신학자로서, 그리고 관측신학회 성지호위기사단의 전직 조종사로서, 자신이 그런 상황에 대해 얼마나 큰 분노를 느끼게끔 훈련받았는지를 깨달았다. 모든 이성적 판단에 앞서는 본능적인 판단 기준. 그것은 곧 정의의 문제였다. 그런 기사단이 존재한다는 것 자체가 이미 죄악이고 탐욕이고 신성모독이라는 직관적인 판단.

그러나 그는 솔직히 자신이 진짜로 분노하고 있는 것인지 아니면 분노해야 한다고 생각만 하는 것인지 알 수가 없었다. 당장은 방향을 가리지 않고 뿜어대는 공중요새의 낯선 공격에 도저히 가까이 다가설 엄두가 나지 않을 뿐이었다. 하지만 이번에는 뭔가가 더 있었다. 언제나 화를 참지 못하던 그였는데, 이번에는 뭔가 다른 느낌이었다. 그는 화를 내는 자신을 바라보고 있는 또다른 자신을 발견했다. 그건 분명 새로운 자아였다.

그리고 그 순간, 아직 가축비행기들이 모두 자리를 뜨지도 못한 목초지 위로 폭격기들이 일제히 비를 뿌리기 시작했다. 폭격이었다. 굵은 빗방울들이 끊임없이 아래로 쏟아져내렸다. 얼마 지나지 않아 목초지가 있던 곳에서 불길이 치솟았다. 그 위로 또다시 폭탄이 쏟아졌다.

가운데에 있는 지난의 천막을 비롯해 수백 개의 천막이 불길에 휩싸였다. 비행기들도 마찬가지였다. 아직 아래에 남아 있는 사람들의 숫자는 얼마 되지 않았지만, 미처 이륙하지 못한 수백 대의 가축비행기들이 쏟아지는 폭탄에 산산조각나고 있었다. 귀에는 들리지 않는 고요한 비명소리가 아직은 어두운 하늘 위에 울려퍼졌다. 그리고 그 소리마저도 잠시 후에 날아온 하얀색 요격기들의 날카로운 엔진 소리에 완전히 묻혀버렸다.

나물은 다시 기수를 돌려 폭격기들이 있는 쪽으로 향했다. 그리고 엔진 출력을 높였다. 누군가 무전기로 만류하는 소리가 들렸다. 그러나 그는 그 소리를 외면한 채 기체를 좌우로 흔들어 날아오는 총알을 최대한 피하면서, 빠른 속도로 폭격기로 다가갔다. 무리에서 떨어져나온 폭격기 한 대가 보였다. 꼬리날개에는 이론신학회 문장이 그려져 있었다. 그는 폭격기 동체에 총알을 퍼부었다. 남아 있는 총알을 모두 쏟아붓자 마침내 그중 한 대에서 연기가 피어올랐다. 그러나 폭격기는 격추되지 않고 서서히 방향을 돌려 기지로 돌아가는 무리에 합류했다.

공습이 끝나고 날이 밝았다. 다행히 제국 전체가 야영지 한 군데에 모여 있지는 않아서 새 방어선을 펼 수 없을 만큼 심각한 피해를 입지는 않았지만, 그날 그 자리에 있던 지난의 본대는 복구할 수 없을 만큼 큰 타격을 입었다.

그 처참한 광경에 나물은 분노를 느꼈다. 아니, 분노를 느껴야 한다는 생각이 불같이 일어났다. 단지 그뿐이었다. 진짜로 화가 난 것은 아니었다.

그러는 사이 지난은 침착한 태도로 피해상황을 파악하고 새 목초지를 정했다. 그 모습이 나물은 신기하기만 했다.

'어떻게 저렇게 침착할 수가 있지?'

그와는 달리 지난은 모든 면에서 준비가 잘되어 있는 사람이었다. 지난이 없었다면 그는 이론신학회와 맞서 싸우는 일 같은 것은 엄두도 못 냈을 것이다. 지난의 힘을 빌리지 않았다면, 그는 아마 아직도 어디론가 멀리멀리 달아나기만 하고 있었을 것이다.

문득 뒤를 돌아보았다. 그는 남의 전장에 서 있었다. 그것도 맨 앞줄에 서 있었다. 뒤에는 수백 대나 되는 비행기들이 따라붙었다. 그 여자 때문이었다. 목표도 같고 적도 같았지만 그렇다고 지난이 그를 위해 대신 싸워주는 것은 아니었다. 어디까지나 그 전쟁은 지난과 유목민들, 그들의 전쟁이었다. 그를 위한 게 아니었다. 그가 은경을 구하러 나서는 게 대견해 보여서 도우려는 게 아니었다. 자세한 내막은 모르겠지만 지난은 이미 은경을 알고 있었고, 은경을 되찾기 위해 이론신학회 호위기사단과 일전을 벌일 생각이었다.

"같이 가도 좋아."

이론신학회가 은경을 납치했다는 소식이 전해진 날에 지난이 그에게 말했다. 나물은 고개를 끄덕였다. 그렇게 남의 싸움에 끼어들었다. 그렇게 싸우는 게 곧 신을 지키는 길이라고 믿었기 때문이다. 그리고 그 여자를 구하는 데 도움이 되는 일이기 때문이기도 했다. 그 싸움에서 이길 수만 있다면 모든 일이 제자리로 돌아갈 것만 같았다. 그러나 진실은 그렇지 않았다.

'그런데 대체 어디가 제자리라는 거지? 나는 지금 여기서 뭘 하고 있는 걸까?'

지난은 피해상황을 파악하고 본대를 대족장 강우산의 편대로 옮긴 다음 전령들을 보내 제국 전체에 새 방어선 구축에 관한 지시를 내렸다. 그 말을 전해듣고, 대족장 장연료는 이해할 수 없다는 반응을 보였다.

"그런데 방어선이라는 게 도대체 뭔가?"

전령이 대답했다.

"사실은 저도 잘 모릅니다. 칸께서 말씀하신 대로 전하는 것뿐입니다."

"선을 그으라는 건가? 하늘에?"

"아무튼 명령은 전달했습니다. 일단 병력을 집결시키고 다음 지시를 기다리시죠."

"시키는 일이니 하기는 하네만. 집결지가 보리평원이라고?"

"예."

"거참, 알다가도 모를 일일세. 거기는 아무것도 없잖아. 방어선은 왜 만드는 거야? 뭘 지키는데?"

"글쎄요, 보리 아닐까요?"

"보리?"

장연료는 들판을 바라보았다. 가축비행기 수십 대가 동시에 목초지로 들어오고 있었다. 그가 고개를 끄덕이자 전령은 비로소 비행기로 돌아갔다. 전령이 타고 온 비행기가 지난이 머무는 곳을 향해 날아가는 모습을 보면서 그는 곰곰이 생각에 잠겼다.

대족장 장연료는 남반구에서 가장 뛰어난 비행기 유목민이었다. 비행기 유목의 아버지라고 불러도 좋을 만큼 오랫동안 비행기들을 유목해왔을 뿐만 아니라, 처음 제국이 만들어질 무렵부터 내내 지난을 따라다니며 많은 일들을 함께한 원로이기도 했다. 그런데도 그는 아직 지난을 완전히 이해할 수 없었다. 그런 일은 처음부터 불가능했을지도 모른다. 하지만 이상해도 너무 이상하지 않은가. 방어선이라니. 게다가 보리라니.

그는 그 누구보다 비행기 유목에 대해 잘 알았다. 대족장들 중 하나이기는 했지만 그는 전사라기보다는 목자에 가까웠다. 전장의 흐름을 읽는 것보다는 가축비행기들의 상태를 파악하는 데 더 뛰어났다. 그럼에도 불구하고 제국 내에서 그의 존재를 가볍게 볼 수 있는 사람은 아무도 없었다. 제국의 근간은 어디까지나 싸움이 아니라 유목이었기 때문이다.

제국은 영토 위에 세워지지 않았다. 전투기나 기관총의 힘으로 만들어진 것도 아니다. 그들의 제국은 비행기들의 날개 위에 세워졌다. 그것도 조종석이 비어 있는 가축비행기들의 날개 위에. 그러므로 제국은 특정한 영토를 보호하기 위해 병력을 집결시키거나 방어선을 치지 않는다. 제국이 보호해야 할 것은 오로지 사람, 비행기, 그리고 제공권뿐이다. 명분상으로만 그런 게 아니라 실제로도 그랬다. 다른 목표를 위해 이 세 가지를 희생해서는 안 된다. 그런데 지난은 바로 그 일을 하려 하는 것이다.

아무래도 이상했다. 말이 안 됐다. 폭격기가 무서우면 상대하지 않으면 된다. 폭격기는 하늘과 땅을 연결하는 무기다. 땅에 매여 있는 것을 공격하기 위해 만들어진 비행기다. 그런데 유목민들의 제국은 땅에 매여 있지 않았다. 날개 위에 세워진 제국이 폭격기를 무서워할 이유는 없다. 폭격기를 두려워하는 것은 땅에 매여서 살아가는 사람들뿐이다. 비행기 유목민들이라면 움직임이 느린 폭격기가 도달할 수 없는 거리에 새로운 삶의 터전을 꾸리거나, 보복이 필요하다면 기동전을 통해 적의 퇴로를 끊고 점차적으로 병력을 갉아먹는 전략을 구사하면 된다. 그러면 절대 지지 않는다. 지난이 그 사실을 모를 리 없었다.

지난은 뭔가를 꾸미고 있는 게 분명했다. 그러나 그는 그 생각을 결코 입밖에 내지 않았다. 그가 뭔가를 꾸미고 있다면 거기에 맞춰서 움직여야 했다. 그는 참모들을 불러 목초지를 옮길 준비를 하도록 지시했다.

"날이 밝는 대로 비행기들을 전부 이끌고 이동할 거니까 지금부터 준비해두라고."

"어디로 가는데요?"

"보리평원."

"하필 거기는 왜 방어하는 겁니까?"

"단추평원에서 발견한 보물 때문이겠지. 보물인지 돌멩이인지 아직 잘 모르겠지만."

일단 그렇게 둘러대기는 했지만, 답을 모르기는 그 역시 마찬가지였다.

은경은 이론신학회 임시 비행장 활주로를 거닐며 머리 위에 떠 있는 하얀색 비행기들을 올려다보았다. 프로펠러 소리가 날카로웠다. 요격용으로 만든 비행기여서 그런지 움직임이 재빠르고 상승각이 좋아서 공중전에 꽤 유용해 보였다. 특히 이륙 직후 상승속도는 상상을 초월할 정도였다.

"좋은 비행기네요."

은경의 말에 옆에서 걷고 있던 문주교가 고개를 돌리며 미소를 지어 보였다.

"그렇습니까? 아무리 좋아봐야 지구 것만 하겠습니까?"

"기술적으로야 그렇겠지만, 저건 분명 명품인데요."

"명품이라. 그런 생각은 못 해봤군요."

거짓말이었다. 은경은 그의 표정에서 오만할 정도의 자신감을 읽어냈다. 그럴 만도 했다. 그의 비행대는 세상 어떤 비행대보다도 위풍당당했다. 숫자로 따지면 관리사무소 경비대 병력을 따라잡을 수 없겠지만, 품질로만 따지면 그의 하얀기사단이 훨씬 나았다. 비행기도 비행기지만 천문교 기사단 조종사들의 조종실력은 다른 조종사들과는 비교도 안 될 만큼 뛰어났다. 은경은 그 사실을 잘 알고 있었다. 나물을 곁에서 지켜보면서, 쫓겨난 조종사가 저 정도면 끝까지 살아남은 사람들은 얼마나 대단할까 생각한 적이 한두 번이 아니었다.

문득 그가 떠올랐다. 은경이 입을 열었다.

"나물이라는 사람은, 주교님이 생각하시는 것처럼 대단하지는 않던데요."

문주교는 은경의 얼굴을 빤히 들여다보며 여유 있는 목소리로 대답했다.

"의견은 감사합니다만, 그건 제가 알아서 검증하겠습니다. 일단은 한번 만나보고 싶군요."

"저를 그런 사람하고 교환하는 건 남는 장사가 아닌 것 같은데요. 저는 궤도비행 조종사고, 그쪽은 검증도 안 된 시골 신학자일 뿐이잖아요."

"예언자였죠. 아실 텐데요."

은경은 잠시 말문이 막혔다. 그러자 문주교가 다시 말을 이었다.

"그것도 딱 하나 남은 예언자죠. 물론 제가 그 말도 안 되는 사기극을 믿는 건 아닙니다. 다만, 천문교에는 아직도 그 이야기를 철석같이 믿는 사람들이 있어요. 이상한 영웅담까지 나왔더군요. 여러 이야기가 있는데, 대개는 제가 악역으로 등장하더라고요. 그러니 일이 더 커지기 전에 어떻게든 손을 써봐야 하지 않겠습니까. 그건 그렇고, 그보다는 말이죠, 이걸 알아두셨으면 좋겠는데요. 최신학 대주교님께 김은경씨가 어떤 존재인지는 잘 모르겠지만, 저한테는 전혀 쓸모가 없거든요. 김은경씨를 내주는 건 사실 교환을 하자는 게 아니라 그냥 버리는 거나 다름없습니다. 그러니 저로서는 손해보고 말고 할 일이 아닙니다."

위에서 요란한 엔진 소리가 들렸다. 고개를 들어보니 수십 대나 되는 비행기들이 마치 에어쇼라도 하듯이 어지럽게 날아가고 있었다. 성능 좋은 비행기에, 실력 좋고 용감한 조종사들, 우수한 지휘부, 그리고 공중요새. 게다가 그런 비행대가 머물러 있는 임시 비행장이 그곳 말고도 아홉 군데나 더 있었다. 분명 쉬운 상대는 아니었다.

징검섬에서 있었던 일이 떠올랐다. 칼에 찔려 죽을 뻔한 기억. 그때는 자기를 그렇게 만든 사람이 죽도록 싫었는데, 막상 그 모든 일을 배후에서 조종한 사람을 눈앞에 두고도 격한 감정이라고는 조금도 생기지 않는 게 신기했다. 그는 할 일을 했을 뿐이라는 태도로 은경을 대하고 있었다. 그의 그런 태도가 어쩐지 설득력이 있어 보였다. 말도 안 되는 생각이었다. 어떻게든 되갚아줘야 속이 시원할 텐데.

하지만 기사단은 결점이 거의 없었다. 단 한 가지를 제외하면.

은경은 낮은 고도를 곡예비행을 하며 빠른 속도로 지나쳐가는 하얀색 비행기를 가만히 바라보았다. 이론신학회 호위기사단의 유일한 약점이 눈에 들어왔다. 속도였다. 그 요격기들은 속도가 지나치

게 빨랐다.

'칸이 이 사실을 알고 있을까?'

한줌편대 유목조종사들의 말이 사실이라면 지난은 아마 그 점을 놓치지 않을 것이다. 처음 한줌편대를 만났을 때 그들이 한 말이 떠올랐다. 은경의 비행기가 지난의 빨강으로 칠해져 있어서 그냥 지나칠 수 없다는 말이었다. 그 색깔로 칠해진 비행기는 무조건 도와주고 가능하면 자신에게로 안내하라는 지난의 포고령 때문이라고도 했다. 한줌편대처럼 지난에게 직접 속해 있지도 않은 사람들도 따를 정도라면 꽤 오래된 포고령이 틀림없었다.

그런데 왜일까? 왜 그런 명령을 내렸을까? 왜 하필이면 그 색깔일까? 그는 어떻게 그 비행기의 색깔을 알고 있었을까?

유목민들은 은경의 비행기가 지난의 빨강으로 칠해져 있는 것이 뭐가 이상한지 전혀 눈치채지 못했다. 그런 비행기가 처음은 아니었기 때문이다. 그러나 사실 그 일은 도무지 말이 안 됐다. 선후관계가 완전히 어긋나 있었다. 은경의 비행기는 무려 십오만 년 전부터 그 색깔이었으니까. 게다가 그 비행기가 다시 세상에 나온 지는 몇 달이 채 안 되었는데 지난은 포고령을 내리기 훨씬 전부터 이미 그 비행기를 알고 있었다. 어떻게 알았을까. 그리고 포고령은 대체 언제 내려진 걸까.

그때부터 은경은 지난의 정체가 궁금했다. 그러나 지난의 영역에 오래 머무를 수는 없었다. 붙잡힐 것 같아서였다. 하루빨리 관리사무소로 돌아가야 했다. 우주왕복선이 있는 곳으로 가야 했다. 그런 곳에서 놀고 있을 시간이 없었다. 그런 시골 촌구석에서, 게다가 자신을 그 꼴로 만들어버린 누군가의 머릿속을 꼭 닮은 역겨운 세상 속에서 그렇게 노닥거리고 있을 이유가 어디에도 없었다. 물론 그게 옳은 일인지에 대해서는 확신할 수 없었다. 그러나 그대로 시간을 보내고 있을 수는 없었다. 뭐라도 해야 했다. 그래서 도망을 쳤다. 그런데 얼마 가지도 못해서 또다른 사람에게 붙들리고 말았다.

'이놈의 행성은 사람도 몇 명 없는데 마음 편하게 어디를 가지를 못 해.'

문주교를 돌아보았다. 자신감에 가득 찬 얼굴이었다. 그는 자신의 약점을 모르는 게 분명했다. 지난이 이들의 약점을 간파하기만 한다면 다시 탈출할 기회를 잡을 수 있을지도 모른다.

하지만 탈출하고 나면, 그때는 또 어디로 가야 할까. 그 사람에게로 돌아가야 할까, 아니면 우주왕복선이 있는 곳으로 가야 할까. 답이 보이지 않았다. 어쩌면 정답 같은 건 처음부터 존재하지 않았을지도 모른다.

"물론 해법은 있어. 방법이 없는 건 아닌데, 실행하기가 까다로워."

지난이 속삭였다. 그러자 나물이 속삭이는 목소리로 물었다.

"왜 속삭이세요?"

"첩자가 있거든. 내가 아는 것만 다섯이야. 그중 몇 명은 암살자고."

그 소리에 미은이 숨을 죽였다. 다시 나물이 물었다.

"누군지 아는데 왜 그냥 두세요? 지난번 폭격도 위치가 노출돼서 그런 거 아닌가요?"

"그렇기는 한데, 우리 정책이야."

"정책이요?"

"덕분에 이 조직 저 조직에서 똑똑한 놈들이 제 발로 기어들어오거든. 그렇게 한 오 년쯤 유목민으로 살고 나면 결국 우리 편이 돼. 우리 힘으로는 그 사람들을 다 교육시킬 수가 없어요. 자네만 해도 그래. 자네야말로 누구 못지않게 수상한 인물인데 말이야, 그래도 자네가 내 편이면 얼마나 좋겠어. 천문학에, 수학에, 신학에, 성지 호위기사단에서 돌격훈련까지 받았다며. 그래서 일단은 두고 보는 거야."

물론 그게 다는 아니었다. 나물이 물었다.

"그래도 너무 위험하지 않나요? 암살자도 있다면서요."

"암살당한 적은 없었어, 아직은."

미은은 자기도 모르게 고개를 끄덕였다. 암살자들이 선뜻 지난을 암살할 수 없는 이유를 알 것 같아서였다. 그는 생각보다 훨씬 복잡한 인물이었다. 무엇보다, 직접 만나보니 조직에서 들었던 것과는 전혀 다른 사람이었다. 그의 제국은 늘 많은 오해를 받았고, 실제보다 훨씬 더 사악한 것으로 알려져 있었다. 그러나 미은이 직접 만난 지난은 생각보다 훨씬 더 개방적인 사람이었다. 비밀이 많았지만, 한편으로 그는 진실의 칼날이 목 바로 아래에 들어오는 것을 그다지 두려워하지 않을 사람이기도 했다.

그런 개방적인 태도가 사람을 망설이게 만들었다. 아마 다른 사람들도 똑같이 생각했을 것이다. 도대체 뭘까. 뭘 믿고 저러는 걸까. 민소매는 누구고 반소매는 누굴까. 왜 그 두 사람이 동일인물일까.

미은이 그런 생각을 하는 바로 그 순간에도, 지난은 자신이 보는 앞에서 암살자에 관한 이야기를 아무렇지도 않게 화제로 올리고 있었다. 전혀 거리낌없는 태도였다. 실수라면 모를까, 일이 제대로만 된다면 암살당할 이유가 전혀 없다고 생각하는 듯한 자신감이었다.

다음날 날이 밝자 지난은 전투대기명령을 내린 다음 전투기들을 보내 상대의 반응을 지켜보았다. 그리고 이렇게 말했다.

"천문교 첩자들은 역시 일을 잘해. 어떻게 우리 조종사들이 내 명령대로 움직이는 것보다 이론신학회 놈들 반응이 더 빠른 거지?"

나물이 대답했다.

"문주교가 원래 좀 그런 사람입니다."

그는 징검섬에서 있었던 일들을 떠올렸다. 교구에서 완전히 쫓겨나던 날, 예언자가 되지 못한 날. 그러나 어느 누군가는 바로 그날부터 새 예언이 이루어지기 시작했다고 믿고 있는 그 예언자의 날. 희생 제물이 되어 차가운 바닥에 피를 흘리고 쓰러져 있던 은경의 얼굴이 떠올랐다.

'혼자 떠나게 내버려두지 말았어야 했는데.'

그리고 그날 저녁, 대족장 강우산이 지난의 천막을 찾아가 직접 새 방어선을 구축하는 이유가 무엇인지를 물었다. 지난은 눈가를 잔뜩 찌푸리며 대답했다.

"잘 안 들려!"

"왜 여기를 방어해야 하냐고요! 그 여자 때문인가요?"

"여자는 무슨 여자! 식량 때문이지! 보리밭이잖아!"

"보리농사 그만둔 지가 십오 년이 넘었다는데요!"

"그래? 몰랐어! 그럼 철수해!"

"예?"

"철수하라고! 진작 말해줬으면 여기까지 안 왔잖아!"

물론 칸은 병력을 완전히 철수시키지는 않았다. 동남쪽으로 200킬로미터쯤 방어선을 후퇴시켰을 뿐이었다. 강우산은 그 지시를 전해 듣고 나서야 비로소 지난이 무슨 생각을 하는지 알 것 같았다. 보리평원 동남쪽이라면, 오래전에 버려둔 지난의 실험시설이 있는 곳이었다. 그러니까 단추평원에서 주운 물건 때문인 게 틀림없었다. 지난은 그 물건을 분석할 생각인 듯했다. 하지만 그 생각에는 한 가지 문제가 있었다. 그는 다시 지난을 찾아갔다.

"혹시 기억하시는지 모르겠지만, 거기 실험실은 버려진 지가 벌써 이십 년이 넘었는데요. 그것 때문이라면 다시 한번 생각해보시는 게 어떻겠습니까? 사람도 없고 장비도 없고, 거기는 벌써 아무것도 없는 거나 마찬가지 아닙니까? 그냥 버리시죠."

지난은 아무 대답도 하지 않았다. 뭔가 생각이 있는 게 분명했다. 어쩌면 실험시설 때문이 아니라 다른 것 때문일지도 모른다. 칸의 비밀문서고 같은. 그 실험시설 터가 그런 용도로 사용되고 있다는 소문이 사실이라면 지난이 그렇게 나오는 것도 이해가 갔다. 그것도 아니라면 단지 인질로 잡혀 있다는 그 여자를 구하기 위해서인지도 모른다. 충분히 가능한 일이었다. 그 여자라면.

아무튼 그는 지난의 의도를 전혀 알 수가 없었다.

"그렇다 칩시다. 어쨌거나, 결국 폭격기들을 상대하실 생각입니까?"

"그래!"

"어떻게 상대하실 건데요?"

"몰라! 자네가 전술참모잖아. 왜 맨날 나한테 물어봐!"

"시키는 대로 안 하시니까 그렇죠!"

"내가 자네 말 들으면 자네가 칸이지 내가 칸이야?"

그 무렵 문주교는 유목민들의 비행대 구석구석에 심어놓은 사람들을 통해 지난의 움직임을 속속들이 파악하고 있었다. 보리평원 일대의 새 방어선에서부터 그 근처 어딘가에 있다는 오래된 실험시설에 관한 이야기까지. 정찰기만으로는 얻을 수 없는 귀중한 정보들이 하루에도 몇 건씩 그의 집무실로 쏟아져들어왔다.

곧 지난의 방어목표가 분명해졌다. 보리평원 동남쪽에 있는 오래된 실험시설이었다. 호위기사단 작전참모 신명준 신부가 예상한 그대로였다. 또한 그곳은 관리사무소와의 전투 직전에 지난의 진영을 이탈한 수송기 한 대가 몰래 착륙한 지점이기도 했다. 수송기 안에는 최신학 대주교가 궁금해하던 물건이 실려 있었다. 그게 뭔지는 모르겠지만, 그리고 그게 왜 중요한지는 별로 신경쓰고 싶지도 않았지만, 적어도 한 가지만은 확실했다. 지난을 전장으로 끌어내려면 그곳을 폭격해야 한다는 사실이었다.

그 소식을 듣고 문주교는 생각에 잠겼다.

'이렇게 확실할 리가 없는데. 지난이 바보가 아닌 이상 신명준이도 알 만한 함정을 파놓고 기다릴 리가 없을 텐데.'

다른 유목민들이 어떤지는 모르겠지만 적어도 지난이 그렇게 단순할 리가 없었다. 그는 마치 절망한 사람처럼 어깨를 축 늘어뜨린 채 한참 동안이나 말없이 책상 위를 바라보았다. 물론 진짜 절망한 것은 아니다. 단지 오래된 습관일 뿐이었다.

'거기를 노리게 해놓고 기습이라도 하려는 걸까.'

전장에서 다시 첩보가 들어왔다. 지난이 전투기 육백 대를 후방으로 돌려보냈다는 소식이었다.

'이건 또 뭐지?'

수 읽기가 점점 더 어려워졌다. 눈으로 직접 확인하는 편이 나을 것 같았다. 정찰기를 실험시설 쪽으로 보냈다. 한참 뒤에 정찰기들이 돌아와 정황을 보고했다.

"경계가 삼엄해서 직접 가보지는 못했습니다. 그 지역 상공에 초계기가 계속 떠 있고, 금방 출격할 수 있도록 대기중인 병력도 수백 대에 이른답니다. 현재 주둔상황으로 봐서는 그 지역을 방어하는 게 일차목표인 게 확실해 보입니다."

"기습 의도는 없단 말이지?"

"예, 빼놓은 전투기들의 행방이 확실하니까요."

어쨌든 그에게는 싸움이 필요했다. 하루빨리 예언자에 관한 헛소문을 잠재우고 새 이야기가 천문교 구석구석에 퍼지게 해야 했다. 세상의 종말을 예견한 천문교의 새 지도자 문원식 주교의 하얀기사단이 남반구의 도적들을 물리치고 종말에 대비한 새로운 질서를 구축해가는 새 영웅담이 모든 성직자들의 마음속에 자리잡게 해야 했다. 그러려면 지난을 전장으로 끌어내는 게 우선이었다. 그래야 그 사이비 예언자를 끌어낼 수 있을 테니까.

"신의 이름으로 이교도들의 땅에 주님의 비를 내릴 것을 명령합니다."

그가 드디어 명령을 내렸다. 폭격 지시였다. 하얀기사단 전 병력은 곧 전투대기태세에 들어갔다.

지난은 가축비행기들을 전투기로부터 분리한 다음 주둔지 동쪽 300킬로미터 지점으로 대피시켰다. 전투태세를 갖추었다는 신호였다. 제국 곳곳에 침투한 이론신학회 쪽 첩자들이 미리 약속된 방식으로 공중을 맴돌며 그 소식을 전했다. 그러자 이론신학회 정찰기들이 멀리서 그 신호를 포착해 문주교의 집무실로 실어날랐다. 문주교는 그런 식으로 지난의 비행기들이 어느 목초지에 어느 정도의 규모로 배치되어 있는지를 알아낸 다음, 자신의 병력을 세심하게 재배치했다. 그러면 지난은 하루나 이틀 뒤에 이론신학회 기사단의 움직임을 보고받았다.

굳이 상대 지휘부에 첩자를 심지 않고도 상대의 움직임을 조종할 수 있게 됐다는 확신이 들 무렵, 지난은 드디어 개전명령을 내렸다.

"오늘이야."

그렇게 전투가 시작됐다.

하얀기사단 조종사들의 머릿속에는 패배할 수도 있다는 생각은 조금도 들어 있지 않았다. 상대가 불과 며칠 전에 관리사무소 대병력을 몰아낸 역전의 용사들이라 해도 마찬가지였다. 그들이 생각하기에 자신들보다 더 뛰어난 비행대는 세상 어디에도 없었다. 관측신학회 성지호위기사단을 제외하면 그들을 따라올 조종사 집단은 상상도 할 수 없었지만, 어차피 성지호위기사단은 북반구 전체에 뿔뿔이 흩어져 있어서 결코 대규모 비행대로 모이는 법이 없었다.

제대로 훈련조차 받지 못한 유목민 비행대 따위는 처음부터 그들의 상대가 아니었다.

조종기술도 기술이지만, 무엇보다 그들은 사기가 높았다. 정의의 편에 서 있다는 신념 때문이었다. 물론 적의 움직임에 대한 정확한 정보가 계속해서 쏟아져들어온다는 사실도 사기를 높이는 데 결정적인 역할을 했다. 그들에게는 약점이 없었다. 적어도 그들 스스로는 그렇게 믿었다. 물론 그것은 사실이 아니었다.

균열은 무전기에서부터 시작되었다. 이론신학회 폭격기와 요격기들은 각각 다른 공장에서 제작된 비행기들이었다. 천문교 예산심의 위원회가 폭격기의 도입을 허용하지 않았기 때문에 새 동맹인 관리사무소로부터 폭격기를 몰래 넘겨받아야 했다. 그 결과 폭격기와 요격기에는 규격이 전혀 다른 무전기가 장착되었고, 지상 관제소나 이동식 관제소를 거치지 않으면 직접 교신이 불가능했다.

그 균열은 기관포 사수를 비롯한 폭격기 승무원들과 요격기 조종사들 사이에 벌어진 틈으로 이어졌다. 요격기 조종사들은 자신들이야말로 기사단의 핵심이라고 생각했고, 폭격기 승무원들은 그들대로 기사단의 전략적 핵심이 폭격기라는 사실을 믿어 의심치 않았다. 그러므로 이 둘의 사이는 날이 갈수록 점점 더 멀어지게 되었다.

공격목표가 정해지자 기사단 총사령부는 폭격기 사령부와 전투기 사령부에 각각 합류지점과 시간을 통보했다. 폭격기가 전투기보다 느리기 때문에 같이 출발할 경우 전투기들만 먼저 전장에 도착하는 사태에 대비한 조치였다.

폭격기들이 출발한 지 사십 분 뒤에 전투기 천팔백 대가 하늘로 날아올랐다. 그리고 약속시간 일 분 이십 초 전에 합류지점 상공에 모두 집결 완료했다. 그런데 폭격기들이 보이지 않았다.

"이것들은 또 지각이야! 도대체가 시간에 맞추는 꼴을 본 적이 없어."

"먼저 와서 자기들끼리만 적 전투기에 노출될까봐 일부러 느긋하게 오는 거지 뭐."

기사단 요격기 천팔백 대가 아무것도 없는 허공을 선회했다. 돌고, 돌고, 또 돌고. 선회라기보다는 배회에 가까웠다. 전투기들이 합류지점에서 배회한 지 삼십 분 뒤에, 마침내 폭격기들이 슬그머니 모습을 드러냈다.

'좋아, 나타났군. 그래도 이만하면 싸울 만하지.'

드디어 본격적인 진격이 시작되었다. 지난의 정찰기들이 멀리서 그 광경을 지켜보다가 빠른 속도로 귀환해 본대에 그 소식을 전했다. 지난은 적이 자신이 생각한 합류지점에서 겨우 20킬로미터밖에 떨어지지 않은 곳에서 합류했다는 사실에 만족했다. 관건은 상대 요격기들을 기지에서 최대한 먼 곳까지 끌어낸 다음 최대한 오랫동안 하는 일 없이 허공을 배회하게 만드는 것이었다.

폭격기 속도에 맞춰야 했으므로 하얀기사단의 진격속도는 빠르지 않았다. 지난은 팔십 대 정도의 척후기를 보내 기사단의 진격을 방해하도록 했다. 척후기들의 목표는 적을 완전히 차단하는 것이 아니라 기사단 호위기들을 최대한 귀찮게 하는 동시에 적과의 접촉을 계속해서 유지함으로써 적 기사단 대열이 어디까지 진격했는지를 실시간으로 파악하는 데 있었다.

그는 때를 기다렸다. 그의 비행대는 아직도 절반 가까이가 지상에 머물러 있었다. 조금 뒤에는 동남쪽으로 멀찍이 물려놓은 육백 대의 전투기들이 전장을 향해 이동할 것이다. 계속해서 정찰기들이 날아와 날갯짓으로 신호를 보냈다.

"아직이야."

정찰기들이 날아오는 빈도가 잦아졌다. 서서히 때가 무르익어갔다. 갓 돌아온 정찰기 한 대가 격렬한 몸짓으로 적이 가까이 다가왔음을 알렸다.

"아직."

지난이 말했다. 그리고 이 분쯤 후에 마침내 지난의 비행기가 목초지를 떠났다.

"좋아, 지금이야."

공습경보가 울리고 붉은색 전투기들이 일제히 하늘로 날아올랐다.

이론신학회 기사단 야전지휘부는 지난의 전투기들이 다가온다는 소식을 전해듣자마자 전투대형으로 병력을 전개했다. 예상대로 지난은 폭격기 진행방향을 향해 삼면에서 동시에 포위해들어갈 생각이었다. 기사단 작전참모 신명준 신부는 병력을 셋으로 나누어 상대의 포위공격에 대비하는 한편, 기습공격에 나설 요격기 이백 대를 이끌고 빠른 속도로 고도를 높였다.

붉은색 적 전투기들이 시야에 들어왔다. 엔진 출력을 높였다. 하얀기사단 전투기들이 요란한 소리를 냈다. 상대를 금세 질리게 만드는 특유의 프로펠러 소리였다. 폭격기들이 방어대형으로 전개하면서 기관포 사수들이 전투 준비에 들어갔다. 천팔백 명의 전투수도사들이 가볍게 날개를 흔들며 손을 풀었다. 드디어 때가 왔다. 신신부가 공격명령을 내렸다. 호위기들이 폭격기 근처를 떠나 적진을 향해 치고 나갔다.

곧이어 치열한 공중전이 벌어졌다. 신신부는 이백 대의 편대를 이끌고 적진을 향해 빠른 속도로 하강했다. 기습공격을 가하기 위해서였다. 그리고 그 순간, 지난의 전투기들이 일제히 기수를 돌려 날아온 방향으로 다시 퇴각을 시작했다.

"안 돼!"

기사단 야전지휘관들의 탄식이 무전기를 통해 흘러나왔다. 상대가 퇴각하는 모습을 보고 기사단 전투기들이 다시 편대 대형으로 돌아왔다. 그 순간 기사단 야전지휘관들의 머릿속에는 똑같은 걱정이 생겨나기 시작했다. 요격기 때문이었다.

이론신학회 요격기들은 속도가 빨랐다. 게다가 전투에 돌입했을 때의 기동성은 타의 추종을 불허했다. 엔진 때문이었다. 같은 시간 안에 좀더 많은 전기를 끌어쓸 수 있는 강력한 엔진. 전투가 시작되면 요격기는 어마어마한 동력을 낭비하게 된다. 강한 엔진을 가진 비행기일수록 더 그렇다. 게다가 조종사들의 조종 습관마저 효율성과는 거리가 멀다면 문제는 훨씬 더 심각해질 수 있었다.

야전지휘관들은 기사단 요격기의 짧은 항속거리가 슬슬 걱정되기 시작했다. 보리평원 정도라면 문제될 게 없었지만, 적의 새 방어선을 생각하면 이야기가 좀 복잡했다. 기지로 돌아갈 동력을 남겨두지 않으면 중간에 길바닥에 주저앉을 수도 있다. 물론 상대는 그 꼴을 가만히 보고만 있지는 않을 것이다. 그러니까 무사히 집으로 돌아가려면 귀환에 필요한 동력을 소모하기 전에 모든 작전이 종료돼야 한다.

그런데 만약 그 시간을 넘긴다면 어떻게 해야 할까. 폭격기들을 남겨두고 돌아가야 할까, 아니면 목숨을 걸고 그 자리에서 상대를 전멸시켜야 할까.

또다시 적이 공격태세를 갖추고 폭격기 근처로 다가왔다. 그리고 얼마 지나지 않아 다시 왔던 곳으로 돌아갔다.

몇 번의 의미 없는 교전이 끝나고 마침내 적 주력이 폭격기를 향해 날아왔다. 다급해진 기사단 요격기들이 일제히 그쪽으로 달라붙었다. 그러자 상대 역시 포위망을 좁혀왔다. 그런데 목표가 이상했다. 폭격기가 아니었다. 지난의 빨간색 전투기들은 분명 이론신학회 호위기사단의 요격기들을 향해 포위망을 좁혀들어왔다. 그리고 교전이 시작되자마자 그다지 열심히 싸워보지도 않고 사방으로 뿔뿔이 흩어져버렸다.

뭔가가 이상했다. 요격기들이 동요하기 시작했다. 그 순간 요격기 조종사들의 머릿속에서는 언젠가 한 번쯤 들은 적이 있는 이상한 이야기가 구체적인 모습을 드러내고 있었다. 버려진 예언자, 사악한 주교, 하늘의 요새, 신의 목소리, 고난, 도피, 반격, 정의, 바람을 타고 돌아온 신의 대리인…… 예언자의 날에 관한 이야기였다.

폭격기 조종사들이 이상한 낌새를 눈치채고 이동 관제탑에 무전 연락을 보냈다.

"아군기 몇 대가 퇴각하는 것 같은데, 무슨 일입니까?"

그 말을 전해들은 전투기 야전지휘관들이 이동 관제탑을 통해 회신했다.

"동력이 바닥났다. 더 버티다가는 기지까지 가지도 못하고 불시착할 가능성이 있다. 일부 전투기들은 이미 한계를 넘었다. 철수한다."

그 말을 끝으로 기사단 전투기들이 일제히 기수를 돌리자 지난의 붉은 전투기들이 다시 공세로 전환했다. 그리고 폭격기들을 내버려둔 채, 오로지 달아나는 하얀색 전투기들을 향해 추격속도를 높였다.

나물은 후방에 배치되어 있던 육백 대의 전투기 사이에 섞여 지난의 옛 실험시설이 있는 곳으로 날아갔다.

"전투기만 사라져준다면, 폭격기는 어떻게 상대해볼 수 있겠어?"

지난이 물었다. 대족장 강우산이 반문했다.

"그 많은 전투기들을 어떻게 하시려고요?"

"글쎄, 그건 내가 알아서 한다니까."

그곳에 가기만 하면 요격기들의 호위를 전혀 받지 않는 폭격기 백이십 대를 만날 수 있다고 했다. 나물은 그 말을 믿지 않았다. 그러나 현장에 도착해보니 지난의 말대로 요격기라고는 단 한 대도 보이지 않는 휑한 하늘에 거대한 폭격기 편대 몇 개가 높은 고도에서 그들을 향해 서서히 날아오고 있었다. 평화로운 광경이었다.

유목조종사들은 미리 정해둔 대로 십여 대씩 편대를 만든 다음 폭격기가 있는 곳까지 서서히 고도를 높였다. 폭격기들은 붉은 편대의 존재를 눈치채지 못했는지 한참 동안이나 똑같은 항로를 고수

했다. 마침내 폭격기 편대가 아래쪽에서 다가오는 전투기들을 포착하고 기수를 왼쪽으로 돌리는 순간, 유목민들의 붉은 전투기들은 엔진 출력을 최대로 높이고 빠른 속도로 위를 향해 솟구쳐올랐다.

나물은 아홉 대의 전투기를 이끌고 이론신학회 호위기사단 문장이 그려진 하얀색 폭격기를 향해 날아올라갔다. 전투기 열 대당 폭격기 하나. 공중요새의 절반을 무너뜨리는 게 목표였다. 그는 육백 대의 비행기 중 가장 선두에 섰다. 그의 뒤로 아홉 대의 전투기들이 일렬로 늘어섰다. 바로 뒤에는 미은이 따라붙었고, 그다음은 염안소였다. 그렇게 생긴 편대 육십 개가 폭격기 편대 뒤쪽으로 달라붙었다.

남의 전장이고 남의 싸움이었다. 지난이 만든 싸움터였고, 지난이 만들어낸 역전의 기회였다. 요격기들을 전부 걷어내다니. 어떻게 했는지는 알 수 없지만 그게 얼마나 얻기 힘든 기회인지는 충분히 알 수 있었다. 혼자였다면 그렇게 맞서볼 기회조차 없었을 텐데.

나물은 그 기회를 놓치지 않았다. 날아오는 총알 따위는 생각할 겨를이 없었다. 신께서 지켜주시기 때문에. 아니, 아무도 지켜주지 않는다 해도 바로 그 순간 그 일을 하지 않으면 다른 것은 아무것도 할 수 없을 것 같았다.

남의 전쟁이 분명했지만, 그는 맨 앞줄에 서서 누구보다 빠른 속도로 적을 향해 날아갔다. 그는 그의 표적을 누구보다 더 잘 알았다. 그 적이 그에게 무슨 일을 할 수 있는지, 그 적을 넘어섰을 때 그가 할 수 있는 일이 무엇인지, 그리고 그들을 물리치는 것만이 은경을 구하는 길이라는 사실도.

미은은 저 앞에서 날아가는 나물의 비행기를 보면서 말로는 설명할 수 없는 착잡한 기분이 들었다. 다른 사람들의 눈에는 어떻게 보이는지 알 수 없지만 미은의 눈에는 나물의 삼엽기가 그리는 곡선이 이미 누구도 막을 수 없을 만큼 확고하고 단단해 보였다. 그는 폭격기를 향해 날아가는 것이 아니라 다른 누군가의 마음을 향해 날아가고 있었다. 늘 가까이 있었지만 닿을 수 없었던 누군가에게. 그리고 이제는 그를 떠나 아예 시야가 닿지 않는 머나먼 곳으로 사라져버린, 질투가 날 만큼 아름다웠던 어떤 여자에게로.

'너무 걱정하지 말자. 곧 잊어버릴 거야.'

미은은 스스로에게 위로의 말을 건넸다. 하지만 그는 정말이지, 눈앞에 있는 공중요새만이 아니라 둘 사이에 가로놓인 그 어떤 장벽이라도 뚫어버릴 기세로 날아가고 있었다. 뒤를 바짝 뒤쫓는 것만으로도 짜릿한 기분이 느껴질 정도로 빠르고 강렬한 마음의 곡선이었다. 겉으로는 한 번도 내색한 적 없는 그의 진심이, 그 여자가 타고 다니던 붉은색 삼엽기를 통해 하늘 위에 그대로 새겨지는 듯했다.

'아, 진짜 미치겠네! 저걸 보고도 내가 이 짓을 해야 하나.. 저 인간은 도대체 왜 자기 마음을 모르는 거야? 나도 알겠는데. 이게 불행인 거야, 다행인 거야?'

나물이 만들어놓은 마음의 길을 따라 수백 대의 붉은색 전투기들이 아래에서 위로, 구름을 뚫고 분수처럼 치솟았다. 전투기들이 포대를 향해 곧장 달려들자 폭격기에 타고 있던 기관포 사수들은 마침내 조준사격을 포기하고 아래쪽을 향해 일제사격을 시작했다. 공중요새 아래쪽은 곧 소나기를 퍼붓는 구름 아래처럼 분주해졌다.

나물은 쏟아지는 총알을 뒤로하고 곧장 목표를 향해 날아갔다.

그가 조종하는 붉은색 삼엽기가 빗방울에 흔들리는 붉은 잎처럼 좌우로 흔들리며 총알을 피했다. 그러나 기세에서 밀리는 쪽은 오히려 위쪽이었다. 그의 뒤를 따라 붉은 잎사귀를 줄줄이 매단 거대한 나뭇가지가, 비구름을 전부 걷어내릴 듯한 기세로 거대한 하얀색 폭격기 편대를 향해 뻗어올라갔다.

나물은 조금도 망설임이 없었다. 그 순간만큼은 좀더 빠른 속도로 포대 가까이에 접근하는 것이 오히려 생존율을 더 높이는 일이었다. 그 모습을 보고 육백 대의 전투기들이 각자 선두기가 지정한 목표를 향해 달려들었다. 그러자 폭격기 아래쪽에 배치된 기관포 사수들은 자신들을 향해 날아오는 붉은색 전투기들의 선두에 선 비행기를 향해 일제히 기관포 사격을 퍼부었다. 그리고 잠시 후, 쏟아지던 총알이 일순간 자취를 감추었다. 사격중지였다.

그들은 공격을 멈춘 채, 바람을 타고 날아 올라오는 나물의 비행기를 빤히 내려다보았다. 세 장의 날개. 승부가 뒤집히는 순간. 어느 누구도 감히 대적할 마음을 품지 못했던 견고한 공중요새. 그곳을 향해 망설임 없이 날아오는 빨간 전투기. 그 소재들이 엮여서 만들어낸 이야기. 그 중심에 서 있는 단 한 사람. 예언자였다.

"저거, 예언자 같은데. 쏴도 되는 거야?"

누군가가 말했다.

"이야기가 어떻게 되는 거지? 우리가 예언자를 쏘아 떨어뜨리는 결말이었나?"

다시 사격이 시작됐다. 그러나 그 순간, 나물은 이미 폭격기에 장착된 기관포로 조준사격을 하기 위해 필요한 최소한의 거리를 넘어선 뒤였다. 곧 그의 전투기가 불을 뿜었다. 그의 기관총이 단 한 발도 놓치지 않고 모든 총알을 폭격기 동체에 쏟아부었다. 그리고, 그와 똑같은 경로를 통해 미은의 비행기가 날아들었다. 그 뒤에는 염안소의 전투기가, 그 뒤에는 또다른 전투기들이 줄지어 날아와 폭격기의 동체를 찢어놓았다.

적 기관포 사정거리를 벗어나면서 나물은 재빨리 뒤쪽으로 고개를 돌렸다. 폭발이 일어났다. 그에게 물어뜯긴 폭격기가 화염을 내뿜으며 공중으로 산산이 흩어졌다. 첫 폭발이었다.

잠시 후에 비슷한 폭발이 또다시 일어났다. 여기저기에서 항로를 이탈하는 폭격기들이 보였다. 거대한 배가 물속으로 서서히 가라앉듯, 폭격기 한 대가 연기를 내뿜으며 슬그머니 아래로 내려앉았다. 그리고, 기수가 완전히 아래를 향하는 순간, 공기 저항을 이기지 못하고 공중에서 그대로 두 동강이 나버렸다.

그렇게 몇 분이 지나자 마침내 폭격기들이 왼쪽으로 크게 선회하기 시작했다. 싣고 온 폭탄을 모두 아무렇게나 대충 내다버린 다음이었다. 붉은색 전투기들은 상대를 끝까지 추격해서 떨어뜨릴 수 있을 만큼 떨어뜨린 다음 총알을 모두 소모하고 기지로 돌아갔다.

사실 목표지점에 폭탄을 떨어뜨릴 수 있었다고 해도 달라질 것은 없었다. 문주교의 생각과는 달리, 그리고 지난의 대족장들이 이미 짐작했던 것과 같이, 지난의 오래된 실험시설에는 중요한 것이 아무것도 없었다. 지난은 단추평원에서 주워온 물건을 분석할 생각이 전혀 없었다. 그저 그렇게 믿도록 만들었을 뿐이었다. 상대를 먼 곳까지 끌어내기 위해서였다.

결과는 물론 지난의 압승이었다.

목초지에 도착하자 잔뜩 흥분한 조종사들이 나물에게 몰려와 환호를 보냈다. 가슴이 뜨거웠다. 그러나 그는 들뜨지 않았다. 오히려 씁쓸한 기분마저 들었다.

"제가 한 게 아닌데요. 전부 칸이 한 일입니다."

싸움에서는 이겼지만 그것은 그의 전쟁이 아니었다. 그러므로 그날의 승리도 그의 것이 아니었다.

'이게 나의 승리가 되려면 나는 뭘 해야 했을까.'

한동안 마음 한구석에 미뤄두었던 신의 궤도가 떠올랐다. 어디를 가든, 누구와 있든, 그의 전장은 바로 그곳이었다. 심장이 두근거렸다. 몇 달 동안이나 멈춰 있던 심장이었다.

이론신학회 호위기사단 본부로 날아가면서 나물은 지난이 만들어놓은 어마어마한 전과를 한눈에 내려다보았다. 죽은 전투기들의 시체가 사방에 널려 있었다. 거의가 하얀색이었다. 임시 비행장으로 돌아가는 내내 이론신학회 전투기들은 지난의 끈질긴 추격에 시달렸다. 기지 근처에서 호위기들이 날아가 방어선을 쳤지만 결국은 병력의 열세를 극복하지 못하고 항복하고 말았다. 지난이 도착했을 때, 학회교구장 문원식 주교는 이미 오래전에 북쪽으로 날아가고 없었다.

첩자나 암살자들이 결국 그의 유목편대에 머무르게 되는 이유를 알 것 같았다. 부러웠다. 물론 절반 정도는 허풍이라고는 하지만, 남반구 전역에 퍼져 있는 지난에 관한 그 어마어마한 허풍 가운데 지난의 참모습이 차지하는 비중이 어느 정도인지를 알 것 같아서였다.

'나는 뭐지?'

나물이 그런 생각에 잠겨 있는 동안, 달아난 이론신학회 조종사들 사이에는 붉은색 전투기들을 이끌고 폭격기들을 향해 달려들던 예언자에 관한 이야기가 불길처럼 번져나갔다. 문주교가 열심히 입단속을 했지만 예언자가 돌아왔다는 소문이 천문교 전역으로 퍼져나가는 것을 막을 수는 없었다. 물론 나물은 그 사실을 전혀 알지 못했다.

그리고 나물은 드디어 은경을 만났다. 멀리서 손을 흔드는 은경의 모습이 인질로 잡혀 있던 것치고는 건강해 보였다. 반가운 마음에 발걸음이 빨라졌다. 무사해서 다행이었다. 하긴 누군가의 칼에 찔려서 그렇게 처참하게 쓰러진 다음에도 결국은 살아서 돌아온 여자였다.

은경이 먼저 말을 건넸다. 환한 표정이었다.

"구하러 왔구나."

"말하자면 그래. 내가 한 일은 아니지만."

"니가 한 일이야."

은경이 말했다. 마지막 순간에 문주교가 무리한 선택을 하고 만 것은 결국 예언자에 관한 소문 때문이라는 의미였다. 그러나 나물은 그 말이 무슨 뜻인지 이해하지 못했다. 그리고 은경은 굳이 부연 설명을 해줄 생각이 없었다.

나물은 은경의 표정을 자세히 살폈다. 은경은 문주교의 손에서 풀려난 것이 그다지 기쁘지 않은 눈치였다.

"그렇지 뭐. 도둑놈 손에서 벗어나서 사기꾼 손에 들어가는 거니까."

"또 도망갈 거야?"

"도망가는 게 아니라 집에 가는 거야. 원래 내가 있어야 할 곳 말이야. 그 싸움 때문에 뭐가 어떻게 달라졌는지는 알 수 없지만 내 입장에서는 변한 게 하나도 없어. 그리고 여기는 너무 위험하잖아. 안 그래?"

벌써 결심이 선 모양이었다. 아니, 사실은 전부터 쭉 흔들리지 않고 똑같은 생각을 하고 있었던 모양이었다. 부러운 생각이 들었다. 자기를 둘러싼 이야기에서 자기 자신이 맡은 역할이 무엇인지를 분명히 아는 사람이었으니까.

그럼 나는 누굴까. 화내는 척하고 도망치고 때려 부수고 무모하게 달려드는 것 말고, 지난처럼 침착하게 은경이처럼 확고하게 언제 어느 순간이든 흔들리지 않고 서 있을 수 있는 내 자리는 어디일까.

"가지 말라고 해도 가겠지?"

그가 물었다.

"가지 말라는 말을 해주기는 할 거야, 성직자 아저씨?"

나물은 은경의 두 눈을 가만히 들여다보았다. 그렇게 두 사람은 한참 동안이나 아무 말 없이 서로의 눈을 마주 보았다. 나물은 그날 자신이 무엇을 깨달았는지를 말해주고 싶었다. 그런데 그럴 수가 없었다. 그에게는 그게 그날 처음 얻은 깨달음일지 몰라도 은경에게는 그보다 훨씬 더 오래된 깨달음일 것 같아서였다. 그에게 그만의 싸움터가 있듯이 은경에게는 또 그 나름의 전장이 있을 것 같았다.

아니, 어쩌면 부러워서 그랬을지도 모른다. 혹은 그저 부끄러워서 그랬을지도.

'그런데 이렇게 너를 바라보고 있으려니까 어쩐지 니가 조금씩 닳아 없어지는 것만 같아.'

그런 생각이 들었다. 하지만 아무 말도 할 수 없었다.

그렇게 한참이 지난 뒤에 마침내 나물이 먼저 입을 열었다.

"다시 만날 수 있을까?"

그러자 은경이 한발 앞으로 다가가 두 팔로 그를 꼭 끌어안았다.

"그럼."

다음날 새벽에 은경은 비행기 한 대를 훔쳐 타고 관리사무소를 향해 조용히 날아갔다. 지난은 아침 일찍 그 사실을 보고받았지만, 그럴 줄 알았다는 듯 금세 추격을 포기했다.

"또 만날 일이 있겠지 뭐."

지난은 전날 나물의 활약상을 전해듣고는 그를 제국 근위대 돌격대장으로 임명해 공로를 치하했다. 또한 겸직으로 제국 수학자, 그리고 제국 천문학자의 지위도 동시에 부여했다.

"그런데 제국 근위대라는 게 뭐죠? 제국 수학자는 또 뭐고. 언제 그런 게 있었나요? 제가 칸을 따라다닌 지가 벌써 삼십오 년쯤 되는데, 그런 이름은 오늘 처음 듣는데요."

대족장 강우산이 지난에게 물었다.

"뭐? 잘 안 들려! 크게 말해!"

나물은 그렇게 자신의 새 보금자리에 뿌리를 내렸다. 그때까지도 그는 세상 반대편에 있는 수십만 천문교 성직자들의 마음속에 그에 관한 이야기가 얼마나 깊이 뿌리내리게 되었는지를 전혀 알지 못했다.

언젠가 문원식 주교의 작전참모 신명준 신부가 말한 것처럼, 사람들은 결국 한 번에 한 가지 이야기만을 머릿속에 간직했다. 하지만 마지막으로 그들의 머릿속에 각인된 이야기는 하얀기사단의 웅장한 편대비행이나 융단폭격에 관한 이야기가 아니었다. 전투가 끝난 지 석 달이 지났을 무렵에는 거의 모든 천문교 성직자들이 돌아온 예언자 나물의 이야기를 알게 되었다. 신의 음성을 직접 듣는 자, 신께서 지시하시는 대로 광야의 유목비행기들을 이끌고 나타나 무적의 공중요새를 허물어뜨린 진짜 신의 사자. 최신학 대주교는 그 헛소문을 등에 업고 신이 관념일 뿐이라는 이론신학회의 주장을 이단으로 규정한 다음, 인간의 무지에도 불구하고 신께서는 반드시 물리적 세계에 실존의 근거를 두고 계신다는 기존의 교리를 재확인하는 칙령을 발표했다.

물론 나물은 이후 몇 달이 지나도록 그 칙령에 관해 전혀 알지 못했다. 그러나 아무 상관 없었다. 그가 언제 어디서 무엇을 하든 신께서는 때가 되면 어김없이 직접 그를 부르셨다. 그러므로 그에게는 그 누구의 칙령도 필요하지 않았다. 신께서 공전하시니, 온 세상과 그 위에 살고 있는 모든 존재가 처음과 같이 그대로 영원히 흠없이 완전했고, 가장 늦게 완전해진 예언자의 머릿속에는 신의 궤도 이론이 다시 자리를 잡아갔다. 두 번 다시 그를 위한 논문심사위원회가 열리지 않는다 해도 상관없었다. 이제 그의 목표는 교단의 승인이나 하난산 성망원경을 이용할 권리가 아니라, 오로지 신의 진짜 위치를 알아내는 일 그 자체에 맞춰졌다. 직접 신을 만나기 위해서였다.

신의 목소리를 알아들은 마지막 아이, 그가 바로 예언자 나물이었다.

(2권에서 계속)

문학동네 장편소설
신의 궤도 1—빨간 비행기

1판 1쇄 | 2011년 8월 18일
1판 2쇄 | 2011년 9월 26일

지은이 배명훈
펴낸이 강병선
책임편집 조연주 | 편집 이경록 | 디자인 윤종윤 유현아
마케팅 신정민 서유경 정소영 강병주 | 온라인 마케팅 이상혁 한민아 장선아
제작 안정숙 서동관 김애진 | 제작처 영신사

펴낸곳 (주)문학동네
출판등록 1993년 10월 22일 제406-2003-000045호
주소 413-756 경기도 파주시 문발동 파주출판도시 513-8
전자우편 editor@munhak.com | 대표전화 031)955-8888 | 팩스 031)955-8855
문의전화 031) 955-8890(마케팅) 031) 955-8864(편집)
문학동네카페 http://cafe.naver.com/mhdn

ISBN 978-89-546-1572-3 04810
978-89-546-1571-6 (세트)

* 이 도서의 국립중앙도서관 출판시도서목록(CIP)은 e-CIP 홈페이지(http://www.nl.go.kr/ecip)에서 이용하실 수 있습니다.(CIP제어번호: CIP2011003418)

www.munhak.com

연표

* 지구와 행성 나니예의 공전주기가 일치하지 않아 한 해의 길이가 서로 다르므로,
둘 중 어느 것도 기준으로 삼기 어려운 중립구간에서 100년 단위 이하의 정교한 연도 추적은 큰 의미가 없음.

나니예 기준	지구 기준(서기)	주요 사건
~152300년	2070년	코스모마피아 궤도 테러
		첫 고객 동면
	2082년	나니예 개발계획 출범
	2095년	나니예 고객을 위한 계약이행 보장기금 출범
	2096년	나니예 고객 전원 동면
	2112년	행성 개조장비 출발
	2130년	고객 수송용 우주선 바이카스 타뮤론 출발
~120000년경		항성 기반 인격체로 문명진화
~117000년경		바이카스 타뮤론 목표행성 변경
~105000년경		바이카스 타뮤론 중앙통제장치 타뮤론 프리마 손상
~80000년경		바이카스 타뮤론 수송 고객 동면 해제 사고
~75000년경		성단급 항성파괴무기 '신의 무기' 개발 프로젝트 가동
~70000년경		항성 파괴무기, 바이카스 타뮤론 추월
~64000년경		나니예 개발계획 행성 개조장비 나니예 도착
~52100년		행성관리사무소 전직원 해동
~12095년		제1차 행성초기화 조치
		행성관리사무소 전직원 동면, 행성 개조장비 재가동
~290년		행성관리사무소 전직원 재해동
~277년		'신' 관측, 천문교 복음서 작성
~255년		바이카스 타뮤론, 나니예 도착

나니예 기준	지구 기준(서기)	주요 사건
~247년		행성 개조장비 휴면대기
~50년		우주왕복선 발사 재개
~47년		지난, 남반구에서 독자적으로 화폐 발행
~32년		지난, 무장세력으로 등장
~29년		남부혁명군 봉기, 시계고원 전투
~22년		천문교 제2차 예언자 소집령
~3년		황문찬 행성관리사무소장 취임
		나니예, 고객을 위한 계약이행 보장기금 재가동
0년(기준연도)		김은경 해동
		샘터요새 폭격
		계약이행 보장기금 1차 경고
		단추평원 전투, 보리평원 전투(예언자의 날)
+1년		남반구 유목제국 북반구 원정
		계약이행 보장기금 2차 경고, 행성 파괴무기 가동
		하난산-행성관리사무소 전투
		신의 날
+3000년경		나니예 사고조사위원회 구성